U0856435

中国当代大陆武侠小说代表作家

张宝瑞武侠小说全集

铁镯子传奇

清末著名武侠英雄尹福传奇

张宝瑞 著

尹福

清宫武术教头

武林泰斗

中国武术名宿

群众出版社

·北京·

图书在版编目（CIP）数据
铁镯子传奇／张宝瑞著．—北京：群众出版社，2012.1
（张宝瑞武侠小说全集）
ISBN 978-7-5014-4958-3
Ⅰ.①铁…　Ⅱ.①张…　Ⅲ.①侠义小说—中国—当代　Ⅳ.①I247.5
中国版本图书馆CIP数据核字（2011）第257390号

铁镯子传奇

张宝瑞　著

总 策 划：李国强
策　　划：易孟林
责任编辑：易孟林
装帧设计：章　雪
封面插图：王紫华

出版发行：群众出版社
地　　址：北京市西城区木樨地南里
邮政编码：100038
经　　销：新华书店
印　　刷：北京通天印刷有限责任公司

版　　次：2012年1月第1版
印　　次：2012年1月第1次
印　　张：14.75
开　　本：787毫米×1092毫米　1/16
字　　数：240千字

书　　号：ISBN 978-7-5014-4958-3
定　　价：26.00元

网　　址：www.qzcbs.com
电子邮箱：qzcbs@163.com

营销中心电话：010-83903254
读者服务部电话（门市）：010-83903257
警官读者俱乐部电话（网购、邮购）：010-83903253
文艺分社电话：010-83901330

自 序

一

冬练三九，夏练三伏，保精养气，吞吐沉浮；每当拉开架势运气发功，便内在地生出一股升腾之力，瞬息可发。我觉得这种力就是我们千百年来一直推崇和渴盼的强国强民强种之力！董海川、杨露禅、王芗斋、张长桢、尹福等著名武术家便是这种力的代表。而正是这无数的杰出代表与勤劳勇敢的普通民众一起创造着中华民族的历史，让侠的精神贯穿始终。

据史书记载，捣毁祖龙居的陈胜义军中的许多勇士就是角抵的喜爱者。汉末的黄巾军在起义前也在民间聚集太平道徒练习武艺，终成强悍之师。唐初，以少林寺和尚昙宗为首的十三棍僧，搭救秦王李世民，救一明主，以致出现盛唐之治。燕青拳起源于北宋末年梁山义军浪子燕青之手。南宋初年岳家军中的岳家拳曾使金兵闻风丧胆，“壮志饥餐胡虏肉，笑谈渴饮匈奴血”。元朝末年朱元璋起义军中的常遇春、沐英等都是著名的武术家。明代抗击倭寇的戚继光创立戚家拳，名震国门。一九〇〇年的义和团运动更是中国数十万武术之众抗击外国侵略者的明证。

侠者，勇也，义哉。侠是一种精神。中国武术浩瀚博大的历史长卷之中，清代和民国初期是中国武术的鼎盛时期。八卦掌始祖董海川、杨氏太极拳始祖杨露禅等武术盟主，异军突起，各领风骚。八大镖局，叱咤风云；四大佛教圣地，侠香缕缕。更有那“醉鬼张三”“大刀王五”“鼻子李”“翠花刘”“铁镯子”“小辫梁”等性格各异的武林人物穿梭跳跃其中，展现了一派雨激雷荡、风啸马嘶、侠飞剑击、气壮山河的英雄风采。

二十世纪三十年代有日本记者问大成拳始祖王芗斋：“中国武术史上你最崇尚谁?”王芗斋毫不犹豫地回答：“八卦掌开山鼻祖董海川和杨氏太极拳创始人杨露禅。”

八卦掌始祖董海川，生于清嘉庆年间，自小嗜武成癖，秉性刚直，疾恶如仇，济困扶危；后来在江南遇道士毕澄霞指点穿掌，即八卦掌的雏形。据八卦掌研究会会长李子鸣先生介绍，为报家仇国恨，董公曾接受太平天国天王洪秀全派遣，忍辱割阉，栖身北京王府试图接近咸丰皇帝行刺，以酿成清廷内乱，使太平天国趁机北征。太平天国运动失败后，董海川壮志难酬，于是在北京正式设馆收徒五十六人，创立八卦掌，声名远扬。光绪八年（公元一八八二年）十二月十五日，这位武术大师端坐而逝，葬于北京东直门外红桥牛房村；一九八一年五月六日，迁于北京西郊香山脚下的万安公墓。

杨露禅（公元一七九九年——一八七二年)，字露禅，别号禄缠，名福魁，直隶永年县人。年轻时慕河南温县陈氏拳名，往投陈长兴门下学太极拳。他天资颖异，秉性坚毅，终于尽得陈氏拳法之秘，数次与陈家诸徒较量武功，皆败之，师惊其才，遂传授秘术。数年后，以能避强制硬之力见长，柔中寓刚，绵里藏针，人称“治绵拳”。后至京师，任旗营武术教习，名震朝野，有“杨无敌”之称。曾与董海川交手，名望极高。其子班侯、健侯，自幼秉父教，均卓然成为名拳家。满族人全佑、凌山、万存、万春，亦得露禅之真传，但均奉露禅之命，拜于班侯门下。

“醉鬼张三”张长桢，是清末民初北京著名武术家，武术门派“三皇功”的创始人。他瘦骨嶙峋，弓腰垂背，平时上身穿一件雪白色对襟儿长褂，下身穿一条肥大的青布裤子，脚穿一双千层底布鞋；左手拎着一个竹鸟笼子，笼内养着一只红嘴绿头的画眉鸟儿；右手握一杆铜锅白玉嘴的尺余长烟袋；一双醉眼像两个灯笼，分外有光彩。他仗义疏财，藐视权贵，暗中帮助百姓，留下许多佳话，是京城老百姓竞相传颂的英雄人物。张三曾护送钦差到西藏，其经历也是跌宕起伏。

目前已查明，全国源流有序、拳理分明、风格独具、自成系统的拳种有三百多个，武术名家逾千人。一九七一年我创作长篇小说《落花梦》时，文中就已经有了武侠人物的雏形。在描写侠客国的时候，我写到了几十个侠客，主要是清代长篇武侠小说《七侠五义》《小五义》《儿女英雄传》对我的影响比较深。但真正接触中华武术，却是我在二十世纪八十年代当新华社记者的时候，当时分管文教报道，包括体育报道。中华武术属于体育范畴，我采访了很多武术名家，和众多武术界的知名人士便成为好朋友。像八卦掌始祖董海川再传弟子、八卦掌研究会会长李子鸣，副会长谢佩启，戳脚翻子拳研究会会长刘学勃等都是我的朋友。在交往的过程中，我一直注意记录他们讲述的人生经历和一些有价值的逸事。八卦掌传人李子鸣，他的家就在西草厂附近，我时常去他家中拜访他。新中国成立前，李子鸣曾经成功地掩护了当时中共北平地下党的一位负责人脱险。当时，国民党特务跟踪那位负责人到了李子鸣家附近，李子鸣将他藏在了自家的酱缸里，解救了这位地下党负责人。新中国成立后，李子鸣和他一直保持着来往。与武术名家交往，对我的影响很大。在同他们交往的过程中，我认识到，武术与京剧一样，是中华民族珍贵的文化遗产。同时，我也逐渐对中国武术史上各个拳派的起源、发展、演变以及代表人物产生了兴趣。

二十世纪八十年代初，国内出现了一批弘扬爱国主义和民族精神的优秀影视作品，如电影《少林寺》、电视连续剧《霍元甲》等，一度形成万人空巷的观看热潮，这在某种程度上表明了普通百姓对此类作品的渴求。这也促使我萌生了创作弘扬正义、歌颂爱国主义精神的武侠小说的想法。因为我觉得，真正意义上的武侠小说能够最直接地反映爱国主义和民族精神。我将我写作武侠小说的原因，详细地归纳成了五点：第一，我了解武术界；第二，武侠小说的侠是一种精神和境界；第三，写武侠小说可以发挥更多的想象；第四，我为人坦荡、豪爽大度的性格，多少有一些侠气；第五，当时武侠作品的热潮正席卷中国大陆。于是，我一边认真地完成新华社交给我的采访任务，一边利用业余时间开始创作武侠小说。

不久，我写的长篇武侠小说《八卦掌传奇》出版了。这部长篇武侠小说记叙了八卦掌创始人董海川富有传奇色彩的一生。董海川少年嗜武成癖，青年浪迹天涯，在九华山拜碧霞道长为师，并与吕飞燕结下不解之缘。这个吕飞燕是飞剑斩雍正的侠女吕四娘的后代，反清的壮志使这个年轻貌美、武艺高强的侠女与董海川一见钟情，心有灵犀一点通。十四年后董海川下山，历尽磨难。后来太平天国垂危，天王洪秀全泪请董海川进京刺杀咸丰皇帝。董海川为了反清大业，毅然斩断与吕飞燕的姻缘，慨然受命，阉割进京，栖身王府，寻机接近咸丰皇帝，以求谋杀。董海川自阉后先后在四爷府、肃王府任护卫总管，在圆明园皇会比武中，力挫群雄，冠绝一时。恰恰此时，太平天国失败，洪秀全自尽。董海川壮志难酬，抑郁而终。吕飞燕在万念俱灰之中凄然遁入峨眉山削发为尼。这部小说以董海川与吕飞燕的悲欢离合为主线，写出英雄与美人、侠客与情人的悲剧。《八卦掌传奇》出版后，和当时的《霍元甲》《螳螂拳演义》等成了名噪一时的畅销书。这无疑给了我继续进行武侠小说创作的信心。以后我又写出了《铁镯子传奇》《宦海侠魂》《醉侠传》《太极英雄传》《大成游侠》《东归喋血》等一系列长篇武侠小说。

长篇武侠小说《铁镯子传奇》，实则是《八卦掌传奇》的续集。董海川去世后，他的大弟子“铁镯子”尹福接任掌门人。有史可查，尹福又任清宫护卫总管兼光绪皇帝的武术教师。时值康梁“戊戌变法”时期，珍妃的翡翠如意珠丢失，朝廷震动，尹福会同八卦掌门人破案。一连串谜案发生，此起彼伏，尹福的师弟“煤马”马维祺被毒砂掌击杀，肃王府的宠妾金桔一反常态……尹福夜探肃王府，发现金桔的替身是其妹妹银狐公主；在颐和园又发现董海川的旧日仇敌、“塞北飞狐”沙弥。此时与尹福同往的银狐不幸中了慈禧太后的保镖文冠的天女散花针。为救银狐，尹福孤身闯千山寻解药。八卦掌门人二闯颐和园，设计杀了沙弥，但遭到清军虎神营伏击，伤亡惨重，“大枪刘”刘德宽等五人被俘。以后八卦掌门人在琉璃厂劫法场，救出刘德宽等人，弟兄们各奔东西。此时，尹福才明白，是后党设计盗去皇妃宝珠，为的是让光绪皇帝疏远尹福等八卦掌门人，以除掉刺杀光绪的障碍。以后尹福夜闯天津荣禄府，终于夺回宝珠，并无意中偷听了袁世凯向荣禄告密。尹福见维新党人和光绪危急，火速赶往北京，但为时已晚，维新运动失败，光绪被囚于瀛台。尹福愤而将宝珠投入御河之中，呼曰：变法既已失败，我主又已被困，我千辛万苦寻来的宝珠又有何用……

长篇武侠小说《宦海侠魂》，是《八卦掌传奇》的再续集。一九〇〇年八国联军的铁蹄突入北京，慈禧、光绪等皇族西逃，清宫护卫总管尹福、李瑞东护驾而行。八国联军、义和团、军阀宦官、巨盗土匪、绿林豪杰、将门遗族等出于不同的政治目的，企图刺杀慈禧和光绪，由此而展开了跌宕起伏、扑朔迷离的故事和惊心动魄的厮杀，刀光剑影，悲壮曲折。武术大师车毅斋、郭云深、马贵、张策等大显身手。其中一些宫闱秘史、西遁内幕均属首次公布于世。西遁之途，迢迢遥遥，山高路远，谷幽水深，始终是一个谜。据史书记载，皇家行列曾遇土匪巨盗骚扰、乱兵袭击、义和拳众阻击、内讧……这部小说有史实、逸闻、传奇、秘史，杯弓蛇影，烛影斧声，上演了一幕幕跌宕起伏的活剧。书中所写八国联军统帅瓦德西派出杀手黛娜欲刺慈禧是为酿成中国内乱；义和拳众欲杀慈禧是因她出卖了义和拳；袁世凯派人欲杀光绪是恐其死于太后之后，以绝复仇之患；于莺晓刺杀光绪是为反清复明；江南神偷乔摘星看中了光绪帝手中的小盒子，只因盒内藏着御玺；燕山大盗黑旋风劫掠皇族是为了食色谋财；“臂圣”张策师徒追杀慈禧是因为朝廷弃城而逃……皇家行列在八达岭遭到黑旋风匪帮的袭击，光绪被劫；正当黑旋风欲杀光绪时，女侠于莺晓从天而降要带光绪帝到恒山祭祖；她杀散匪帮，光绪又不翼而飞……在双榆镇，出现两个怀来县令，令人难辨真伪；怀来县城又出现由义和团众装扮的皇家行列。为索回被乔摘星偷走的御玺，尹福来到山西太谷，恰遇天下侠士云集此地，目睹形意门两泰斗郭云深与车毅斋比武；尹福夺回御玺，挫败八国联军暗杀的阴谋，最终护送皇驾安全抵达西安。

长篇武侠小说《东归喋血》，是《宦海侠魂》的续集。写的是一年后，以慈禧、光绪皇帝为首的皇族从西安返回北京的故事。莲花寺“花花和尚”、“天山二秀”秋家姐妹、少林寺恶僧悟慧、“通臂猿”胡七、八国联军女杀手黛娜等人，各怀异志，对皇驾多次实施突袭，由此险象环生。慈禧携瑾妃、隆裕皇后在骊山华清池洗浴，身染“花花和尚”所投之毒。尹福与假扮瑾妃的宫女木兰花深入莲花寺，骗取解药，使她们转危为安。李莲英献奇策，让王爷载澜的义女向昀假扮慈禧，去顶那“明枪暗箭”。向昀为救流放西域的义父，忍辱领命。此时，真慈禧突然失踪，向昀被少林寺僧人劫持。尹福独闯少林，救出向昀；归途误入陷阱，生命垂危。“天山二秀”秋千鸿、秋千鹄姐妹为报夙仇，千里迢迢，赶来突袭皇驾。光绪夜入英豪镇教堂祈祷，遭到假扮圣母的黛娜枪击，光绪佯死，虎口逃生。尹福与向昀产生真挚爱情，而尹福不能摆脱传统的世俗观念，两个人的爱情充满矛盾与痛苦。尹福为救向昀落入秋家姐妹魔掌，被劫持到西域女儿国。在一女侠的帮助下，尹福等人消灭秋家匪帮，恢复了女儿国的太平盛世。少林僧人围攻开封府皇驾，宫女木兰花壮烈殉难，恶僧悟慧毙命。皇驾北渡黄河，中流击水，风浪大作，又遭“通臂猿”胡七等人围困。尹福晓明大义，施展神功，胡七等人悄然退去。皇驾终于结束了三个月的流亡生涯，由直隶正定乘火车返京。在京城南部马家堡车站，正当向昀下车之际，黛娜从迎驾的洋人行列中疯狂跃出，身抱装有炸药的手提包，孤注一掷地朝假慈禧扑去；在巨大的爆炸声中，两人同归于尽。

长篇武侠小说《大成游侠》，描述的是大成拳创始人王芗斋的一生。清末王芗斋拜师郭云深，后来到北京曾投军做伙夫，因显绝技，被吴三桂后裔吴封君招为女婿。王芗斋巧入六国饭店戏弄俄国大力士康泰尔，与韩慕侠、王子平等武术名家结为莫逆之交。王芗斋为博采众艺，开始驰骋江湖；在少林寺遇到高师指点，于达摩洞前目睹天下奇雄比武；为追击武林败类小白猿，登峨眉山与群猴大战，仿佛身入猴国；以后辗转福建鼓山、浙江杭州，来到华山，邂逅鼓山老道、“江南第一妙手”解铁夫、方士桩、刘丕显等名家，又引出许多故事；在九华山终于击毙小白猿，替武林除一大害。这部长篇小说的特点是把动物人性化，如峨眉山的猴子、鼓山的鹤、华山的鹰，都训练有素，栩栩如生，极有灵性。苍鹰能千里报信，野猴能列阵搏杀，白鹤死后解铁夫为之立碑，特别是猴群中也有善恶之分，颇通人性，别开生面。

长篇武侠小说《醉侠传》，写的是京都名侠“醉鬼张三”以奇术绝技行侠仗义的一生。张三本名张长桢，生于清末，早年靠保镖护院为生，名噪大江南北。晚年看破红尘，息影家园。因他嗜酒成性，整天迷蒙着一双醉眼，又在家排行第三，人称“醉鬼张三”。他便也倚醉卖醉，不管哪位权贵相请，大有“天子呼来不上船，自称臣是酒中仙”之慨！故事以“小辫梁”大闹马家堡为引笔，张三为救小辫梁，夜探紫禁城找尹福出面相助。一九〇〇年，八国联军入侵北京，张三巧救于谦祠堂里众多被关押的妇女。为救天坛里的更多受难女子，张三又闯入中南海挟持八国联军统帅瓦德西，逼使他下令释放天坛里的被扼女子。八国联军退后，张三为钦差大臣王金亭护镖到西藏颁诏，后又到杭州铲除污吏，精武馆遇霍元甲，大明湖辨真假刘鹗，深州府鏖杀，夫子庙论扇，普陀山救人，悬念迭出。

长篇武侠小说《太极英雄传》，写的是杨氏太极拳名家杨露禅父子一生的故事。清咸丰年间，杨露禅三下陈家沟装哑偷拳；为救师父陈长兴，他闯孔林、下苏州，身陷黄葵帮匪巢，祸至福来。为救秦淮歌妓郑盈盈，他赴“雄县柳”家夺官印，身中剧毒；幸亏女侠陈玉娘大闹北京圆明园，戏咸丰皇帝，谑四春贵妃，巧夺解药，使杨露禅转危为安。英法联军火烧圆明园，总管文丰自尽前请杨露禅、杨班侯父子护送一批国宝转移至北京西山。潭柘寺刀光剑影。一路上曲折逶迤，清宫大内高手、黄葵帮和水澳帮巨盗、英法联军、宫娥侍卫步步紧随，对国宝垂涎不已，由此展开了惊心动魄的搏杀。猎户冯三保、冯婉贞父女血染山谷，与各路杀手同归于尽，结局出乎意料，令人回肠荡气，隽永不已。

我创作长篇武侠小说《醉侠传》是在一九八八年。“醉鬼张三”的旧居就在我家住的喜鹊胡同附近，我小时候经常去那里玩儿，因此，对“醉鬼张三”的题材有一种特殊的感情。为了写这部小说，我下了很大的工夫。我最先想到的是采访张长桢先生的长孙张芝纶，但他早已隐居。等找到他在甘肃的地址后，仍然联系不上，无奈我只好另寻渠道。功夫不负有心人，我终于找到了“醉鬼张三”这一门派的武术家贾振才，当时他已经是一位七十多岁的老人了。贾振才老人是剪刀匠出身，江湖人称“剪刀贾”。我还清楚地记得第一次去他家采访时的情景。他家里陈设简单，墙上挂着一个一尘未染的相框，框里正是“醉鬼张三”的照片。到了午饭的时间，老人拿出橘子、核桃，问我：“张记者，喝什么酒?”说着，手一伸，在床底下“嚓”的一声抽出一个箱子。我一看，里面全是白酒。老人一指桌子上的橘子和核桃说：“这就是当年咱们张三爷的下酒菜!”他拿起一颗核桃，手一用力，“咔嚓”一声核桃就碎了。“醉鬼张三”的照片很少见，所以我很想将贾振才家墙壁上挂的那张照片拍下来。一天下午我又去了他家。当时，贾振才的一个徒弟正好也在他家。这个徒弟比贾振才的年龄还要大，他看到我要拍墙上“醉鬼张三”的照片，就上前来对我说：“拍照片是不是应该给个价钱?”贾振才“啪”地打了他一个嘴巴，大声说：“张三爷从来不让自己的门下谈钱!”贾振才又转过身来，对我说：“张记者，你尽管拍!”我拍了几张照片。后来，翻拍的“醉鬼张三”的照片印在了我出版的长篇武侠小说《醉侠传》（原书名《醉鬼张三》）里。这部小说出版以后，我意想不到地见到了当初我千方百计寻找的“醉鬼张三”的长孙张芝纶。那是一九九〇年初的一天，我正在位于北京日报社里的新华社北京分社的办公室里写稿子，忽然听说有人找我。我出来一问才知道，是张三的次孙。他说：“张记者，我大哥来北京了，想见一见你！”我又惊又喜，就随他一起去了。我们去的地方正是离我家老屋不远的“醉鬼张三”旧居。走进旧居的大门，只见正堂的太师椅上端坐着一个又矮又瘦的老人，青衣长褂，很是精神。老人看到我们走进来，马上从太师椅上站了起来，热情地走过来，把我迎到太师椅旁边的座位上。寒暄之后，他仔细地端详我，见我高个头、身材魁梧，就问：“张记者，会不会武功？”

我一笑，回答他说：“我不会，我写武功！”

他说：“无论如何，首先感谢你为我爷爷写了一本书！”

我告诉他最初准备写《醉侠传》的时候，和他联系不上。他听后连声说：“多包涵，多包涵！”

我与“醉鬼张三”的长孙谈得很投机。他为人热情豪爽，向我讲了他自己的情况，而更多的是谈论他的爷爷“醉鬼张三”。据他讲，“醉鬼张三”是一个不事张扬的人。由于他的武功好，很多人想制伏他，借张三的名气来扬自己的名。所以张三行事一直很谨慎，包括在胡同里走路，他从来不贴着墙根走，总要与墙保持一定的距离，防止被别人暗算。他有三个孙子，而武功高强的是长孙。我有幸见到继承了张三武功的这位后人，可惜他于一九九七年在安徽悄然去世。

长篇武侠小说《醉侠传》被改编成电影是由于一次偶然的机会。一九八九年底，香港齐明电影制作公司准备拍摄四十集电视连续剧《大刀王五》，来到内地洽谈相关事宜；武术界的窦凤山先生和北京电视艺术中心的负责人郑晓龙向他们推荐我担任电视剧的武术顾问，主要原因就是我创作了很多武术题材的小说。我们一起拜访了“大刀王五”的孙媳和重孙，参观了“大刀王五”主办的源顺镖局，镖局位于北京东珠市口。这时，我将我出版的一些武侠小说送给了香港导演戴彻。他读过之后，有意将《醉侠传》改成电影搬上银幕；同行的西安电影制片厂导演张子恩也是这个意思。他对我说出这个想法之后，我欣然同意。一九九〇年，根据我的长篇武侠小说改编的电影

《醉鬼张三》，由香港齐明电影制作公司和青年电影制片厂联合搬上了银幕，在内地发行电影拷贝达二百三十二个，后来此电影还被评为新中国成立五十年优秀影片之一。

二

侠者，勇也，义哉。武侠小说是侠者的碑迹，是侠者心路历程的纪录。著名作家刘绍棠生前曾这样评价我的武侠小说："将武术、史实、言情、京味融为一体，革新了旧式武侠小说，应该是武侠小说中的写实类型。"我在创作长篇武侠小说时，力求历史与传奇、武术与侠义、文史与传说、言情与民俗相结合，使人读罢能恍入中国武术浩瀚博大的历史长卷之中。但是，能够称得上写实派也不是一件容易的事情。我在小说中描写的一招一式都是有渊源的，并不是完全依靠想象。在创作武侠小说的过程中，我有幸结识了几位武侠小说创作成绩斐然的大家，香港著名武侠小说作家梁羽生先生就是其中一位。

我与梁羽生先生的交往很有传奇色彩，我们至今都未曾谋面，却有书函辗转往来。一九九三年，我希望梁先生能够为我的武侠小说作序。当时，我找到梁先生的经纪人，他与梁先生联系后，梁先生表示要看我的武侠小说。我寄给他两部武侠小说，一部是《八卦掌传奇》，另一部是《醉鬼张三》（后更名为《醉侠传》）。正在澳大利亚悉尼隐居的梁先生在看到我的两部武侠小说之后，欣然应允为我写序；他在序中还对武侠小说的发展趋势，作了客观和卓有远见的评述。

为感谢梁羽生先生的谆谆教诲，也便于读者诸君了解梁先生关于武侠小说的真知灼见，现将所作序言照录如下。

六W与三结合

梁羽生

一

文章贵有个人风格，对长篇小说而言，更加如此。无风格不能成家——虽然成家的条件不止一种，但风格却是属于基本的因素。张宝瑞的武侠小说是有他的个人风格的。

我和张宝瑞不相识，只知他是记者“出身”。作家的风格往往受本身经历的影响，张宝瑞的风格似乎也是源于他的职业。西方新闻学有六W之说，把一篇新闻报道必须具备的因素概括为when（何时）、where（何地）、who（何人）、what（何事）、why（何故）、how（如何）。此说虽来自西方，但中西一理，缺少六W之一，就不能成为一篇完整的新闻报道了。

张宝瑞的武侠小说具有纪实文学的性质，在大陆亦早有定评。以他的两部代表作《醉鬼张三》（编者注：即《醉侠传》）和《八卦掌传奇》为例，前者写三皇功创始人张长桢的一生，后者写八卦掌开山祖董海川的事迹。书中的主要人物和重大事件都是真有其人，实有其事的。纪实文学脱胎于新闻报道，其必须具备六W，是无须说的。除了真人实事之外，张宝瑞还有严格的时空观念。例如，《醉鬼张三》中十三、十四两回，写了张三在某年春节期间的活动：闹花会，看艺人的杂耍；逛厂甸，听小贩的吆喝；游鸟市，赏珍禽的奇姿；进戏园，观名伶（杨小楼）的演出……在读者面前展开了一幅清末民初的北京民俗画卷。这些具有鲜明特色的描绘，是决不能移用于别的地方、别的年代的。

最后两个W（why，how）属于叙事的范围。任何小说离不开叙事，因此只有技巧高下的问题，并无需不需要的问题。技巧问题，在有限的篇幅中是难作评述的。是否必须具有六W，要看作品的性质。例如，历史小说必须有，科幻小说就无需了。武侠小说可以是写实的，也可以只是“成人的童话”，因此是要六W具备，还是只要其中的一部分，那就全看作者的取向了。许多武侠小说说不清楚故事发生于何地何时，但自有其文学价值，正如“成人的童话”一样。

不过，我还是比较喜欢有六W的作品，因为出于高手的成人童话固然有其文学价值，但若是粗制滥造的作品则难免令人有云山雾罩之感了。

二

有了个人的风格，还得有坚实的内容，否则就不耐看了。有如千娇百媚的美人，其魅力也终如彩云之易散。

张宝瑞的小说是够得上用坚实二字来形容的，尤其在“武”这方面。他写的是名副其实的武侠小说。武侠小说用简单的算式表示，即：武＋侠＋小说。必须三者结合，才能名实相符。并非所有的武侠小说都是有武有侠的，早就有人指出一个现象："许多武侠小说都是有武无侠，甚至武也没有，有的只是神，神怪的神"。

张宝瑞的小说，其最大的特色就是有关武术的描写，大陆作家林斤澜就这样说过："现在的文坛有两怪，一是张宝瑞，专写武术；二是柯云路，专写气功。"《八卦掌传奇》第十五回，张宝瑞写董海川与铁佛法师谈论武术，对各门各派的拳脚功夫如数家珍。张宝瑞的武术知识之广博，于此可见一斑。

张宝瑞的小说有侠，无须待我来说。他那两部代表作的主角——张长桢与董海川，本来就是有许多行侠仗义事迹在民间流传的真实人物。

张宝瑞的武侠小说有纪实文学的性质，但并不等同侠士的传记。他还是用小说的手法写的，有在特定环境中"可能发生"的虚构情节，也有为了突出主角形象而安排的次要人物。当然，也有人物的刻画和气氛的描写。

三

对于武侠小说的三结合，还有许多值得讨论的地方；因为在认同者中也还有枝节的差异，何况还有不认同的呢。这里无法作深入的讨论，只能略抒己见。

首先，在三结合中，哪一样是重要的？当然应是小说。不能写成传记，更不能写成论文（有人指出，我有几部小说犯了说理过多的毛病。这确是我应作自我检讨的）。这一点似无异议，问题只在于小说写法的讨论了。例如，小说总有叙事（武侠小说更加是以讲故事为主的），那么用什么人的眼睛来作见事之眼呢？用作者的眼睛还是用书中人物的眼睛？我比较倾向于用人物之眼。对三结合，我个人的排列式是：小说、侠、武。

武侠小说必须有武，这一点似乎无异议。不过，是虚写的好还是实写的好，就有不同的意见了。我觉得这也是一个取向问题。扬长避短，是任何作者都会选择的道路。如我，因为不懂技击，也不懂气功，就只能虚写了。但我总觉得欠缺这方面的知识是一大憾事。

最大的分歧在"侠"这一方面。有人认为"侠"的观念早已过时，不合潮流。武侠小说若受侠的观念所束缚，就会影响作品的艺术性。对于"潮流”，我不会视而不见。今年四月间，我在北京写的一首小诗，开头两句就是：“上帝死了，侠士死了！”

“侠气渐消”这一社会现象，恐怕亦非自今日始。一百五十年前，龚自珍就发过“吟到恩仇心事涌，江湖侠骨恐无多”（《己亥杂诗》于返乡舟中读陶诗三首之一。那年是一八三九年）的感慨。还有别人（清末文人吴伯揆）集龚诗的对联：“侠骨岂沉沦，耻与蛟龙竞升斗；人事日龌龊，莫抛心力贸才名。”

尽管如此，我还是坚持武侠小说必须有侠，否则干脆取消那个“侠”字，叫做武打小说或别的什么小说好了，何必挂羊头而卖狗肉。至于有侠就会损伤艺术性，我也不能同意。写得不好，那只是手法高下的问题。更何况，如果连纸上的侠士都已消失的话，我们将如何面对那“叹屠龙人杳，屠虎人无，屠狗人遥”的百年孤寂。

好在侠士并未死亡，我是无须过分悲观的，而武侠小说，有武有侠的小说，也仍是千年老树，尚发新枝。

一九九三年十一月　澳大利亚悉尼

我曾经有两部长篇武侠小说《八卦掌传奇》和《大成游侠》（原书名《形意拳传奇》）在台湾《力与美》杂志上连载，风靡一时。

而在香港出版我的武侠小说却与梁羽生先生有着重要的关系。一九九七年初夏，香港名流出版公司总编辑冷夏到澳大利亚的悉尼找到了梁羽生先生，与他商谈出版事宜。谈话期间，梁先生向他们极力推荐出版我的武侠小说。一方面的原因是由于我的小说别具一格，风格写实；另一方面则是希望内地的武侠小说能够流传海外。不久，冷夏就飞到北京，我们在钓鱼台签订了出版协议。正是在梁先生的推荐之下，我成为当代内地最早打入港台的武侠小说作家。

我与美国著名华裔武侠小说作家萧逸的交往大有相见恨晚的感觉。

一九九四年元月上旬，我与萧逸在北京见面了。我知道萧逸的名字应是在这次见面之前。我的大学同学王占海当时是《中国电视信息报》的总编辑，与萧逸是好友，恰巧萧逸与我都在《中国电视信息报》上刊登了征集原著改编权的信息。一九九四年元月，萧逸来到北京，在王占海的介绍下，我和萧逸约定了见面的时间。那是在北京大都饭店，我们一见面，各自都吃了一惊。我看见萧逸，风雅俊逸，潇潇洒洒，哪里像是五十七岁的武林宿笔，所以急忙说："老英雄指教!"萧逸也想不到我如此年轻，竟见不到四十出头的影子，便微笑着说："京都怪杰可畏啊!"我们一见如故，聊起身世，原来还是老乡。萧逸是美籍华人，祖籍山东菏泽；我虽然出生在北京，但祖籍山东荣成。自古以来燕赵齐鲁是一个多慷慨悲歌之士的地方，我们两人以笔作枪，"挥戈跃马"，"鏖剑武林"。萧逸不嗜烟酒，我也是烟酒不沾。聊起写作习惯，萧逸每日八时三十分至十七时写作，不熬夜。我则是一般晚八时至十一时写作，也不熬夜。萧逸背负远大使命感，三十余年执笔不辍。耳濡目染数千年的文化遗存，无数风云人物的英雄业绩，正史兼野史，前人传记和书札，无不在他搜集之列。一本好书，其乐无穷。我是有史即拾，有书即买，我的居室，仅书柜就有十多个，书箱几十个，柜内的书双层而立，还是不能如意，只好忍痛割爱，送给兄长一些。妻子莫愁曾戏言：居室大有图书馆之感。为查书方便，妻子还特意给我买来了一个折梯。萧逸先生与我谈得投机，不觉三小时已过。当谈到武侠小说的要旨时，我们一致认为武侠小说重在"侠"字。对于侠的理解，萧逸认为：侠是伟大的同情。有伟大的同情心，讲义气，就是侠，不一定要会武功才是侠。我觉得：侠是一种精神，一种境界；从某种意义上来讲，侠是一种原始的共产主义的精神。因为，侠的本身是除暴安良，路见不平，拔刀相助；侠所追求的是一种人人平等、个个仗义的社会。著名物理学家杨振宁先生说：武侠小说是成人的童话。童话的意境是美好的，武侠小说就是要使人摆脱困境步入理想世界。行侠仗义的精神使人振奋，使人忘记痛苦和烦恼，痛快淋漓地面对人生。在交谈中，我们才知道，我们都很喜欢民国时期著名武侠小说作家王度庐的作品，因为王公笔下的人物都具有真实的人性，一点儿也不夸张，素有真情实感，被称为"情侠小说"。而我们的作品都注重"情"、"义"二字。萧逸笑着说："我常和我写的小说中的主人公谈感受，她的一颦一笑左右着我的情绪，甚至到同呼吸共命运的地步。有时候写到人物死了，自己也不免悲痛难禁，泪沾双襟，稿纸都湿了大半。"而谈到读者，萧逸说："一个情感丰富的男人，在面对众多仰慕的女读者时，说自己不曾动心那是骗人的。但是，有缘无分，又如何呢?不可否认，读者的支持是创作的一个原动力，但两者之间的分寸是非常重要的。发乎情，止乎礼，是当谨守的。”萧逸有情，读者更多情。在汹涌澎湃的热情环伺之下，萧逸一路行来，有惊无险，始终守持在一种精神的境界，诚是功力超凡，定力颇深。萧逸说他对情的看法是：文人若无风流之心，就不能当个好作家，所谓“君子尚风流”。我个人则是有风流之心，无风流之行。两性之间的关系，是人类最基本最重要的关系，我注重儿女情怀，真实人生的儿女情怀。关于武侠小说中使用的武器，萧逸认为中国的剑是正统的、最高境界的武器，它代表正义、光明正大，所以他的作品中武功最高的侠客永远用剑。我认为使用不同武器反映不同人的个性，因此我的作品中主人公的武器奇特多变，如鸡爪鸳鸯钺、判官笔、如意针、梅花镖、流星锤等。

我获悉萧逸当时当选为美国洛杉矶华文作家协会会长，又荣获一九九三年拿破仑杰出华人成就奖，十分高兴，当即向他表示祝贺。一九九四年十二月，我希望萧逸能为我的武侠小说作序言，他立即应允，在美国为我的武侠小说写了序言。他写道：“在传统的文学境界里，武侠小说一直就举足轻重地占着重要地位，实为广大读者群众所喜爱阅读。‘武侠’二字，‘武’——尚武的精神，‘侠’——伟大的同情。一部好的武侠小说，是应该在这样的一个范畴之内尽情创作与发挥。张宝瑞的小说情真意实，质朴无华。书中人物、门派、掌故之交代，多为确有其人，果有其门，真有其事。读来备感亲切，不忍释卷；易古而今，真仿佛四邻周遭发生之事，不失为武侠小说别开生面之作。这样为保留中华武学文化精华的执著热情，诚是不易而难能可贵。”

一九九五年十月二十五日下午，香港著名武侠小说作家金庸在北京大学出现，他受聘为北京大学的名誉教授。当我见到金庸时，北大校长吴树青介绍说：“金先生，这位是新华社高级记者张宝瑞，也是写武侠小说的作家。”金庸听了，赶快从座位上站起来与我握手，他笑眯眯地上下打量着我。随后，我把自己创作的六部长篇武侠小说送给了金庸。金庸把我递给他的武侠小说接过去翻看了一下，然后高兴地对我说：“你这么年轻，出了这么多著作，我回去一定好好拜读。”金庸把这些书交给他的妻子保存，然后坐在沙发上与我交谈。

金庸说：“武侠小说并不是纯娱乐性的作品，其中也要抒著世间的悲欢，能表达较深的人生境界。”我对他的观点很赞同，点头回答他：“我非常赞同您的观点，文学是人学，衡量作家作品成就的最根本的标尺，就是人学的标尺，因为无论采用哪一种文学形式，文学的主旨是写人、塑造人，是拷问人的灵魂。”金庸点点头，说道：“写武侠小说也是写人性，只有刻画人性，才有较长期的价值。”我说：“作为武侠小说这种文学形式，其成熟的标志就是侠、情、武的融合贯通。侠是一种精神。”金庸赞同地连连点头，说道：“在武侠小说中，侠比武重要，侠是灵魂，武是躯壳；侠是目的，武是达成侠的手段。打抱不平，是小侠行径；以天下为己任，才是大侠之举。”

我在与金庸的交谈中，在荡然的话语中，悟出几许凄凉。金庸是一个能人，一个哲人，他洞察了人生的千奇百怪，喜怒哀乐。他为什么在人生最辉煌的时候，悄然隐退，归隐江湖？“人生在世不称意，明朝散发弄扁舟”。杨过身遭大难断了一臂，又忍了十六年相思之苦才得归隐；令狐冲身败名裂与盈盈团圆；陈家洛大事难成，终生抑郁，避居回疆；张无忌见大势已定无力回天，心灰意冷，率众出走；袁承志见父仇难报，家园难归，浮槎海外，空有安邦志，却吟去国行……金庸所念念不忘的是那些不得不归去的人物。他曾远赴英伦，也似袁承志浮槎海外。可见金庸是对某种现实、某种历史积淀感到失望，失望便不再写，故封笔挂剑，失望出走。一九九三年初，金庸移居英国，这位在香港驰骋了三十多年的“大侠”终于功成身退，在遥远的英伦半岛暂时觅得一片清静之地。“归去来兮”，如今金庸又回到祖国，在西子湖畔定居。世事沧桑，书香犹在；宝刀未老，雄心未泯。侠香一缕系天外，西子湖畔招魂来。

二〇一〇年二月十四日春节期间，我应位于浙江海宁的金庸书院之邀撰写了一副对联，是赞颂金庸先生的。联云：

举武侠进殿堂开天辟地功高摘日月
挟文雅入书卷革故鼎新位谦泣天地

中国历史从某种意义上来说，也就是侠的历史。《张宝瑞武侠小说全集》的出版，重新向世人展示了许多大侠的义举和英雄人生，无疑将再次唤醒读者心中沉睡着的侠的精神。侠的精神永远藏在中国民众的心底里，侠的精神必将不断发扬光大！正义终将战胜邪恶，人间正道是沧桑！

目录

目录

目录

目录

第一回　珍贵妃梦失如意珠　马维祺命丧毒砂掌

珍妃娘娘的翡翠如意珠丢了。

这可急坏了清宫护卫武术教头尹福。

光绪皇帝的宠妃珍妃的这颗翡翠如意珠是传世珍宝。珍妃初入宫时，家母恐有灾祸，于是将这传世珍宝授予珍妃，让她常衔口中，以避灾降妖，取吉祥之意。平时珍妃总是将这颗罕世之珠衔于口中，今日清晨醒来时，发觉这一瑰宝不翼而飞。

光绪皇帝闻讯后，龙颜大怒，大骂清宫护卫庸碌无能，让飞贼钻了空隙。他唤来清宫二总管崔玉贵，降旨让他的武术教头尹福限期破案，将宝物追回。

晚上，尹福在肃王爷府豪杰斋里连连踱步，思绪此起彼伏，却总也理不出头绪。

是谁偷的呢?

尹福在江湖上闯荡四十多年，还是头一次发愁。

尹福斯斯文文的脸庞上河脉纵横，眉心推出一个亮疙瘩。

自从八卦掌始祖董海川去世后，董海川的大弟子“铁镯子”尹福便成为八卦掌掌门人。尹福系直隶冀县漳淮村人，生于道光二十年，字德安，号寿鹏。幼年时即来北京，住在朝阳门外吉市口头条，以卖油条烧饼为生。炸油条的师傅见他诚实聪慧，便教他武艺。尹福勤学苦练，后来成名，便以教拳为业。以后，清军善扑营聘请他为武术教头，教众五百余人。不久，尹福闻说肃王爷府董海川精于八卦掌，便去肃王爷府拜访。董海川先看尹福练了一回弹腿，然后说：“你练得很好，可惜护不住脸。”

尹福不服气，说道：“我也算是京城里数得上的拳师，难道连自己的脸都护不住吗?”

董海川微微一笑："你不服气，咱俩可以试试。"

尹福心想：此人分明是哄我。于是使尽全力比试。可是董海川只是以两手相接，尹福始终不能近身。

董海川笑道："尹先生，小心你的两颗门牙。"

尹福回答："我不信——"话语未落，董海川以二指一伸，便将尹福的两颗门牙杵下。尹福一见，又羞又愧，跪在地下，叩头拜师。从此，尹福便跟随董海川学练八卦掌。

董海川对尹福说："你从前所学，曾下过很大的工夫，扔掉不免可惜。我给你改改，你将蹿的、蹦的都改为走的就可以了。"因此尹福所练的八卦掌，都是以罗汉拳、弹腿等为基础，由董海川改编的，后称之尹式八卦掌。董海川过世后，尹福接替董海川任肃王爷府护卫总管，清宫里的太监也跟尹福学拳。后经二总管崔玉贵介绍，尹福又任职宫廷，任清宫护卫武术教头，宫女、太监均称之为老师。当时光绪皇帝想摆脱慈禧太后的羁绊，亲近、重用维新党人领袖康有为、梁启超、谭嗣同诸人，一心想变法，荡涤朝廷陈腐之气，重振朝纲，也想借练武扫除身上文弱之气，于是也拜尹福为师学练八卦掌。尹福是未阉之人，平时栖身肃王爷府豪杰斋，只在每隔一天的下午到清宫授拳。

正在尹福踌躇之时，门帘一挑，闪进一个人来。此人宽阔面庞，一脸的精灵气，身穿古铜色上衣，青色灯笼裤，头戴瓜皮小帽。

"马贵，原来是你，我正要找你。"尹福一见来人，眼睛一亮。

"尹爷，我都听说了。"马贵把一轴画放在桌上。

尹福摊开轴画，只见画的是一篓欢蹦乱爬的螃蟹，画面逼真，栩栩如生。马贵是尹福的弟子，擅长画蟹，名噪京都。

马贵眨巴眨巴眼睛："尹爷，我看此事不妙，一定是仇家来了。"

"何以见得?"尹福听了，心头一震。

"董海川师祖在世时，大展绝技，连连击败强手，天下叹服，连那皇帝老子、王爷王孙都暗服几分。更何况那少林、武当、峨眉、昆仑、青城、九华、雁荡、普陀诸山高士隐侠、名僧赫尼，无不推崇董师祖的绝技武德。那半步崩拳打遍天下的形意拳大师郭云深，从直隶深州老家一路打到北京城，欲与师祖比个高低，俺师祖不愿折了郭大师的美誉，在暗中略施小技，使郭大师暗暗叹服，慷慨而归，成为武林佳话。"

尹福停止踱步，目光炯炯，一双剑眉微挑，目光射向马贵。

"可是这仇家？……"

"师祖爱憎分明，身在曹营心在汉，他有济世拯民之大志，相传与太平天国领袖洪秀全关系密切，受天王派遣入京，割阉忍辱，栖身王府，几次刺杀咸丰未遂。后来天国崩溃，天王饮恨服毒自尽，铁拐道人郭济元老先生千里迢迢来京，传达撤回刺杀密令，师祖最终壮志难酬，饮恨而亡……”

马贵话音未落，尹福手一扬，窗外“扑通”一声。

马贵快步来到门外，只见窗前躺着一人，那人青衣青裤，青布遮头，倒背一口柳叶刀，胸前“咕嘟咕嘟”冒血。他胸前中了尹福的暗镖。

尹福也跟了出来，自语道：“这人在偷听我们的谈话，真机险些泄漏。”他俯身一看，那人鼠脸黄眉，不是肃王爷府中人。

马贵道：“此人八成与珍妃娘娘那颗翡翠如意珠有关联。”

尹福点点头，一手夹起那尸首，回头对马贵道：“你在屋里等我。”说罢朝后面走去。

一会儿，尹福回来了，一脸铁青色。他坐在太师椅上，“吧嗒吧嗒”吸起水烟袋。

马贵继续说下去：“董师祖不甘与朝廷同流合污，身怀异志，平时正义敢言，难免得罪一些奸狎小人。师祖在世时，如泰山压顶，无人搬得动他。如今师祖不在了，剩下师傅、师叔一班人，而在这班人中又数师傅位置最高，是掌门之人，自然来找您的岔子。您是皇宫护卫武术教头，可是偏偏有人敢潜入皇宫，在太岁头上动土，盗走了珍妃娘娘的翡翠如意珠，故意出您的丑。如今皇上降旨限期让您破案，如若此案难破，您就要被皇上逐出皇宫，有人自然要看您的笑话了！”尹福听了马贵一番话，心里翻腾得像吊桶似的七上八下。马贵的这些想法，其实在尹福心头早已掠过。此刻尹福思虑的问题更深了一层，这件事会不会与政治斗争有牵连呢？如今光绪皇帝雄心勃勃，重用康有为、梁启超一班维新党人，与以慈禧太后为首的一些人抗衡，一心想做中国的明治天皇，走日本明治维新的道路。而光绪皇帝的敌对势力时时刻刻都在磨刀霍霍，企图刺杀光绪皇帝，铲除他的羽翼。那些被光绪皇帝贬斥的贪官污吏、冗官冗员难免对皇上积怨甚深。盗珠之事会不会与这些宦海烟波有牵挂呢？……

尹福的额心简直皱满了问号。

马贵呷了几口清茶，缓缓道：“此事何不与程师叔、马师叔、施师叔、刘师叔、梁师叔等人商议一下？”

马贵所指的这五位师叔都是董海川的著名弟子。

程廷华是直隶深县程家村人，在北京崇文门外花市四条做眼镜生意，人称“眼镜程”。他性喜武术，精于摔跤。后来拜董海川为师，得其精微奥旨，名声大震。

马维祺是北京人，他拜董海川为师。董海川对他说：“你如能三年练功，保住原阳不动，我保你功夫上身，可以成功。”马维祺果然三年不进家门，和妻子三年不见面，一切日用之物及更换衣物，都由师兄弟代为取送。因此他练就浑身肉疙瘩，如天齐庙内的小鬼一样，周身趣青，满身腱子肉疙瘩。当时有个中医叫叶潜，是满族人，又叫佛尼音布，他家道富足，也喜练武，原请尹福为其护院，以后尹福去皇宫教拳，便介绍马维祺为叶潜护院。马维祺的翻背捶十分厉害，叶潜便请马维祺教他这手绝招，并为马维祺在蒜市口以西路北四十六号开了一个煤铺。马维祺经营煤铺，每日与几千斤煤相周旋，经常把煤铲往煤堆中央一插，围着煤堆练转掌，练完功再制作煤球。他还练高来高去，在房屋门外置一横铁杠，出入必由铁杠上飞越而过，往来自如。世人称他为“煤马。”

施纪栋是直隶冀县小寨村人，在北京朝阳门内开义和木厂。他先练弹腿，后练连腿。与尹福是同乡，又是好友。以后经尹福介绍拜董海川为师学练八卦掌。施纪栋为人谨厚，秉心颖悟，董海川非常喜欢他。以后董海川将其义女、京剧演员陈媛媛介绍给施纪栋为妻，董海川晚年一直住在施家。有一次，董海川骂他：“贼腿!”因此后来人称施纪栋为“贼腿施六”。

刘凤春是直隶涿县人，在北京以卖翠花首饰为业，人称“翠花刘”。他面貌丑陋，脸有麻点，性情耿直，语言粗鲁，不善待人接物，又不会走门串户，因此买卖不佳，旋即弃业。董海川逝世后，刘凤春无正当职业，逐渐沦为乞丐，以讨乞为生，成为北京城丐帮帮主。一天，刘凤春行乞走到颐和园，正赶上慈禧太后挪用海军军费修建颐和园。刘凤春问那里的工人：“这么多的建筑木材丢不丢呀?”工人答道：“哪有不丢的，天天丢。”刘凤春道：“烦你们跟工头说说，我管看木材，不要工钱，管饭就成。”工人找来工头，工头问刘凤春：“你有什么本事，敢来看木材?”刘凤春指着一根粗约一尺的楠木说：“我一动胳膊能把这根木头放到肩膀上。”说罢，那楠木已到了他的肩膀上。工头大为叹服，于是留他看守木材。

梁振圃年龄最小，是直隶冀县城北郝家冢村人。他十五岁来到北京前门外东大市父亲开的估衣庄当学徒，由于身材矮小，体弱多病，十六岁时经父亲介绍，拜董海川门下。因他以估衣为业，人称“估衣梁”，又叫“小辫梁”。后来梁振圃在前门外东珠市口路南“德盛居”黄酒馆授拳。

因为肃王爷府离黄酒馆最近，尹福和马贵出了府门径直来到黄酒馆。掌柜王兴是梁振圃的弟子，他告诉尹福和马贵，梁振圃受前门外打磨厂恒义丝绸庄委托，保镖送货到河南郑州去了。

二人只好又去找马维祺。

走进蒜市口西街，只见街上空无一人，月光如银，空气中似有一股血腥味。

二人来到四十六号门牌煤铺前，但见马家煤铺前的那根横铁杠拦腰劈断，大门洞开。

二人感到不妙，连忙来到院内，见地上躺着七八具死尸，有的缺胳膊断腿，有的鲜血汩汩而流。二人左右翻转，其中没有马维祺，死者都是夜行衣着，青衣青裤。

这座院内在几小时前发生过惨烈的激战。

二人快步来到屋内，只见马维祺仰面倒在屋角，两目圆睁，口中淌着鲜血，屋内东西狼藉，墙上鲜血淋漓，烛光一摇一曳……

“维祺！维祺！”尹福大叫，扑过去摇撼着马维祺的身子，可是马维祺一动不动，他的身体冰凉。

马维祺已经死了。

尹福急忙探视他的伤处。撕开他的衣襟一看，只见胸前有一个巴掌大的紫印，上面凝有黑血痕。

分明是毒砂掌所击！

马贵惊叫：“毒砂掌！师叔中了毒砂掌！”

尹福倒吸了一口冷气，惊道：“果然是仇家来了！”

马贵问：“仇家是谁？”

尹福擦了擦泪痕，缓缓道：“是‘塞外飞鹰’沙弥和他的妻子‘病西施’马踏燕。三十多年前，蒙古草原上的大盗沙弥在喀尔沁救了肃王爷隆勤，也就是如今肃王爷善耆的父亲。隆勤王爷便聘留沙弥做了王府护卫总管。沙弥在北京多次击败武术名家，名噪全城。以后辅佐王爷南征北战，屡建战功。一次在随王爷征伐云南瑞丽时，俘虏了瑞丽王的女儿马踏燕；马踏燕见沙弥果敢勇猛，遂生爱慕之心。沙弥自然也倾心于这位光彩照人的傣家姑娘，他偷偷放走了瑞丽王，更赢得了马踏燕的爱慕，于是二人成婚。马踏燕随丈夫来到北京，马踏燕除了有投枪绝技外，还有祖传功夫，名为毒砂掌。实为一种气功，气发于掌上，掌若炭火一般；又将云南西双版纳一种有毒胶树的毒汁放入囊中，捆于手指。手掌击人时，囊破汁溢，沾人皮肉即中剧毒，不消一刻便身亡。”

“发掌之人也沾毒汁，为何不死呢？”马贵问。

“由于气发于掌，掌固如石，汁不浸掌。沙弥添了毒砂掌功夫，更是狂傲，不把天下好汉放在眼里。当时，董海川先师在圆明园比武大会上，力挫群英，名声大震，肃王爷十分仰慕，把先师请到府中比武。这肃王爷是尚武之人，在王爷群中是佼佼者，他气力惊人，两腿有千钧之力。每日上朝还要用双腿踢击皇宫石雕栏杆，练功不已，人称‘神力王’。他与董先师比武，摸不着八卦掌的套路，结果败北。沙弥不服先师，也跳出来比试，也败于先师；他的毒砂掌掌掌落空，根本碰不着先师皮肉。当时二人又商定比器械，先师使鸡爪鸳鸯钺；沙弥使一根玄武棍，两个人的武器上都涂上木炭，谁要是被炭沾身，谁就算输。未及三个回合，沙弥的脸上沾了一粒炭迹，自惭而下。紧接着，马踏燕也来比试，她将一支六尺长的投枪呼呼从半空中投来，先师稳稳接住投枪，运运气，将投枪一旋，又向对方投去。马踏燕慷慨用手来接投枪，谁想那投枪离她有三尺远，一个回旋，竟扎入湖中。这夫妻俩如何受过这等挫折，当晚来到先师住处，施放熏香，想把先师熏倒后再结束他的性命。谁想先师早有防备，将他们二人双双擒获。二人捣蒜般磕头，先师是大慈大悲之人，于是饶过他们。他们发誓永不回北京，落荒在外，久无音讯……”尹福说到此时，哀怜的目光落在马维祺的尸身上。“先师过世，这二人想必是找我兄弟们寻仇来了！……”

“那珍妃娘娘失宝一案是不是也与沙弥夫妻有关联?”马贵小心地问。

尹福轻轻叹了口气，两滴晶莹的泪珠“吧嗒”地掉在马维祺冰冷的脸上。尹福用双手缓缓地合上了马维祺的双眼，对马贵说：“事不宜迟，快找你程师叔去。”

正值暮春，空气中回荡着醉人的芬芳，细窄的街道上飘着狼藉的粉色花片，几树梨花还飘洒着嫩白的残瓣。繁星悠闲地漂浮在苍蓝的天上，穿过朦胧的云片，似隐似现，一弯朗月散发出乳白色的暖晕。

二人无心欣赏京都暮春的景色，快步来到花市四条程记眼镜铺，只见铺门大敞大开，空寂无人。静得连睡梦人的喃喃声和鼾声都能听见。

莫非程师叔也出了事?

二人一前一后进了门。

穿过一个夹道，来到后面的院落，抬头一看，只见正屋烛火通明，一个英俊的中年汉子正醉卧在地上，抱着一个酒缸狂饮。他身材魁梧，眉毛浓黑而整齐，一双栗色的醉眼透出光彩，一副傲慢狂荡的神态。他穿着一条蓝布便裤，腰间扎着一条牛皮带，上身光着，发达的肌肉，在肩膀和两臂棱棱突起。

此人正是“眼镜程”程廷华。

程廷华似乎听见了脚步声，忽然爆发出了一阵狂笑，口中叫道：

“活鲤鱼哟！年年有余的活鲤鱼哟!”

“卖咦哟大小，小金鱼儿来!”

“甜酸豆汁儿来！买麻豆腐!”

“栽花儿来，栽蝴蝶花我来!”

“蛤蟆骨朵儿，大田螺蛳来!”

“买神符来！恨福来迟避五毒儿哇!”

……

“师傅，我师叔发癔症吧，他瞎吆喝什么呢?”马贵话音未落，“扑通”一声，脚下一软，栽进一个陷坑里。

尹福眼快，一个“鲤鱼打挺”，稳稳落于地面。

尹福骂道：“廷华，你搞的什么名堂?”连忙用手去拽马贵。

程廷华飞奔出屋，大笑道：“原来捕到了一只大螃蟹!”说着帮尹福拽出马贵。

马贵浑身污秽，叫道：“好晦气！师叔，你摆的是什么阵呀?”

程廷华进屋找来两件干净衣服，一件扔给马贵，一件自己穿了。笑道：“我还以为又是哪个不怕死的来了呢?”

尹福正色道：“廷华，大祸临头了!”

程廷华酒醒了一半，问道：“什么?”

“马维祺被人打死了!”

“什么?”程廷华身子一软，眼前迸出无数颗小金星。

尹福将在马家煤铺所见叙述了一番。

程廷华“哇”的一声吐出一大口秽物，带着浓烈的酒臭味。紧接着，眼泪扑簌而落。在八卦掌众兄弟中，他与“煤马”的关系最好。

尹福师徒俩将程廷华扶到里屋炕上。许久，程廷华才缓过气来。“我恨不得一刀杀了沙弥这老贼，只不知他住在何处?”

尹福道：“咱们兄弟小心为是，他在暗处，咱在明处，如今还摸不清他的脉络，不知他跟谁勾着?”

程廷华下地，倒了三大碗酸梅汤，一碗递给尹福，一碗递给马贵，“咕嘟咕嘟”，自己喝了一碗。

程廷华喝完酸梅汤，抹抹嘴：“这沙弥肯定有来头，他当年在肃王爷府当总管，跟各王府的王爷、总管，还有皇宫里的太监混得很熟，不如请‘翠花刘’凤春兄弟带着丐帮兄弟到各王府打听打听，丐帮都是胡同串子，各种胡同、王府、名宅、庙宇路子极熟。”

尹福沉吟片刻，缓缓道：“明晚召集八卦掌门人在施六家开会，大家商议一下，把维祺兄弟的丧事厚办，咱们现在就去找施六。”

程廷华一翻身上了房，马贵抬头一看，一个人影转瞬即逝。

一会儿，程廷华跳下房，说道：“我这里也来了探子，八成也是沙弥的人，我已经捉了两个，弄死埋了。”

施纪栋开的义和木厂在朝阳门内。三个人进了哈德门，沿着东单大街，来到东四牌楼，往东一拐，不一会儿就来到了义和木厂。

这义和木厂是个三层套院，厂门开着，三个人鱼贯而入，只见门房老头坐在木凳上，靠着墙打盹儿。

走进第一道套院，东厢房里熟睡的工人们鼾声如雷。

第二道套院装满了木材、器械，还有打好的家具等。

走进第三道套院，只见有个流杯亭，亭西又有个小套院，月亮门开着。程廷华先走了进去。只见一个半老徐娘，身着湖色衣衫儿，紫红灯笼裤儿，手握一杆旱烟枪，正顺着窗纸洞眼往里吹熏香呢。

程廷华一抬手，“刷”的一声，一支飞镖飞了出去。

那女子身手好快，一招“飞燕凌空”，悄然无声上了房，一眨眼的工夫，踪迹全无。

程廷华也不追赶，撞开门来寻施纪栋。只见屋内漆黑一团，声息全无。

程廷华慌了，叫道：“施六！施六！”往前一探身，一脚踩翻了尿盆，沾了一脚尿。

他摸到炕前，一手摸到赤裸松软的胴体，有一股胭脂香，知是施纪栋的妻子陈媛媛；再往旁边一摸，摸到了施纪栋瘦伶伶的干巴身子。

这时，尹福和马贵也走了进来。

尹福说：“快给他们解熏香。”说着打开窗子，紧接着在施六身上运转功力，疏通血脉。一会儿，施纪栋缓缓醒来，见是尹福等人，又惊又疑。他憨憨笑道：“我这是在梦里吧？”

“还说什么梦话？险些遭人暗算！”程廷华把刚才的情形叙说了一遍。

施纪栋睡意全消，爬起来道：“竟有此事？我只管做美梦，差一点做了刀下鬼！”

马贵走上前，问道：“师叔，蜡烛在哪儿？这黑咕隆咚的，叫人好闷！”

施纪栋说：“在窗台上。”

马贵取来蜡烛，正要点燃，只听施纪栋声嘶力竭地大叫：“别点！别点！”

马贵惶惶惑惑地问：“怎么了？”

“你师婶子还光着腚呢！”施纪栋慌忙取过毛巾被盖在陈媛媛身上。

程廷华“扑哧”笑出声来，打趣地说：“师兄想得真周到。”

尹福带程廷华、马贵退出屋门。

稍等片刻。施纪栋叫道：“进来吧。”三人进屋，烛光下，陈媛媛羞红着脸给众人端来凳子。她穿一件淡青湖绉短衫，圆软的乳峰在衫内一起一伏地颤动，下身系一条银红绸裤，脚穿一双锦缎拖鞋。她虽已近四十岁，风韵犹存。

“见笑了。”她甜甜地笑道，招呼大家坐下，然后出门烧水去了。

尹福把前因后果对施纪栋讲了，施纪栋说：“来者不善，善者不来。依我看，将来要有一场恶斗！在这风雨颠沛之时，我们八卦掌弟兄更要同舟共济，患难与共。近日，康有为在京组织了粤学会，主张立对策祈以征贤才，开制度局以立宪法，后来又在粤东会馆成立保国会，公车上书，推行变法。慈禧太后躲在颐和园，密调董福祥甘军移驻京郊，又密约荣禄等人商议对策。听说日本国明治维新后，学习西方，国力大振，世风清廉，举贤荐能，赏罚分明，咱们也应鼎力支持光绪皇帝变法图强。”

尹福说：“源顺镖局镖头大刀王五也力主变法，他与维新党人谭嗣同过往甚密，谭嗣同常住源顺镖局，天津秘踪拳名家霍元甲等也响应变法。有道是识时务者为俊杰。顺潮者生，逆潮者亡；得人心者得天下，失人心者失天下。我八卦掌门人何不痛痛快快干一番事业？”

“来，清茶来了！”一阵银铃般的声音飘来，陈媛媛提着一个热气腾腾的大茶壶迈了进来。

尹福回到肃王爷府已经是一更天了，他穿过东穿堂，过了银安殿、徐白亭、东佛堂，猛听得妙香界那边传来了一阵凄婉的胡筝声，筝声充满了哀怨、惆怅。有女子在轻轻吟唱：

绣帏睡起，残妆浅，无绪匀红补翠。藻井凝尘，金梯铺藓，寂寞凤楼十二。风絮纷纷，烟芜苒苒，永日画阑，沉吟独倚。望远行，南陌春残悄归骑。

凝睇，消遣离愁无计。但暗掷、金钗买醉。对好景、空饮香醪，怎奈转添珠泪。待伊游冶归来，故故解放翠羽，轻裙重系。见纤腰，图信人憔悴……

第二回 妙香界幽琴解妙音 小佛堂衷肠动侠客

尹福早已熟悉这女子的弹唱，她是金貂公主，是肃王爷善耆的义女。这女子是西域土著王的女儿，善耆王爷率兵西征时，曾围困西域土著王于王宫。西域土著王割地求和，并将女儿金貂公主作为人质送往中原。以后肃王爷将金貂收为义女。这金貂虽是胡女，在西北荒漠长大，可是生得金身玉质，绰约多姿，别有一番神韵。她已二十有余，未曾出嫁。肃王爷说她患有抑郁病，不能出嫁，只恐祸及他人。金貂虽来中原只有数年，琴棋书画却无所不能。平日肃王爷请尹福教她一些健身之术，以除她心中抑郁之气。她每晚都幽居闺门，独自悲歌，只有一个叫木莲的丫鬟陪伴她。

尹福路过妙香界的垂花门时，只见金貂公主的丫鬟木莲慌里慌张走了出来，她见到尹福吃了一惊。

“怎么，木莲姑娘这么晚还未入睡?”尹福问道。

“嗯，……公主还在弹琴……”木莲支支吾吾，红着脸跑去了。

尹福觉得事有蹊跷，走进游廊又返回来，一猫腰上了房，径直来到妙香界的庑廊上。这妙香界是王府里的绝妙去处，朱栏玉户，画栋雕梁，丁香簇簇，翠竹潇潇；东隅有一翠塘，池底溶溶月可鉴，岸石嵯峨。西厢栽几株牡丹，傍倚着常青蔓藤，给人一种幽美、恬静的感觉。

西厢亮着烛，尹福凑了过去。只见靠着左壁，摆着三张木椅，两条茶几，中间放着一口白铜的火盆。屋角有一个高一米的彩色瓷瓶，斜含着蜡梅的折技。右面有一张玲珑的琴桌，琴在人空。

尹福猛听得左边屋内有动静，走过去一看，大吃一惊。

原来肃王爷在屋里。

肃王爷仅穿着蓝绸灯笼裤，上身赤裸，正踉踉跄跄围着金貂公主转。

金貂公主一反常态，比往日更添了几分神韵，沉郁气一扫而光。

她小巧玲珑，白如珠玉的瓜子脸上，两只乌黑的大眼睛闪烁不停，柔唇微启，露出一口洁白如奶的玉齿，两个大耳垂上闪烁着两颗黑钻石耳环。

她身穿西域少女特有的金黄色纱裙，纱裙飘散着，时隐时现地浮荡着一对鼓甸甸的白奶子。

“来，来，王爷，只要你能摸到我，就能如愿……”金貂公主咯咯笑道，轻盈地旋转着。

肃王爷纵有千种本领，也难以用手触摸到她。

尹福看得呆了，他怎么也想不到金貂公主竟有这般轻功。

“你这鬼丫头，什么时候学的这功夫……准是尹福那老鬼教坏了你……”肃王爷一边骂着，一边又使劲蹿了过去，由于用力过猛，一头撞在墙上，额头竟撞出一个包。

尹福也感到奇怪，金貂公主平时是如此柔顺懦弱，何时变得这般奇巧？

肃王爷又一个箭步扑过去，金貂又灵巧地闪过。

在这间小屋里，肃王爷累得气喘吁吁，也难以摸到金貂公主。

这时，金貂公主一个旋风，稳稳坐于床上。肃王爷见有机可乘，扑了上去。金貂扬起双脚，“啪！啪！”在肃王爷脸上扇了两脚，扇得肃王爷眼冒金星，晃悠悠栽倒在地上。

尹福见肃王爷昏倒，想进屋质问金貂。未等迈步，忽觉耳边有声响，一歪头，一支袖箭飞了出来。一抬头，金貂公主已闪到面前。她大声喝道：“何路妖贼，竟敢偷看?!”

尹福一听，更加纳闷儿，心想，金貂公主怎么竟认不出我来了？一阵风响，金貂伸掌朝尹福击来。

尹福一弯腰，闪电般转到对方身后，抽出判官笔，朝金貂后腰一击。

金貂身子好快，一招“嫦娥奔月”，攀上一株银杏树，往前一悠，又猛将双脚朝尹福击来。

尹福一招“毛驴打滚”，躲过她的双脚，惊问道：“你是不是金貂公主?”

金貂也不答话，莞尔一笑，伸手往胸中去摸索。

尹福知有暗器，先发制人，将判官笔一横，刷地划破了金貂的一块裙片。

他只觉眼前一片亮晶晶，知是毒针之类暗器，一如“飞鸟投林”，上了屋顶。

金貂也上了对面屋顶，一拱手，叫道：“咱们井水不犯河水，后会有期!”说罢，转眼即逝。

尹福十分疑惑，觉得此地是非难分，肃王爷又昏厥于地，于是朝豪杰斋走来。

走进余庆堂月亮门，忽听小佛堂内似有动静。凑近窗前一看，堂内似有人影晃动，又听到有人说话。

“跟我回西域吧，咱们过恩恩爱爱的生活，白头偕老。”一个男子的声音。

“不，我是人质，若逃回去，大清国又要发兵征伐了。”似乎是金貂公主的声音，声音柔弱，打着战儿。

“难道我们的爱情就这样完结了吗？就像黄昏的落日一样。我千里迢迢来中原，就是为了寻找失去的爱情！我们的爱情坚如磐石，就像喜马拉雅山的冰峰，像天山上的巨石。”那男子的声音坚定、恳切。

“不，忘掉我吧，我不值得你爱，我已被王爷糟蹋够了，我……对不起你……”金貂的声音充满了哀怨，跟方才与肃王爷周旋的女子判若两人。

“我不怪你，不在乎，只要你真心爱我，你就是穿剩下的衣服，我也要！只要你能给我生出儿子！”男子叹了一口气。

“你……你真好！”

接着，是一阵狂热的接吻声……

尹福被这两人真诚的谈话感动了，心海里涌出一片哀怜之情，禁不住热泪扑簌而下。

“不好，有人偷听！”男子猛地大声叫道，紧接着是后窗被撞破的声音。

“洛桑！洛桑！……”金貂大声叫道，在这黯淡的夜空，这声音显得是那么凄凉，充满了哀怜……

停了一会儿，尹福走进小佛堂。门开处，一片皎洁的月光泻了进来，洒在一个美人的身上。她水汪汪的双眼满含着泪水，小红兜兜上湿了一片。

“尹爷！……”金貂看清是尹福后，一下扑到他的怀里。

金貂抽抽噎噎地向尹福说了实情。

原来肃王爷早就看中了金貂，想纳她为妾，可是遭到许多王爷的反对，因为金貂是西域人。于是肃王爷便收她做义女，然后在一天夜里奸污了她，以后便长期霸占她。金貂在西域时曾与骑手洛桑相爱，可是遭到父王的激烈反对，父王看不起洛桑出身寒微，想把女儿许给富贵人家。正值肃王爷率兵征伐西域，西域兵败，他便以金貂公主为人质，送往中原。原来西域土著王有一双孪生女，长得都是羞花闭月之貌，一模一样，长女名叫金貂，长于诗文，秉性淑贤；次女取名银狐，自小习武，性格泼辣。此番银狐公主与洛桑风尘仆仆同来北京，历尽艰难，昨日到达京城，便投宿潭柘寺，晚上摸进肃王府，通过丫鬟木莲与金貂相见。为了使姐姐与情人相会，银狐便扮作金貂，在妙香界弹琴，并与肃王爷周旋。金貂与洛桑便躲进常人不入的小佛堂相会，没想被尹福撞见。

尹福听了金貂公主这番叙述，非常感动，劝慰道：“姑娘休要哭伤了身体，有句话叫做愿天下有情人终成眷属，苍天有眼，定会叫你们团聚。”

正说间，只见寒光一闪。尹福见势不妙，慌忙往旁边一闪，一柄飞刀击在佛桌上。

尹福冲出佛堂，只见院内站着两人，一男一女。

金貂此时也走出佛堂，一见来人，叫道："洛桑，妹妹，不要误伤好人，这位就是我向你们提到的尹爷。"

那二人一听，"扑通"一声跪在地上，拱手便拜，口中分别叫道："尹爷，失礼了！"

尹福连忙扶起洛桑、银狐，仔细一瞧，觉得金貂、银狐还真是分毫不差，辨认不出。

银狐面有愧色，说道："尹爷大名，如雷贯耳，无人不知，我冒犯您老人家了。"

尹福笑道："你给我演了一场戏弄王爷的戏，我还没给你戏钱呢，哈哈！"

银狐道："我主意已定，决定留在王府，代替姐姐做人质，成全姐姐与洛桑的好事！"

"不行，妹妹，你不要胡来！"金貂一听，急红了眼，眼泪险些落了下来。

洛桑不知所措地望望银狐，又望望金貂。

金貂道："好妹妹，我生是西域人，死是西域鬼！我的身子已经污浊，不能再让妹妹的身上污浊。"

银狐露出洁如白玉的牙齿，笑道："凭我一身的武艺，再有尹爷帮忙，那老鬼做梦也别想占我的便宜。"

尹福沉吟片刻，说道："这倒是一个好办法，我有办法不让老鬼欺辱银狐公主。"

"什么办法？"银狐诡谲一笑。

"你不会知道，不过嘛，要受一点委屈，可住不上这世外桃源的妙香界喽！"尹福打趣地说。

银狐笑道："你呀，老狼嘴里吐不出象牙。"

金貂还有些犹豫，尹福催促道："事不宜迟，乘天色未亮，你们赶快动身吧。"

洛桑"扑通"一声给银狐跪下了，泣不成声地说："银狐公主，我洛桑世世代代记着你的恩情！"接着又给尹福叩头道："尹爷，多保重！"

金貂与银狐紧紧拥抱，姐妹俩恋恋不舍。

这时，前院传出嘈杂声，尹福催促道："快走，护卫们就要来了！"

洛桑与金貂忙朝后院跑去，尹福引银狐朝妙香界而来，只见几个护卫手持刀剑、灯笼匆匆赶到。

“尹爷，怎么？抓住这胡女子了？”一个护卫劈头问道。

尹福平静地答道：“我正巡夜，忽见这女子泪痕满面，匆匆逃来，被我拿住。”

“她把王爷打昏了，我们见王爷久久未归，寻到妙香界才发现王爷倒在地上，胡女不见了，我们忙把王爷扶回房，又来捉拿这女子。”那护卫说着上前就要捆绑银狐。

尹福连忙挥手拦住：“这女子是王爷的心爱之人，一时冒犯王爷，岂能随便捆绑？你们把王爷这玉玩意儿鼓捣碎了，谁能担待得起责任？我来处理此事，你们睡觉去吧。”

一个护卫小头问道：“既然尹爷发话了，我们就回去了，弟兄们，回去把枕头垫高点，睡个美觉！”

尹福拽住他们，小声嘱咐道：“家丑不可外扬喽！”

几个护卫不约而同地说：“那当然，当然喽！”接着，发出了一阵猥亵的大笑。

尹福带银狐来到妙香界屋内，木莲正在拾东西。

尹福知木莲不是外人，把银狐假扮金貂之意说了，又嘱咐木莲教银狐一些王府上的规矩，木莲一一答应。

尹福嗔道：“金貂可不是你这火急火燎的脾气！”

银狐撒娇道：“你快告诉我嘛！”

尹福附在她耳边，一五一十说了。

银狐漾出一片银铃般的笑声，险些笑岔了腰。

第二日晚上，月光溶溶，朝内大街义和木厂内，陆续到来的八卦掌兄弟沉浸在巨大的悲哀中。

施纪栋家的客厅临时改为灵堂，堂内陈放着马维祺的灵柩，壁上挂着马维祺的遗像。

施纪栋、陈媛媛夫妻悲戚地招呼大家入座，并唤伙计给来客斟茶。

来客中除了尹福、马贵、程廷华外，还有宋长荣、孙天章、刘登科、焦毓隆、谷毓山、马存志、张均均、秦玉宽、刘殿甲、吕成德、沈长寿，彭连贵、夏明德、耿永山、魏吉祥、锡章、宋紫云、宋永祥、李万有、傅振海、王怀清、王鸿宾、谷步云、双福、李长盛、徐兆祥、焦春芳、李寿年、刘德宽、何五、何六、张铎等。

尹福问施纪栋：“怎么‘翠花刘’和‘小辫梁’没到？”

施纪栋放下茶壶，埋怨道：“师兄，你真是急糊涂了，梁振圃不是出镖去了吗？那刘凤春来无影去无踪，谁知道他到哪儿要饭去了，没有找到。”

一会儿，门口有人喊道：“叶潜先生到了。”话音未落，但见一位七十多岁的文雅先生，穿着黑布大褂，腰间扣着厚厚的整段白布做成一根腰带，前额突出，木炭似的眼睛，有些驼背。他的身后默默地跟着一个中年尼姑，她脸色苍白，面容忧郁，纤瘦的腰身，透出几分妩媚，烟色的僧服也遮掩不了她的娇弱；她那灰中带黑的眼睛表现出佛教徒式的温柔和隐忍。当程廷华的眼睛一看到这尼姑的眼睛时，不由怔了一怔。这是多么熟悉的眼睛，仿佛在哪里见过，这女子？程廷华心跳得发抖，可是一时难以记起。

马家煤铺是叶潜先生出资办的。

“叶先生，你也来了。”施纪栋迎上前来。

叶潜抹了一把眼泪，说道：“前几天我见马先生还是好端端的，谁想天降灾祸，真是天有不测风云，人有旦夕祸福啊！不知这可恶的凶手是谁？”

施纪栋看了看那尼姑，问：“这位是………”

叶潜道：“这是我的一个亲戚，听说马先生遭人暗算，也赶来了。”

“榭儿，快来见见众位好汉。”叶潜牵着她的衣袖，示意她与众人见面。

那尼姑朝大家欠欠身，凄然一笑。

陈媛媛挤上前道：“这般漂亮出众的容貌，为何遁入佛界，吃那禁果？”

叶潜叹一口气：“人各有志啊！”

那尼姑的目光在众好汉身上寻觅着。她的目光落在程廷华身上，眼睛迸出火花，身子微微颤抖。

程廷华仍然追忆着，三十年前，英法联军攻陷北京的时节：崇文门外，一个如花似玉的姑娘正在遭受联军鬼子的蹂躏，姑娘赤裸着身子飞跑……程廷华终于想起来了，她叫白云榭，曾是河南白凤塚的强盗，为寻家仇来到北京，遭受险情，是自己救了她，以后她便不知去向。

“你是‘眼镜程’？”白云榭踉跄着扑上前，眼里噙着泪。

程廷华问：“你就是白云榭姑娘？”

白云榭点点头，上下打量着程廷华：“你老了许多。”

“每天日晒雨淋，操刀弄棒的，哪有不老的？”程廷华嘿嘿一笑。

施纪栋见状，忙把他们引到旁边一间屋内，说道：“你们既是多年故交，先好好聊聊，我们先商议着。”说着一挑门帘，出去了。

烛光一闪一烁，烛影摇曳。白云榭猛地见到三十年未见的救命恩人，一时不知说什么好，一双水晶般的眸子盯着窗外的月亮。

“你怎么落到这般地步？”程廷华关切地问。

白云榭听了，冰冷的脸上升腾起庄严的光晕，淡淡地道：“难道你没听说，

《名贤集》里有这么两句诗：山寺日高僧未起，算来名利不如闲。”

程廷华沉闷的心房呼出几口粗气，闷声闷气地问：“你在哪里出家?”

“五台山，那日我离开北京后就去了那里，算来也有三十多年了，可是你的影子却总是缠绕在我的脑际，此次我从五台山来北京城，就是来打听你的下落。我先到了舅舅那里，听说马维祺遭到暗算，前来吊唁。我想你一定会来，便一同来了。”

“你现在居住何处?”

“法源寺。”

尹福见程廷华与那尼姑叙旧去了，叶潜在马维祺灵柩前鞠躬，忽然想到一件事，忙过来与叶潜耳语一番，叶潜点头答应。

施纪栋见来人已大体到齐，便对众人道：“今日邀请众位弟兄来，一是为维祺兄弟送葬；二是商议同拿凶犯，为维祺报仇；三是为皇宫珍妃娘娘丢失翡翠如意珠一事。”

双福嚷道：“我劝尹大哥别在皇宫干了，为那个皇上保什么镖?尽干得罪人的事，不如回家办一个武馆，甭提多快活!”

“单刀”魏吉祥慢条斯理地说：“你就知道老婆孩子热炕头，全不知尹大哥的心思，现今光绪皇上重用康有为、梁启超、谭嗣同一班贤人，变法图强，学习西方的先进技术，振兴中华，这是国家大事。”

尹福不耐烦地一甩袖子：“你就在你那会友镖局待着吧，操个屁心?!”

魏吉祥道：“太后那一伙人怎肯甘心交出大权，不知有多少人惦记在皇上身上下毒手，咱们不能坐视不管。”

“吉祥兄弟说得在理，咱们八卦掌弟兄不能袖手旁观。”何五颤巍巍地挤了过来，他已年过古稀，至今还在四爷府当差。

施纪栋推推尹福：“尹大哥说几句。”

尹福干咳几声：“快把‘眼镜程’叫出来。”

“不用叫，来了。”程廷华和白云榭走了出来。

尹福继续说道：“维祺兄弟中了毒砂掌，当年被先师击败的沙弥一定来了北京。谁不知当今毒砂掌功夫属他厉害，可是不知他的底细和来路。”

程廷华自言自语似的说：“他能投奔谁呢?”

施纪栋道：“近日各位兄弟都要小心谨慎，廷华那里已发现有人跟踪，大家要同心协力，一人有难，众人担当。当前就是要打听一下沙弥的下落，同时要协助尹大哥破案。不论是谁，只要听到风声，就互相通个气。”

程廷华道：“这‘翠花刘’的丐帮人多，要把丐帮发动起来，那案子就好破了。”

宋永祥骂道：“这‘翠花刘’真不是东西，明明要用到他了，他又不知到哪里要饭去了！”

谷步云道：“翡翠如意珠八成是丐帮的人偷去了，他们穷得叮当响，哪里见过这等珍宝！”

宋紫云道：“那可真是穷疯了！”

“谁穷疯了？”这声音沉闷，但不知出于谁人之口，大家互相对视，暗自纳闷。

莫非刘凤春就在众人之中。

尹福也觉得奇怪，明明是“翠花刘”的声音，可是屋内哪里有他的影子。

施纪栋也迷惑不解，他拉了一把陈媛媛，小声说：“不是没找到凤春兄弟吗？怎么有他的声音？”

陈媛媛一推施纪栋：“这么多人，别拉拉扯扯的，让兄弟们笑话。凤春兄弟莫非来了，不肯出头，想跟大家开个玩笑。”

何五、何六走出门外，见四周无人，又返了回来。

尹福道：“别疑神疑鬼的了，快给维祺兄弟发丧吧！”

几个杠夫挤了进来，杠夫一声喊，黑黝黝的棺木离地，院内十几个僧人，披着袈裟，拍动金铙铜，声震天地。四个道士，身穿羽衣，吹起苇管竹笙，响彻云空。纸糊的八洞仙，身背宝剑，手敲渔鼓帛捏的小美人，执茶注，捧酒盏，桃面柳眉。纸衙役，执宝刀，挎雕弓；几对彩伞，缀着挽联，写着八卦掌门人的哀言。

杠夫正抬着，忽然“哎哟”一声，棺木落地，众人吃了一惊。

尹福见那四个杠夫个个冒汗，忙问何故。

四个杠夫不约而同地说：“好沉！”

施纪栋走过来，瞧瞧棺木，疑惑地说：“怎么会呢？是我叫木厂的兄弟们连夜赶制的，也就二百多斤。”说着上前去抬，棺木纹丝未动。

施纪栋一见这情形，心里有点发毛，心想，莫非维祺兄弟显灵了，怎么这般沉！

张铎年长，有些迷信，一见此般情景，“扑通”跪倒在棺木前，一把鼻涕一把泪地大哭道：“维祺兄弟呀！大家来给你吊丧来了，你就甭显灵了，让他们抬走吧！”

“对，让我们抬走吧，就葬在董先师旁边。”谷毓隆等人应和着。

尹福朝程廷华使个眼色，两个人绕到棺木的两端，尹福朝程廷华打了一个手势，两人一纵身，将棺木抬了起来。

尹福叫道：“这里有鬼！”急忙招呼程廷华放下棺木。

原来尹福抬起棺木来估摸已有几百斤，棺木连同马维祺的尸体怎么能这么沉重呢！

“打开棺木盖！”尹福吩咐杠夫。

杠夫们哆哆嗦嗦没有一个人敢走上前。

大家的心都悬到嗓子眼儿。

屋内能听到一些人“怦怦”的心跳声。

白云榭紧张得面色苍白，紧随在程廷华身后，五根手指在程廷华右胳膊上抓了五个指痕。

何五、何六兄弟俩可能年过古稀，再加上功力不济，身子打晃儿，双腿像筛糠般抖动，两个人的前腿贴后腿，正好有个依托。

张铎年老眼昏花，一头扎在棺木前，头磕得捣蒜般，一忽儿鼓起几个小紫包，活像一堆小沙丘。

陈媛媛吓得尿了，淅淅沥沥，从紫红的灯笼裤里淌下来，染湿了绣有一双鸳鸯的米色绣花鞋……

死一般的沉寂。

远处，传来寺庙里的木鱼声，沉闷，孤独，听得真切。

杠夫们伏在地上，大眼瞪小眼，大气不敢出，都窝在心口上，憋得满脸通红。

后头的僧人和道士早就停止了敲打和咒语，有倚门靠窗的，有贴着树干喘粗气的，有朝天发愣的，但没有一个打盹儿的，眼睛都瞪得像灯笼。

施纪栋自知功夫差，用眼睛看看尹福，又瞅瞅程廷华。

程廷华想走上前，可是被白云榭死死拽住。

“你给我滚出来！”尹福毕竟见多识广，又是清宫护卫武术教头，朝棺木大声喝道。

“有种的出来，撒什么癔症！”尹福又壮着胆子叫道。

他声震屋宇，顶壁上尘土簌簌而落。

“出来就出来！”随着一个沉闷的声音，棺盖猛地被撞开，一个人跳了出来。

众人一瞧，棺木里跳出来的那个人面黄肌瘦，面貌丑陋，两颊生有黑色麻点，头上戴一顶丰毡帽，穿一件麻布直裰，里面朽烂了，扯破了几块，袖肘也破了。

此人正是八卦掌高手“翠花刘”刘凤春。

“‘翠花刘’，原来是你！你搞什么鬼？”尹福走上前，举拳就打。

刘凤春躲过他的拳头，嘻嘻笑着，跳到一边。

众人一见是刘凤春，悬着的心落了地。

施纪栋嗔怪地说："凤春，什么时候了，你怎么还开这种玩笑？"

刘凤春用手搔着耳朵说："我听说维祺兄遇难，便赶到马家煤铺，正赶上义和木厂的伙计们来收尸，便与他们开了一个玩笑，我先将他们诱走，然后躲在棺内，陪着马大哥的灵魂一起来了。"

尹福伸着脖子问道："你在里面，他们抬得动吗？"

刘凤春嘿嘿一笑："我一提气，施展轻功，自然没什么分量，方才我施展重功，分量自然重了，你们商议的事情我都听到了，我一定发动丐帮兄弟探听沙弥和翡翠如意珠的下落，将功折罪！"

程廷华道："你小子说话可得有个准谱儿，别到了驴年马月还没个准信，等你弄出蛛丝马迹，尹大哥的差使都丢了，八卦掌门里不知又有多少弟兄遭殃。"

"哪能呢？明天我们就一个王府一个王府地查，一个寺庙一个寺庙地找，那沙弥还能躲在如来佛的肚子里？那宝物还能藏在谁的腚门里？"刘凤春在棺木里憋闷久了，口渴得冒烟，见桌上有个盛水的缸子，抄起来一喝而尽。

尹福道："凤春，你带着丐帮兄弟们找，我们也不闲着，也支起耳朵四处打听着。现在时间不早了，咱们赶快给维祺兄弟发丧吧！"

施纪栋一声吆喝，几个杠夫抖擞精神，发一声喊，一起抬起灵柩。顿时，哀乐齐鸣，咒语喧哗，哭声四起，发丧的队伍出发了。

"翠花刘"刘凤春此时正躲在端王府佛楼上栖身。他统领丐帮已有三年，丐帮弟兄也发展有近千人，他们多是躲在寺庙、教堂、王府等处，晚上通常出来活动。端王府位于北京西城的育幼胡同，它是端郡王载漪的府邸。载漪的祖先是康熙皇帝第十七个儿子果亲王允礼，允礼是雍正、乾隆年间很受恩宠的亲王，雍正元年封果郡王，他得到的优厚待遇比当时称为"铁帽子王"之一的顺承郡王还要高。此时的端王载漪比较开明，性喜练武，常请一些武林高手到府中任教，最近他聘请太极拳名家杨班侯为师，专攻杨式太极拳。杨班侯是杨式太极拳创始人杨露禅的第二个儿子，武艺高强，在京城颇有名气。

刘凤春想：杨班侯结交甚广，想必会从他那里探听出一些消息。

刘凤春回到端王府时，天色已黑。

他穿越安福堂时，见院内数十株芍药开得正盛，煞白、深紫、杨妃、南红诸种名种俱有。正见端王载漪的福晋缓缓走来，她头戴细珠，内着蟒袍，外套八团四正四行的团龙补褂，胸挂朝珠，手握"十八子"手串，脚穿一双八分底云头二色薄履。她已有五十岁，面容柔润，泛着红光，神韵犹存。

她的身后跟着两个妙龄侍从。管家一见急忙拜伏于地，口称"给娘娘请安"。

福晋不耐烦地问："王爷在哪里？"

管家回答："正在退思堂与杨教头谈论武艺……"

福晋厉声打断他的话语，说道："如今政局动荡，国家不安，你去告诉王爷，请他早些回去安歇。"

"喳!"管家又低下头。

福晋摇摇晃晃地走了。

刘凤春在房上听了这段对话，知道杨班侯正在退思堂内，便往退思堂走来。

刘凤春来到后面的退思堂，顺着窗户往里一瞧，但见端王正与杨班侯叙谈。杨班侯穿着一件银灰色袍子，腰里别着一根烟袋，目光炯炯。端王载漪戴一顶三眼孔雀翎，顶珠为红宝石的帽子，身穿白锋毛皮褂，上缀两正两行团龙圆形补子，足穿青素缎绿沿条薄底官靴。

堂内壁上挂着《钟馗夜巡图》，画面以云雾界为上下两圈，上图有个小鬼手提铜钱向一个女鬼求爱，钟馗伫立远处，怒目而视；下图的女鬼扭头斜视，面有羞涩，小鬼做哀求状，钟馗已将钱串掠在手中，按剑大笑，俨然得意洋洋。右上角题有一首七绝诗："似火榴花五月天，樱桃桑葚各嫣然。长街买醉囊如洗，尔要佳人我要钱!"落款是："终南进士"。端王所坐的宝座之前有个方几，摆着一盘桑葚和一盘荔枝。宝座左侧有个玛瑙方瓶，内插三镶如意，如意下端的朱红穗子垂露瓶外。地面铺着绣有杭州平湖秋月的毛毯，门挂杏黄色帘子，帘子两端缠扎着湖色绒绳，卷放自如。

只听端王说道："这踏雪无痕功如何练?"

杨班侯道："踏雪无痕为轻功中的极上乘功夫，也是少林伽蓝护法门上乘轻功。此功练成后，可在荷叶、密草、厚雪地上行走如飞，不留丝毫足迹。练这种功夫，一要精于内功，二要研习传统轻功中的跳沙坑和飞毛腿技艺，因为这种功夫虽重于行动，但也不可缺少技巧和速度。一个人的身体一般都是上百斤，若想双脚在质薄之物上行走不留痕迹，谈何容易。"

端王听得入迷，往前探了探身子，又问道："这里头有什么诀窍?"

杨班侯轻咳两声，又徐徐说道："此功的诀窍集中在落足的动作，当走在荷叶、密草和厚雪上时，不可以使脚硬生生落在上面，而应先将脚尖略点后，快速向前滑动，再使整个足底都平搁其上，很像八卦掌中的趟泥法。两脚交替行走，又有飞毛脚的速度相应合，则脚与厚雪等物接触，只是刹那间的事；当脚微有支撑之力时，已飞离被踏物体……"

端王叹道："真是奇术！杨教头，这种功法如何练呢?"

"走缸为第一步，目的在于练习足尖行走稳健和迅速。先取一个盛满水的大缸，先沿缸沿慢走，两脚交替行走。吸气时发出极强的内气，将全身重量支撑起。到能在缸沿行走自如时，将缸中的水舀去几大碗，并在腿上将沙袋重量逐渐增加，直到缸中水尽，腿上沙袋达十斤，仍然于缸沿上行走如飞，才可以转到练将砖侧立和直立，人走于砖上行走如飞。以后再将砖改为盛沙的笸箩，练习时将沙逐渐减少，腿缚重量渐增，到能在空笸箩沿上飞走，而笸箩无丝毫摇荡倾斜为止，然后再练走绳和走沙道。”

“何为走沙道?”端王瞪大了眼睛，小胡子在烛光下一抖一抖的。

“此为踏雪无痕轻功的最上乘功法，先取沙子平铺成一条沙道，厚达尺余，上铺较厚的纸层，练至无足印时，逐渐减少纸张和沙道厚度，直至沙土只留三寸，纸只留一张，行走无足印，大功才算告成。”

听到这里，端王长吁了一口气，额门上已满布细沙般的汗珠。

刘凤春心想：世人都说杨班侯的纵跳功厉害，没想到他也通晓轻功，只是没有亲眼见过。

只听端王又问：“当今谁的踏雪无痕功最高?”

杨班侯沉吟一会儿，说道：“要数‘赛壁虎’陈琼琼了，她是巾帼英雄，女中豪杰。”

端王一听，喜上眉梢，叫道：“此人在何处？能否把她请来，让我也开开眼界。”

杨班侯道：“这位奇女子家住九华山，来无影，去无踪，常来京城，但没有固定栖身之所，专在暗中助人为乐。北京的八大镖局，她全不放在眼里。八大镖局都曾请她入镖，她一概不理，自己单独护镖，护的又都是有朋友之情的知音镖。五湖四海的强盗一见是她保镖，便都拱手让道，听说她近日又出镖了。”

这时，一个侍从端着一个茶具走了进来，端放在端王面前的方几上。

端王给杨班侯倒了一杯茶，自己也倒了一杯。

“杨教头，你能品出这茶种吗?”

杨班侯呷了一口，说道：“似乎是碧螺春。”

“正是!”端王兴致勃勃为杨班侯斟茶，又说：“咱们换个题目，听说你古诗底子不薄，咱们每人吟一首古人谈茶的诗，以助雅兴，如何?”

杨班侯回答：“恐怕我不是王爷的对手，您先说吧。”

端王吟一首：“‘北窗高卧鼾如雷，谁遣香茶挽梦回。绿地毫瓯雪花乳，不妨也道入闽来。’南宋诗人陆游。”

杨班侯喜道：“好诗，听我吟：‘兀兀寄形群动内，陶陶任性一生间。自抛官后春多醉，不读书来老更闲。琴里知闻唯渌水，茶中故旧是蒙山。穷通行止长相伴，谁道吾今无往还。’唐代诗人白居易。”

端王狂呷一口，抹抹嘴道：“‘样标龙凤号题新，赐得还因作近臣。烹处岂期商岭水，碾时空想建溪春。香于九畹芳兰气，圆如三秋皓月轮。爱惜不尝惟恐尽，除将供养白头亲。’北宋诗人王禹偁。怎么样？哈哈哈……”

杨班侯歪着脑袋想了想，又吟一首：“‘仲春苏杭走新茶，尽是温溪烹嫩芽。脱却乌纱思退傅，怀藏笙管想娇娃。渔船舞剑凝云液，古寺品茶待露华。却笑虚名陆鸿渐，岂无贤才作诗夸。’唐代诗人李白。”

端王笑道：“好诗，绝妙！绝妙！李太白的诗就是高出一筹，实在是高！”

杨班侯听了，开怀大笑，笑声震动殿堂，震得房上的刘凤春耳鼓“砰砰”地响。

端王有些不解，放下茶杯，疑惑地问道：“你笑什么？”

杨班侯见端王那副认真的样子，笑得更响了。

第三回　话鼻烟巧得松鹰瓷　装疯癫隐入梨花院

杨班侯止住笑，说道："王爷，方才我吟的这首诗不是唐代大诗人李白的杰作，而是鄙人的拙作。"

端王脸一红，为了遮掩窘态，忙从怀里摸出一个鼻烟壶，问杨班侯："杨教头，你瞧瞧这鼻烟壶是什么货，我看你识货不识货？"

杨班侯仔细端详一番，说道："这是古月轩的烟壶，当然算为上品，得之不易。这是官窑带款的内用烟壶，流传极少。因为官窑每次烧制虽为百只，但选定后，照例须将其余的打碎。这种烟壶以松鹰的瓷画为最好，但有真假之别。真品鹰在地上回头望月，假壶是松上落鹰。松鹰与'高亮赶水''王婆子骂鸡'共称烟壶彩篇三绝。'王婆子骂鸡'假壶是鸡在壶面，真壶是鸡在壶底，系一奇观。再有青花白地的'独钓寒江'，以左钓为名贵。另有一老翁独钓，牧童于牛背拾落帽。青花白地还有'七十三八十四歪毛淘气''踏雪寻梅''九莲''十二莲'等，珍品非常多。御用烟壶以吉祥颂语为主，如彩篇五只鸡，取名'五霸强'；白地抹红的'文武判'；梅花上有三十二只喜鹊，是为'三十二喜'等。不可胜数，还有'梁山泊一百单八将''金陵十二钗'等。"

端王赞道："你这武教头懂的东西真不少，我再问你，这烟壶都有多少种类？"

杨班侯毫不迟疑地回答："鼻烟壶的种类很多，原料也不一样。上下一般粗成圆筒状的为爆竹筒壶，大爆竹筒为武壶，小爆竹壶为文壶。另外，小坛子壶珍品颇多。以质料分，有瓷壶、洋瓷壶、玛瑙壶、水晶壶、王壶、料壶、药瓶壶等。瓷壶最为普遍，讲究窑口和画篇。洋瓷壶的铁胎上挂瓷釉，相传由朗士宁传入中国，所以上面画篇多是西洋人物故事。洋瓷壶由内务府造办处承造，外面私造的几乎没有。壶口和壶盖是凿铜口，外人仿造不了。玛瑙壶以巧做见长，随着玛瑙原来的颜色，雕成各种花纹图形，尤以雕刻水虫最为名贵，只能用竹篾削尖蘸颜色画。相传发明此法的是吸鸦片烟的人在烟榻上想出来的，所以画这种画，必须躺着才能画。玉壶以玉皮子最佳，玉皮子有烧猪皮式烟壶，很是名贵。讲究玩鼻烟壶的人，除了瓷壶以外就是料壶，有辛家坯料、袁家坯料等不同名目。料壶以有无光泽又分为‘亮地’和‘呆地’两种，另外还有透亮地料。料壶以颜色分成西湖水料壶、蛋黄料壶、套红料壶、套蓝料壶、套三彩料壶、鼻涕地料壶、粉地料壶等数十种。药瓶壶又名温都纳烟壶，形似小瓶，相传是乾隆爷时期大军征金川时，内廷颁发的上方珍药的药瓶，因形式美观，班师后用作鼻烟壶，此类壶以宝蓝地洒金点的最好。此外还有翡翠壶、雕漆壶、紫晶壶、白料壶、玻璃壶、珍珠壶、扇贝壶等，不过太少见了。”

端王听了杨班侯如数家珍般介绍了这些鼻烟壶后，连连惊叹，忙把手中的松鹰瓷烟壶递了过去：“杨教头，你既然说出了鼻烟壶的奥妙，那我就把这只瓷壶赏赐给你。”

杨班侯接过鼻烟壶，连忙叩头：“谢王爷恩赐。”

这时，一个丫鬟慌里慌张地闪了进来：“王爷，奶奶唤你去呢！”

“哪个奶奶？”端王不耐烦地问。

“是四奶奶。”丫鬟怯生生答道。

“不，是大奶奶。”又有一个丫鬟闪了进来。

“真他妈的热闹，好，我回去。”端王大步走了出去，丫鬟们也鱼贯而出。

“翠花刘”刘凤春正在房上听得热闹，忽听杨班侯在屋内喊道：“‘翠花刘’，你又惦记上我这松鹰瓷烟壶了吧?！还不快下来！”

刘凤春一听，吓了一跳，险些跌下房来。

尹福参加了马维祺的丧仪后，回到肃王府已是下午。刚到豪杰斋安歇，有个侍从走进来告诉他，皇上又派人来催了，令他尽快破案，寻回翡翠如意珠。来人还说，珍妃娘娘自丢失宝珠后，魂不附体，夜不能寐。

尹福听了，心内又添了几分烦躁。一歪身，躺在炕上呼呼地睡了。

睡至晚上，尹福感到有人用手捅他，睁眼一瞧，是个侍从，侍从说：“肃王爷请你去喝酒。”

尹福心里纳闷儿，肃王爷平日总是与家眷饮酒用饭，今日如何请我喝酒，这里面必有原因。

尹福随那个侍从来到珍肴堂，只见堂内案上摆着几瓶北京黄酒，俱是银白色瓷瓶盛装。酒菜别有新意，有花生仁、辣白菜、豆豉豆腐、虾米豆、玫瑰枣、老腌鸡子、拌海蜇、饹馇盒、冰黄瓜、芥末白菜墩儿、醉蟹、熏黄花鱼、鱼冻、香椿豆、鲜藕等，还有一碟白杏惹人眼目，剖为数块，杏核都破为两半，伴与融融碎冰。

肃王爷身穿一件宝蓝底色缀碎银的袍子笑吟吟地走了进来，他朝尹福招呼道：“今晚我请教头喝个一醉方休，请坐。”

尹福随肃王爷坐下。肃王爷抄起酒瓶，倒了三个小扣碗，递到尹福面前：自己也斟满三个小扣碗，用五个手指捏住，然后与尹福一碰，一饮而尽。尹福也一饮而尽。

肃王爷咂了咂嘴，连声赞道：“这是北京黄酒，护国寺西口外柳泉居的，号称‘玉泉佳酿’，酒味香醇。”

尹福附和道：“味道确实不赖。”

肃王爷为尹福夹了一只醉蟹：“来，尝尝鲜。”

尹福心里翻江倒海：“王爷今晚怎么了？如此盛情请我喝酒，必是有求于我。”

酒过三巡，肃王爷醉醺醺又开了腔：“教头，王爷待你不薄吧？”

尹福点点头，一字一顿地说：“不薄。”

肃王爷斜睨着眼睛又问：“我待你与先王爷待董公，哪个更厚一些？”

尹福心想：这叫我如何回答，不如瞒过去。于是，硬着头皮答道：“你更厚一些。”

肃王爷道：“知恩不报，非君子。”

尹福显出视死如归的样子，缓缓说道：“恩将仇报，是小人。俗话说，士为知己者死。仆为主死，虽死犹荣。”

肃王爷显出高兴的样子，口水从嘴边淌了下来，连声赞道：“说得好，说得好！”

尹福心想：我应付他几句，他反倒当真。

肃王爷道：“如今皇上闹着变法，老佛爷岂肯干休？老佛爷可不是一般女人，她在颐和园内不会整日吟花赏月，而是目光炯炯，盯着紫禁城。我看这天下要乱，天下一乱就要闹他个鸡犬不宁，这肃王爷府的防务就全仰仗你了。”

尹福将一块酥鱼吞下肚，应酬道：“好说，好说，王爷尽管放心。”

肃王爷将声音放低，嘴几乎贴着尹福的耳根：“可是王府里近日出现一件奇怪的事情……”

“什么事情？”尹福也睁大了眼睛，心口怦怦在跳。

“那个西域来的金貂公主好像变成另外一个人。”

“不会吧，我看她与从前一样。”尹福小心地说。

肃王爷摇摇头，叹了一口气，想说她现在怎么不听使唤了，又怕被尹福看破，于是改为：“她的武功怎么一下子强了数倍，好像变成一个野女人。教头，她的功夫全是你教的吗？”

尹福道：“她天性聪颖，一教就会，功夫自然大长。”

肃王爷疑疑惑惑地道：“昨日她一反常态，变得疯疯癫癫，胡言乱语，不知是怎么回事？”

尹福心中有数，装作半信半疑地说：“怎么可能呢，您带我去看看她。”

肃王爷带尹福来到银狐公主的住处，猛听到一片“咿咿呀呀”之声。但见银狐坐在床上，态生忧愁，娇袭一身之病；酒光点点，娇喘吁吁。口中念念有词：“天灵灵，地灵灵，一请唐僧猪八戒，二请沙僧孙悟空，三请哪吒三太子，四请常山赵子龙，五请山东秦叔宝，六请燕山小罗成，七请钟馗来打鬼，八请宗保穆桂英，九请华佗来治病，十请托塔李天王，率领天朝十万兵。叮当当，轰隆隆，惊天动地真威风；天塌地陷震四野，女娲补天也不灵；哈哈，嘻嘻，气死玉皇老儿精，惊动金銮宝座椅，茫茫大地真干净！”说罢，又哭又笑，扯下纱帘就咬，抄起玉皿就摔。

尹福悄悄对肃王爷道：“她定是练功入魔了，快去请郎中，让郎中开个药方。”又叫丫鬟木莲唤来自己的贴心侍从，尹福与侍从耳语一番，侍从应诺而去。

不一会儿，一辆马车停在肃王府门前，侍从领一位郎中匆匆而入王府，来到银狐的住处。

尹福扯过郎中，低头耳语一番。

郎中来到银狐公主面前，上前就要摸脉。没料到，银狐伸手一掌，把郎中打了一个踉跄。

尹福急忙上前点了银狐的后穴，使银狐动弹不得。

郎中上前摸脉，一会儿说：“这娘子练功入魔，一时难以还原。”

肃王爷急得跺脚，连声道：“这可如何是好，这可如何是好！”

“王爷不必着急，我有一方，定可使娘子恢复原态。”郎中不紧不慢地说。

肃王爷忙问何方。

郎中徐徐说道：“京城西南有一古刹，唤作法源寺，唐时所建，是消灾避祸之地，娘子若在此寺隐居三年，魔法自退。王爷有没有听说这么一句话：‘魔高一尺，佛高一丈。’佛法定能战胜魔法。”

肃王爷听了，心疼得冒出汗来。暗自想：再过三年，这朵娇花还不凋谢？但事到如今，只好如此。

尹福在一旁劝道：“王爷不必过虑，公主三年后还要复归王府，天下奇美女子如云，何足吝惜。”

肃王爷皱着眉头叫道：“尹教头，你可不知道，这金貂公主乃是香妃再世，是人世间罕见的美娘子，身有异香，是我掌上明珠，这叫我如何舍得？”

尹福劝道："王爷，治病要紧，你就忍耐三年吧。"

尹福令侍从备一辆香车，让丫鬟木莲陪银狐上了车，自己与郎中上了一辆马车，两辆车朝法源寺驶来。

马车内，郎中对尹福笑道："尹兄，我这场戏演得不错吧？"

尹福笑得合不拢嘴。

原来这郎中正是马维祺的武术徒弟叶潜大夫，昨日尹福与叶潜定计，演出了这场闹剧。

不一会儿，两辆马车来到法源寺前，只见朱红山门，两侧各有一尊石狮，门额上大理石雕镌着金色的"法源寺"三个大字。

法源寺是北京城历史悠久的名刹。唐太宗李世民为悼念东征阵亡将士，于贞观十九年下诏在此立寺。后来，唐高宗李治又下诏修建，直到武后万岁通天元年才完成建寺工程，并赐名悯忠寺。天定十四年，安禄山在寺庙东南隅建塔，明正统二年改名为崇福寺。清代雍正十二年，赐名法源寺。元代诗人张翥曾写诗赞道："百级危梯溯碧空，凭栏浩浩内长风。金银宫阙诸天上，锦绣山川一气中。事往前朝僧自老，魂来沧海鬼犹雄。只怜春色城南老，寂寞余花发旧红。"乾隆四十五年，乾隆皇帝亲自临幸，并赐御书"法海真源"匾额，又赐一首御制诗："最古燕京寺，由来称悯忠。沧桑已阅久，因革率难穷。名允法源称，实看像教崇。甲寅创雍正，戊戌葺乾隆。是日落成庆，初春瞻礼躬。所期盗福力，寰宇屡绥丰。"

因为叶潜事先已与法源寺住持定禅法师说明，定禅法师闻讯后带领众弟子前来迎接尹福、叶潜、银狐、木莲等人。尹福让那辆香车先回府，留下马车等候，然后随玉禅法师进入寺庙。

进入山门，东西为钟、鼓二楼。

宝禅法师指着鼓楼前一株文冠果树说："这可是株奇树，当时扬州八大怪之一的罗聘曾来此庙，为这株奇树题诗云：'首夏入香刹，奇葩仔细看。僧原期得果，花亦爱名官。朵朵红丝贯，茎茎碎玉攒。折来堪着句，归向胆瓶看。'"

众人一起来观赏此树，齐声赞叹。

宝禅法师又引众人穿过天王殿、大雄宝殿、悯忠台、净业堂、大悲坛，走进藏经阁，但见殿前有数百年古杏一株，枝干婆娑，荫覆半院；阶前有两株西府海棠。

宝禅法师道："寺内宝树不少，这株西府海棠也是奇花，诗人龚自珍来此寺时有词云：'人天无据，被侬留得香魂住。如梦如烟，枝上花开又十年。十年千里，风痕雨点斑斓里。莫怪怜他，身世依然是落花。'"

银狐听了，如醉如痴地捧起一朵娇艳欲滴的海棠，狂吻着，喃喃自语："真是眼底云烟过尽时，正我飘零处。"

宝禅法师又说："法源寺在历史上是一座名刹，宋钦宗赵桓被虏此处，就被拘在寺内；金大定十三年，曾把这里作为测试女真进士的考场；元至元二十六年，宋遗臣谢枋得被拘，即绝食寺内。"

众人出了藏经阁，来到后面一座幽深的庭院，梨花掩映，翠藤拖曳，幽雅素静。

宝禅法师道："娘子就住在这梨花院，时间不早了，大家回去歇息吧。"

叶潜问："我那外甥女白云榭不知住在何处？"

宝禅法师道："她住在后面的怜花阁内，这几日她行踪不定，我也不好多问。"

尹福等人回去后，银狐与木莲走进屋内，但见正厅硬木桌椅，壁上挂着一幅《山鬼游猎图》。左屋有一木床，案上摆放准备好的女子梳妆用具；右屋有一木床，摆放几个书柜，柜内有佛经典籍，四书五经，唐诗宋文诸书。银狐住左屋，木莲住右屋。

银狐又累又乏，感到身上不适，忙叫木莲用木盆打来热水，脱衣洗浴。

银狐脱去旗袍，正在脱内衣时，忽然掉下一颗亮晶晶的物件。

银狐一见，心内发慌，连忙俯身去拾。

忽然一阵风吹来，蜡烛顿灭，漆黑一团，用手一摸，那亮晶晶的东西不翼而飞。

银狐又惊又羞，急忙拾起旗袍掩住下身说："何人大胆，盗走了我的翡翠如意珠？"

银狐连呼几声，无人回声，但见后窗洞开，凉风习习。

正在右屋铺床的丫鬟木莲慌忙持着一柱蜡烛走了进来。

银狐一见，连忙吹了蜡烛，穿上衣裙，然后来到门外，只见院内寂静无人，房上更是萧瑟。

却说端王府退思堂内杨班侯一叫出"翠花刘"几个字，把刘凤春吓了一跳，他思忖："这杨班侯果真厉害，自己施的夜行术，人不知鬼不晓，竟被他全看在眼里，既然识破也就不再隐藏了。"于是一招"燕子钻林"，跳了下来，来到屋内，打了个揖，朗声说道："杨教头，'翠花刘'特来拜见。"

杨班侯笑道："刘丐头好不快活，白吃白住，不交房租和膳费，算是有福之人。"

刘凤春一听，脸一红，心想："这杨班侯好不刁钻，连我暂且栖身端王府也知道，平时倒装出一副漠不关心的样子。”

刘凤春遮掩道：“外面风声太紧，我也是帮助教头看管门庭。”

杨班侯道：“你倒会说便宜话，时间不早了，你快全盘托出吧，尹大哥都快急死了，头发都急白了一片，这翡翠如意珠的确坑人。”

刘凤春道：“教头真乃神机妙算之人，我此番来就是请教对策。”

杨班侯沉吟一刻，缓缓说道：“如今尹大哥决意扶助光绪皇帝维新变法，支持康有为、梁启超一派正人君子，精神可嘉。但也有旁侧之人企图拔掉尹大哥这颗钉子，因此演出了这幕盗珠的丑剧，要尹大哥的难堪。我现在给你出一首诗，迹底就在诗中……”

刘凤春一听，连连摆手，叫道：“我不通诗文，你如何让我猜诗?”

杨班侯道：“你不懂，可是八卦掌门里有懂的，你记住就是了。”

刘凤春急得一拍大腿：“你真是哪壶不开提哪壶！算我倒霉。”

杨班侯说：“你听着，‘颐气悠悠绕佛楼，和平气象几春秋?园林尚未呈金色，珠宝云消付九州。’”

刘凤春汗流了下来，连连说道：“记不住，记不牢。”

杨班侯打趣道：“你记拳谱那么快，怎么这四句诗倒记不住?”

刘凤春抹了一把汗，将汗瓣儿甩在地上，叫道：“这之乎者也的东西，我实在没兴趣。”

杨班侯笑道：“误了尹大哥的大事我可不管。”

刘凤春用力跺了一下脚，叫道：“好，我用尽吃奶的劲儿去记就是了。”

杨班侯又说了一遍，刘凤春勉强记住了。

杨班侯道：“你去说给尹大哥听，他准能猜着。”

刘凤春一撇嘴：“他可不行，你甭看他斯斯文文的，肚子里没文章。施纪栋的老婆陈缓缓是戏子出身，粗通些诗词，我现在就去找她。”

刘凤春来到朝阳门内义和木厂时，已是午夜时分。

刘凤春也没敲门。蹿上了木厂大门，疾步来到施纪栋房前，趴在纸窗前，叫道：“施爷，施爷!”

屋内传出施纪栋的咳嗽声，一会儿，烛光亮了。

“谁?”施纪栋问。

“我，‘翠花刘’。”刘凤春闷声闷气地回答。

“三更半夜的，你这叫花子头有什么要紧事?!”

“大喜哟!”刘凤春按捺不住内心的喜悦，一头撞开了门。

施纪栋迷迷惑惑地问：“什么大喜?”

刘凤春把来意说了。

施纪栋瞧瞧歪在一边的陈媛媛，她已惊醒，只是睡意正浓，未曾睁眼，听到刘凤春一番话，忙掀开被角，坐了起来。她穿着大红兜布，露出一双半个葫芦状的嫩白奶子。

"你再把那首诗说一遍。"陈媛媛睡眼惺忪地说。

刘凤春又说了一遍。

"明白了，这是一首藏头诗。"

崇文门外花市四条程记眼镜铺内，程廷华正在屋内熟睡，此时天已微明。他猛觉屋内卷进一股风，呼地醒来，只见一个身穿黑色夜行服的女子立在床前。

程廷华大惊，急抽枕边的春秋宝刀。

"程大哥，是我。"那女子笑盈盈地说。

程廷华仔细一瞧，是栖身法源寺的白云榭。

白云榭手里捏着一颗亮晶晶的东西，笑道："程大哥，你瞧这是什么?"

程廷华接过那颗亮晶晶的东西，仔细端详，光闪闪，绿莹莹，滑腻腻，光溜溜。

白云榭叫道："这就是你们朝思暮寻的翡翠如意珠啊!"

"你从哪里弄来的?"程廷华一骨碌爬起来。

白云榭道："快去找尹大哥，以后再告诉你究竟。"

程廷华、白云榭二人来到肃王爷府豪杰斋时，只见尹福、施纪栋、刘凤春都在那里。

程廷华高兴地叫道："尹爷，珍妃娘娘的翡翠如意珠找到了!"

尹福一听笑逐颜开，说道："方才施爷和'翠花刘'来，报告了杨班侯指引的线索，杨班侯提示一首藏头诗，诗首是'颐和园珠'，说明翡翠如意珠是藏在颐和园内，那一定是慈禧太后手下的人所为，可是没想到，翡翠如意珠已经到手了。"

程廷华笑着瞅瞅白云榭："这是白居士的功劳。"

尹福问白云榭："你是从哪里得到的宝珠?"

白云榭淡淡一笑："没有梧桐树，哪里引得凤凰来。昨晚我刚回法源寺，就听说肃王府尹大哥介绍来一个塞外名姝来寺里栖身，便去拜访这位远方贵客，没想到她正要洗浴；我看见她从嘴里抠出这颗宝珠，并把它放在桌上，便把它盗来。我想这可能就是那颗翡翠如意珠，弄得京城沸沸扬扬。"

尹福喃喃道："难道是银狐公主从珍妃处盗的宝珠?"

程廷华道："此案水落石出了。"

尹福道："诸位兄弟、妹妹请在此等候，我先把宝珠呈送皇上。皇上可能正在为此事焦急，我去去就来。"

天蒙蒙亮，紫禁城里的太和殿、中和殿、保和殿在朦朦胧胧的曙色中显出巍峨宏大的身影。宫中奏事处管理收折的太监，撤去了灯笼，捧着呈送皇帝的奏折到内宫去了。

年轻英俊的光绪皇帝正在乾清宫东暖阁阅看奏折。宫灯把房屋照得透亮，高脚铜炉散发出阵阵檀香味。光绪的脸色显得有点疲倦和苍白。

御前太监马兰福侍立在他的身旁，躬身把奏折从黄色折匣里取出来，用象牙签子挑开折子的封套。御案两侧的蟠龙烛台，点着两支大红蜡烛。光绪在烛光下看奏折时，不时用指甲在奏折上划一个记号，代替指示。

忽然，光绪皇帝离开宝座，在铺盖大金砖的地上，焦躁地踱步。

朦胧的曙色里，一群雪白的鸽子在殿顶上剔着羽毛，咕咕叫着。忽然，它们像受到惊扰，伸展翅膀，"呼啦啦"地飞上天空。

乾清宫东暖阁里，除了靴声之外，没有一点动静。

马兰福跪下身子，拾起地上的奏折，小心翼翼地放在御案上，屏息侍立，不时偷偷用小眼睛瞧着皇帝。

光绪皇帝踱了一会儿，又来到案前翻阅《日本明治维新事志》，翻了几页，又合上了。

一个太监双手捧着放"膳牌"的银盘，侧着身子走进阁内，低头走到宝座前，先跪左腿，后跪右腿，高举着银盘。

光绪皇帝心中不快，见到跪着的太监把袍子压在腿下，不合宫廷的规矩，愤怒地骂了一声："混账！"

放在银盘里的膳牌，是一种长约六寸、阔约寸许的象牙签子。签身是白色，签头漆作绿色，因而唤作"绿头签"。凡是预备如见之人，要把自己的职衔和姓名写在膳牌上，听候皇帝传唤。皇帝准备召见什么人，便把这人的膳牌留下，叫"外起儿"的时候，便召见他们。

光绪皇帝的目光陡然落在"尹福"二字上，他用瘦削的右手指翻取了其中一个签牌，对捧银盘的太监挥挥手。

尹福被带进乾清门。乾清门里，有一条高出地面丈许的甬通，甬道两旁是汉白玉砌成的栏杆，中间铺着一条石板大道。甬道的尽头，有着宽阔的一座辉煌的宫殿，那就是乾清宫。

恢宏的乾清宫两侧有一溜儿长长的偏殿。由于年久失修，殿顶的金黄琉璃瓦上面长满了蔓草，显得很不景气。在殿前宽敞的平台上，分列着铜龟、铜鹤、铜鼎之类。十几个太监垂手侍立在殿前廊下。

尹福低头在丹陛附近站着，等候传见。

过了一会儿，一个太监把他带进殿内。

只见殿中的陛台上，放着描金雕龙的宽大宝座，上面安置着黄色的锦墩，宝座两旁插着两把孔雀翎做成的掌扇，背后是一扇高大的描金屏风。御座的两边，分列着檀香炉、鹤灯之类。一幅写着“正大光明”四个字的横匾，高悬在御座后的殿顶上。

尹福知道，那匾后就是放置预立储君人选的藏匣所在。

原来自清代雍正皇帝之后，不立太子。皇帝写上继承人的名字，封在匣内。放置乾清宫“正大光明”匾后。皇帝死后，皇族大臣齐集一起，共同拆阅。

殿内空无一人。尹福随太监走向殿内东头一座门前，这就是东暖阁。

太监掀起黄缎软帘让他进去之后，便退在殿外。

尹福跪在一边，按照召对的礼节，摘帽、磕头，向光绪皇帝请安。

“宝珠有下落了?”光绪的语气里充溢着希望。

尹福点点头，从怀里摸出宝珠，双手递给光绪。

光绪皇帝又惊又喜，慌忙接过宝珠，掂在手掌里辗转端详。

“落入何人之手？是何人如此大胆，朕要将他千刀万剐!”光绪皇帝恨恨地问。

尹福不愿说出银狐公主的名字，支吾道：“她……已逃遁，微臣等正在追捕之中。”

光绪皇帝把宝珠递给侍立一侧的御前太监马兰福：“你快去交给爱妃，免除她思念之苦!”

马兰福手捧宝珠来到西宫，但见珍妃正斜倚在柔软的黄缎子被上。两个俏丽的宫女放上一只内装荷叶、花瓣儿的四方大枕头。有个年轻俏丽的乳娘只穿一件大红紧身衣，露出两只雪白的奶子，双手拄床，跪在床前；另外一个小巧玲珑的年轻乳娘上来掠住她的奶子，递到珍妃的嘴里。

马兰福几步跨上前叩头道：“娘娘，翡翠如意珠找到了!”

珍妃一听，撒开嘴，一手拨开奶子，一口喷出奶汁，将奶汁喷了乳娘一脸，惊喜道：“真的？我看看。”

珍妃从马兰福手里夺过宝珠，左看看，右瞧瞧，然后含到口中，又猛地吐了出来，失声叫道：“这是假的!”

第四回　银狐女涵远堂盗珠　茱制台乐寿堂禀急

马兰福忙问何故?

珍妃说:“我那珍珠含在口中，凉丝丝，异香洋溢;这假珠含在口中，浑浑浊浊，并无一丝异香，这假珠是从何而来?”

马兰福道:“是尹教头送来的，听说是从一个女贼手中夺回来的。”

珍妃皱了一下眉头:“尹教头上当了。”

尹福闷闷不乐地回到肃王爷府豪杰斋时，施纪栋、程廷华、刘凤春、白云榭正在那里等着听消息呢，一见尹福这副倒霉样，都觉得挺奇怪。

“尹大哥，你怎么这副人不嚼狗不啃的模样?”刘凤春劈头问道。

尹福生气地往床上一坐，气恨恨地道:“那珠子是假的。”

“假的?”众人一听，不约而同地叫道。

白云榭嚷道:“这么说银狐的珠子是假的?”

刘凤春像泄了气的皮球一样瘫在地上，双腿一盘，抽出旱烟袋“吧嗒吧嗒”吸起来，那烟圈打着旋，直往白云榭头上套。

程廷华斜倚着墙发怔。

还是施纪栋老成些，他缓缓道:“咱们还是找银狐问个明白，再做打算。”

一行人来到法源寺，在鼓楼前碰到木莲。

木莲正在欣赏那株几米高的文冠果，她一边仔细端详，一边口中念念有词:“首夏入香刹，奇葩仔细看。僧原期得果，花亦爱名官。朵朵红丝贯，茎茎碎玉攒。折来堪着句，归向胆瓶看。”

“木莲，公主现在何处?”尹福问。

木莲转身见是他们，说道:“公主正在屋里寻找宝珠呢，昨晚洗浴时把宝珠丢了。”

尹福等人来到银狐的住处，但见银狐在床头坐着喃喃自语：“这事怪了，庙内莫非有贼人?!”

尹福道：“公主不必自言自语，我们把‘贼人’带来了。”

白云榭上前施礼道：“皇宫珍妃娘娘丢了翡翠如意珠，皇上派尹大哥破案。我与你是邻居，昨晚前来拜访你，恰逢你洗浴，无意中看到宝珠，我以为是你盗了翡翠如意珠，因此先兵后礼，未与公主商量，先把宝珠拿去了，谁想却不是尹大哥要的那颗翡翠如意珠。”

银狐公主骂道：“你这贼蹄子，也不与我说一声，我险些大闹法源寺，打伤这些秃驴。”

尹福劝道：“公主息怒，云榭姑娘也是一片好心。公主，我问你，你这颗宝珠是从哪里来的?”

说着，已从怀里拿出银狐那颗珠子。

银狐脸上泛起红晕，支吾道：“是……是……”

程廷华道：“这颗珠子不是你的?”

银狐指了一下头发，说道：“既然如此，我就和盘托出吧。我和洛桑刚进京时，洛桑说：‘都说慈禧太后威仪，我们不妨去颐和园瞧一瞧。’我同意了。当天晚上，我和洛桑潜入颐和园。由于不熟路径，来到一个柳暗花明的去处，殿门高悬‘涵远堂’三字，只见堂内有个如花似玉的少女，她正在挥笔疾书。一会儿有个侍女模样的女子进来对她道：‘姑娘，沙教头请你过去叙话。’那少女随侍女出去了，一会儿便消失在花荫之中。我与洛桑伏了一刻，不见任何动静，便来到堂内。正厅内檐下吊着一个锦匣，闪闪发光。洛桑伸手去摘那锦匣，我恐其中有诈，赶忙拦住他。我抄起旁边一个木椅，扔在锦匣下面的地上；地板是活的，地板倏地移开，露出一个地穴；然后又复合上，恢复原状。我见有埋伏，忙伏到壁上，施展壁虎功，来到锦匣附近；摘了锦匣，打开一看，是一颗宝珠，于是揣到怀内。洛桑在屋外放风，这时跑进来说：‘不好，有人来了。’我俩飞奔出门，正撞见那个少女和侍女匆匆而来。只觉眼前一花，我忙拉洛桑伏下，原来是天女散花针。我们躲过针雨，又飞奔树丛中，后面喊声不绝。直到三更，才避开众多禁卫，逃离颐和园，连慈禧太后的面也没见着，险些丢了性命。”

尹福听了银狐这番叙述，说道：“由此看来颐和园内有文章，沙弥很可能就躲在园内，翡翠如意珠一定藏在园内，咱们应该闯入颐和园探个究竟。”

刘凤春抢着说道：“今晚咱们就去闯园。”

施纪栋道：“此事冒失不得，颐和园是慈禧太后栖身之所，禁兵林立，高手如云，暗道重叠，毒器纵横，不能轻举妄动。先派几个弟兄去探个路，探听清楚，再去集合咱八卦掌兄弟们行动不迟。”

尹福说：“我也是这个意思，慈禧太后身边有两个贴身禁卫，手段十分厉害，一个唤作文冠，一个唤作文果，都是女中豪杰，是‘千山散花’道姑的高徒。一个惯使天女散花针，一个惯使子母峨眉刺。还有沙弥的毒砂掌、马踏燕的投枪也十分了得，咱们必须先探个虚实，然后再策划下一步行动。今晚我带银狐先去探路，廷华、施爷去召集八卦掌众兄弟，凤春去召集丐帮弟兄。”

木莲道：“既然公主去，我愿陪公主同去。”

尹福道：“你没有武功怎么能去?”

木莲答：“我以前在直隶深县老家也学过一些轻功和拳脚，就让我去吧。”

银狐道：“今早我见她练功，有一些功夫，她既然执意要去，就让她去吧。”

尹福点头道：“好，今晚咱们三个齐去探路。”

颐和园坐落在北京西北郊，包括万寿山、昆明湖、方圆十六里是闻名世界的皇家园林。辽代以前，万寿山只不过是高粱河畔的一座小山。金代海陵王迁都燕京后，最先盖起了金山行宫。金章宗完颜景又把玉泉诸水引至金山脚下，取名金水池，即昆明湖的前身。元代时据说有一老人，在金山挖出一个刻有花纹的大石瓮，故将金山改为瓮山。清代诗人郑板桥有诗云：“山裹都城北，僧居御苑西。雨晴千嶂壁，云起万松低。天乐飘还细，宫莎剪欲齐。莱人驱豆马，历历俯长堤。”弘治七年，明孝宗为给乳母助圣夫人祈福，在瓮山建起圆静寺，以后明代正德皇帝在湖旁又建好山园行宫，将瓮山改为金山，作为垂钓狩猎之地。清乾隆十五年，乾隆皇帝为庆贺他的生母孝圣皇太后钮钴禄氏六十寿辰，大兴土木，拆毁圆静寺，改建大报恩延寿寺，将瓮山改为万寿山，并将湖拓展，以备在湖中训练海军。因当年汉武帝为征讨昆明，曾在长安挖昆明湖以练水兵，乾隆皇帝特仿其意，将湖取名为昆明湖，万寿山、昆明湖总称为清漪园。英法联军攻占北京时，三山五园同遭火焚，清漪园除个别建筑外均为灰烬。光绪皇帝继位后，慈禧太后暗中挪用海军经费大规模修建清漪园，改名颐和园。光绪皇帝亲政后，慈禧太后一直深居此处，于山水秀影之间，垂帘策政，遥控清宫。

晚上，颐和园的景色更有一番神秘的韵味。皎皎月下，昆明湖捧出粼粼银波，铜牛在凉风中瑟瑟发抖，十七孔桥、玉带桥诸桥像一条条带子飘来荡去。佛香阁诸殿隐映在绿荫翡翠之中。

尹福带银狐、木莲越过高大的宫墙，潜入颐和园内。

尹福判断一下方位，他们位于园内东南方向，离慈禧太后居住的乐寿堂不远。

“上闩！打钱粮！灯火小心！……”传来巡更太监的唤声。一呼众应，从颐和园中部大殿传到东边的大戏楼，西边的乐寿堂、玉澜堂、仁寿殿、文昌阁，北面的澄爽斋、知春堂，直到四围宫禁。

尹福知道：所谓“上闩”就是上门闩，“打钱娘”就是上锁。也就是说，关门闭宫，慈禧太后要上床休息了。

尹福对银狐、木莲又叮嘱说：“除护园的火器营和姜桂题所率的毅军健锐营外，仅慈禧太后的骑兵随从就有一千多人，咱们小心才是。”

银狐、木莲听了，点点头。

这时，忽然传来一阵“嘚嘚”的马蹄声，由远及近，正在巡逻的一队苏禄护军猛然停住，跳下十几个兵勇和两个莲花红缨帽的戈什哈卫士。后面一位身穿箭衣、头戴便帽的大员由两个马弁搀扶着下了马。苏禄们拔出腰刀，举着英制十三响快枪围抄上来。

那官员傲慢地朝前走去。

“荣制台驾到，有要事要面见老佛爷。”一个马弁回答。

尹福见过这位大员，他就是镇守天津的直隶总督兼北洋大臣荣禄，是慈禧太后的心腹之人。

他这么晚从天津赶到北京干什么？

苏禄们引荣禄经过大戏楼，出仁寿门，拐过玉澜堂，来到乐寿门外。

尹福为探究竟，也引银狐、木莲二人尾随在后。

一个苏禄与配殿门口值班的太监耳语几句，那太监将总管太监李莲英唤醒。李莲英与荣禄是知己，听说荣禄前来，急忙前来跪叩请安。

他引荣禄来到乐寿堂外，叫醒打盹儿的领班宫女小声道：“荣制台从天津来，有要事密奏。”

宫女壮着胆子走进慈禧太后的寝宫，掀开海蓝色帐子，娇声唤道：“老佛爷，醒醒!”

慈禧太后正沉浸在美梦中。

这个权欲熏心的妇人因善于玩弄权术，一举成为中国历史上举足轻重的人物。一个偶然的契机，这个居住北京朝阳门方家园的叶赫那拉族的少女，被咸丰皇帝选为贵人。由于她生有“贵子”，由兰贵人晋升为贵妃。咸丰亡命热河后，她与慈安太后一同垂帘听政。同治皇帝出天花夭折后，她将四岁的外甥载湉抱上金銮宝座，继续听政，成为中国至高无上的统治者。

“老佛爷，荣制台有要事找您。”宫女再一次小心地说。

慈禧太后揉揉惺忪的睡眼，坐了起来。两个宫女过来帮她穿上金黄色的龙袍，那龙袍上绣着大朵牡丹。披肩由三千零五颗珍珠缀成，下垂美玉璎珞，晶莹剔透，璀璨耀目。宫女又帮她穿上绣花鞋。

慈禧太后微启朱唇，说道："掌灯！摆椅！"

一个宫女立即拉来一盏宫灯，另一个宫女把一把檀木靠椅摆在床前。

慈禧太后端坐椅上。宫女撂下一幅黄纱帘子。

荣禄跪在阁外，向她请安："老佛爷吉祥如意！"

"有何事情？"

"奴才有忧事相告……"他四外看了看。

慈禧太后道："莲英在这里，其余人一律退下。"

慈禧太后挥了一下手："说吧。"

荣禄干咳几声，说道："如今维新党人日益猖獗，并把黑手伸到军队……"

尹福等正在殿顶偷听，忽然见旁边老槐树上有个人影一闪。尹福小声叫道："不好，有人跟踪！"

银狐、木莲一听，显得有些紧张。木莲心虚，脚一滑，险些跌下房来。

尹福在颐和园乐寿堂殿顶猛见一棵老槐树上有个人影一闪，心内十分疑惑。

这时，银狐指着院内一株玉兰树说："尹大哥，你瞧，那株玉兰树后也有一人。"

尹福望去，笑笑说："殿檐下也有几个人，那是八个太监在殿外坐更。"

此时，夜竦人静，颐和园万籁俱寂。

尹福叫银狐注意监视四周动静，自己继续听荣禄说话。

荣禄还在向慈禧太后禀告："梁启超与袁世凯来往甚密，对袁世凯的新军不可不防。那谭嗣同与源顺镖局的镖头大刀王五关系密切，王五在江湖上颇有势力。皇上身边的武师尹福也不可掉以轻心，八卦掌门在北方根基雄厚。"

慈禧太后哼了一声，说道："袁世凯这个人变化莫测，但他未必肯与维新党人穿一条裤子，可能是为了捞几根稻草。不过，你的军队要设法控制住他的新军。至于那些武术家，有毅军的一个营足够对付了，他们拳脚功夫再好，还能抵得过那些洋枪洋炮？人没到跟前，先穿他几个血窟窿！"

"老佛爷，您可不能低估了这些武林高手，他们高来低去，神出鬼没，刀枪不入。"

慈禧太后一挥手，打断荣禄的话："我才不信那些神话！好，睡去吧。"

荣禄随李莲英走了出去。

慈禧太后寝宫的烛灭了，四周死一般的沉寂。

尹福引银狐、木莲悄悄下了房，隐到太湖石之后。

尹福小声对银狐说："你带我去盗珠之处。"

银狐望着那一片灰暗树林和殿宇，茫然地说："那天是晚上，今日又是晚上，我实在记不得了，只记得是涵远堂。”

尹福道：“这颐和园我只随光绪皇帝来过两次，不知这涵远堂在何处？咱们抓个人问问。”

尹福引二人穿过邀月门，沿着长廊旁侧的花丛徐徐而行。

这时传来一阵少女的笑声。

留佳亭钻出两个水灵灵的少女，全是丫鬟装束，各持一盏琼灯。一个身着红衣；一个身着黄衣。

两个人上了长廊。

红衣少女道：“小姐已被铁砂掌击伤胸部有一月之余，伤势已大有好转，何必再劳累我们去取郁金、滑石和童便?”

黄衣少女道：“小姐或许是怕落下后根，因此要多服一些时间。”

红衣少衣望望四周，诡秘地对黄衣少女说：“你说怪不怪，一月前有人竟敢污辱小姐，幸亏小姐武功卓绝，用天女散花针击退淫贼，要不险些失了贞操。”

黄衣少女嗔怪道：“都是你不尽职守，那天晚上，小姐在屋内睡觉，你在厅内值更，贼人来了都不知道？害得小姐险些遭人暗算。”

“我那天晚上没有打盹儿，两只眼睛瞪得像灯笼一样。到了二更时，我到花丛中去小解，没想这时贼人来了。”红衣少女答道。

“我才不信呢，莫非是你勾通贼人，来看我们小姐的笑话!”

“天底下只有你这样缺德的人，才想出这个点子！小姐对我恩重如山，如同亲姐姐，我哪里能干这忘恩负义之事。”

“你不去宫厕小解，老去花丛小解，小心把那一丛丛鲜花熏死。”

“去你的，死丫头！亏你想得出来，半夜三更的，宫厕离咱们那里还有一段路，天黑路滑，有时又有太监调闹，我哪里敢去?”红衣少女说着，又往四周看了看。

黄衣少女也看看四周，小声说：“污辱小姐的人使的是铁砂掌功法，莫非是沙弥教头干的?”

红衣少女急忙用纤纤玉手去掩黄衣少女的嘴：“你可别胡猜，让沙教头的人听见可了不得，小姐说那人蒙面，没有看清是谁，健锐营和火器营的军士有不少正跟沙教头学练铁砂掌，颐和园内会铁砂掌的人不少，可不能胡猜。”

黄衣少女抬头望着那五彩缤丽的廊画，叹道：“多美丽的廊画，有池上荷花、林中飞鸟、水下游鱼，也有亭台楼榭、湖光山色、历史典故，真是神话世界!”

红衣少女也赞道：“它东起乐寿堂之邀月门，直到万寿山西端的石丈亭，全长据说有七百多米，共有二百七十三间。尤其是那一幅幅的构图生动、形态逼真的人物故事画，更是别有意味。咱们一人猜一幅人物故事画，哪个猜不出来，就打哪个的屁股，怎么样？”

黄衣少女点头道：“好吧，我先猜。”她指着一幅人物图说，“这是《周敦颐爱莲》。周敦颐是北宋道学创始人，他晚年辞官回家后，在庐山莲花峰下休养。他的住所与塘泽相邻，山清水秀，清澈的水面，朵朵莲花孤傲不羁。周先生喜爱荷花‘出淤泥而不染，濯清涟而不妖’的风格，写下脍炙人口的名篇《爱莲说》，来表达自己秉直不阿的性格，宁折不弯的骨气。文中说：‘水陆草木之花，可爱者甚蕃。晋陶渊明独爱菊；自李唐来，世人甚爱牡丹；予独爱莲之出淤泥而不染，濯清涟而不妖，中通外直，不蔓不枝，香远益清，亭亭净植，可远观而不可亵玩焉。’这幅画，画的是周先生当年在莲花峰下的生活情景。”

“哟，你还挺有文采。”红衣少女嬉笑着搡了女伴一把。

“还不是小姐教的，我都快背熟了。现在该你说了。”黄衣少女催促道。

红衣少女指着另一幅画说：“这幅是《风尘三侠》，说的是隋朝末年，隋炀帝骄奢淫逸，横征暴敛，引起朝野不满。有个叫李靖的志士，才智超人。一天，他来到大臣杨素府中，有个手持红拂的歌女见他相貌非凡，不禁起了爱慕之心。后来二人结为夫妻。不久，有个隐士虬髯客推荐李靖夫妇投奔李世民，并出珠宝资助。李靖帮助李世民推翻隋炀帝的统治，建立唐朝，李靖也当上宰相。虬髯客、李靖、红拂三人仗义豪爽，风尘相遇，后人称他们为‘风尘三侠’，画面上正是虬髯客向李靖夫妇告别时的情景。”

黄衣少女叹道：“真是美女慕英雄，侠客助豪杰。”她指着另一幅画说，“这是《文姬谒墓》。东汉末年，蔡邕的女儿蔡文姬聪慧博学，擅长诗歌音律。然而她命运坎坷，父亲因得罪权臣而死，她自己被匈奴人劫持，被迫做了匈奴左贤王的妻子，以后曹操与匈奴单于谈判，赎回蔡文姬。文姬从匈奴归来，路过长安城外，拜谒父亲坟墓，百感交集，操琴吟唱《胡笳十八拍》，抒发她的悲凉与哀思。”

红衣少女用衣袖轻轻拭泪说：“这位女才子真是可怜，竟在草原上度过大半生。”

黄衣少女道：“你别只是叹息，该你猜画了。”

红衣少女又来到一幅画前，说：“这是根据晋代文学家陶渊明的名著《桃花源记》画的。《桃花源记》这篇文章写了东晋孝武帝时期的一个故事。一天，湖南武陵县有个渔夫划船沿溪捕鱼，到了一个桃花醉人、芳草如茵的去处。渔夫出了桃林，来到溪水的源头，只见一个山洞，于是走进洞口，走了几十步，豁然开朗。良田沃土，碧水盈池。田野里，阡陌纵横，许多男女正在耕作。田边屋旁，栽着桑竹。有诗说，‘幽居桃柳桑竹间，半掩柴扉日日闲。新竹称来宜作径，长松老去好为关。春莺尽是苍烟护，鸡犬相闻碧水环。一榻梦香日未起，桃源虽好有谁见?’桃花源的人见到渔夫十分惊讶，忙问他是从什么地方来的，并争先请他到家中做客。主人告诉渔夫，他们的祖先为了躲避秦朝的兵乱，率妻携幼，来到这与世隔绝之地，他们不知外面有两汉、魏晋。渔夫出洞，回家后告知当地太守，太守派人按渔夫讲的路径去寻找桃花源，但没有寻见。后来不少贤士游侠，想去寻找这优美如画的桃花源，终未如愿。”

黄衣少女说：“我也听小姐讲过桃花源的故事，这个故事源远流长，千古动人。”她指着另一幅画说，“这个《羲之爱鹅》的故事也很精彩。东晋大书法家王羲之的书法舒展畅达，刚劲奔放，笔势飘若浮云，矫若惊龙，为古今之冠。他性情清雅，酷爱养鹅。会稽有一孤身老妇，家中养一白鹅，鸣声清亮，有时似高山流水，有时若古琴低鸣。王羲之闻说，命人带重金去买，老妇人不卖。于是，王羲之乘车前往观赏。老妇人听说羲之将至，以为他爱吃鹅肉，忙杀掉烹熟，款待他。王羲之一见，深为惋惜，长叹数日。”

红衣少女说：“这个《米芾拜石》的故事更有意味。北宋著名画家米芾行文奇险，不蹈袭前人旧辙。他所画山水人物，多用水墨点染，尤善绘云烟出没、林木掩映的山川景色。他性情古怪，放荡不羁，衣着效法唐代式样，神态潇洒，仪表轩昂，所到之处，常被众人围住观看。因其独身自洁，不与家人共用毛巾、盆器，世人又称他作‘米痴’。米先生酷爱奇石，家中收藏甚多，仍然不断四方寻觅。有一次，他出外游玩，见到一块形状奇怪的巨石，欢喜若狂，说：‘此石足以受我一拜。’说完，整理衣冠，伏首大拜，口中还念念有词：‘石兄，受我一拜。’”

黄衣少女听了，咯咯地笑个不停。

红衣少女走了几步，指着一幅画说：“我讲了这画上的故事，恐怕你要笑出尿来。这是东晋竹林七贤，他们正在弈棋、吟诗、饮酒、看书。这七位朋友志同道合，情趣相投。每当苦闷之时，便相约来到僻静的黄公酒店，开怀大饮。然后带上酒菜并棋琴书画，躲进山后的竹林之中，抚琴吟诗，肆意酣饮，借酒浇愁。”

黄衣少女笑道：“我知道这七人是谁，他们是阮籍、嵇康、阮咸、山涛、向秀、王戎、刘伶。”

红衣少女说：“你听我讲，一次，阮籍与客人下围棋，家人忽报他的母亲去世，客人停棋起座，不知所措。阮籍却泰然自若，稳稳地下完一盘棋，才款步而出。刘伶时常纵酒狂欢，每次出走，都命从人背锄相随。他对从人讲：‘我死在哪里，你就把我埋在哪里。’他还常常在屋里脱光了衣服，光着屁股——”

黄衣少女笑道：“嘀，就跟你看见了似的。”

红衣少女接着说：“人们讥笑他，他反而责问：‘我以天地为栋宇，房屋为衬衣，诸君为什么跑到我的骚裤裆里来了?!’……”

黄衣少女听了，笑得前仰后合，险些喘不上气来。

“什么人在笑?”一声吆喝，从树丛后转出两个健锐营的兵勇，他们身穿黑衣，背着洋枪。

红衣少女说：“我们是听鹂馆文小姐家的丫鬟，去城里给小姐抓药，现在才返回。”说着从怀里摸出一个木牌，递给一个兵勇。

那个兵勇接过木牌看了看，又还给她，说：“天这么晚了，还说说笑笑，赶快回去吧。”

黄衣少女说：“这就回去”。说着，拉着红衣少女疾步朝听鹂馆走去。

听鹂馆建于乾隆年间，后被焚毁，光绪十八年重建。馆内设有小戏台，在德和园未建成之前，此处是慈禧太后听鸟叫和欣赏戏曲、音乐的地方。鹂指黄鹂鸟，叫声悦耳动听，古人常用此鸟的叫声来形容优美的歌声和乐曲，因此取名为听鹂馆。

尹福等人尾随红衣、黄衣少女来到一个幽深的庭院，门额上写着“听鹂馆”三个字，红衣、黄衣少女走了进去。

尹福带银狐、木莲轻轻上了房。

尹福在房上四下一瞧，但见西厢房内古色古香，壁上挂着一轴《白娘子盗灵芝》画，案上摆着一个银白瓶，插着几枝水杏，一边坐着一个美人。左边那个美人，那双眼睛如白水银里养着两丸黑水银；亭亭似月，婉约如春。真如“姑山半峰雪，瑶水一枝莲”，减一分太短，增一分太长。但觉一室之中，若琼林玉树，光彩照人。右边那个美人黑得出奇，亮得像没有微尘的海水。亮得宁静，像是盈盈展瓣的黑牡丹。左边那美人身着金黄色旗袍，更透出白如梨蕊；右边那美人身着墨绿色旗袍，黑得动人。

这时，银狐拽住尹福，悄悄指着右边那美人说：“她就是上次我们在涵远堂见到的那个佳人。”

第五回　木莲女听鹂馆遇难　银公主法源寺临危

但见红衣、黄衣少女各端一个彩碟走了进来，彩碟上有玉碗。

红衣少女对白美人说："文冠小姐，药已经兑好了，请服吧。还是依照同仁堂掌柜的吩咐，用了郁金、滑石各三钱，加桂枝、荷叶为引，搀进童便。"

文冠微启朱唇，脸上露出一丝微笑："辛苦你们了。"说着接过玉碗，一饮而尽，又接过黄衣少女递过的玉碗，也一饮而尽。

黑美人关切地问："姐姐的伤势好多了吧？"

文冠解开旗袍的纽扣，掀开一角，露出右乳，只见白如嫩笋的乳上还有几道浅黑的印痕，与那银色的青筋相似。

文冠道："多谢文果妹妹惦记，上次在涵远堂我遭到歹人袭击，是老佛爷将咱俩迁居听鹂馆，我在这里幽居，有时感到寂寞，时时想起七十老母，只不知她老人家生活如何？"

文果道："园内法纪严明，不准我们姐妹俩出园，不能离老佛爷左右，我们就如同囚在笼中的金丝鸟，想起那身居千山的老母，心里时时不是滋味。"说着，潸然泪下。

文冠也落了几滴眼泪："想当初，老母不知出于何种原因，执意叫我们遵照齐三太监的意思，进京辅佐保护老佛爷，结果气坏了师傅。在母亲的养育之恩和师傅的教诲之恩面前，我们被迫选择了养育之恩，遵从了母亲，违背了师意。"

文果叹息几声："有时我也想起师傅，想起三九隆冬之日，在千山山巅，她教我们鸳鸯剑的情景。我记得有一次，我发高烧，师傅把我抱在怀里，用凉毛巾冰我的额头，还给我煮甜粥，一勺勺喂我。"

文冠说："有一次我在千山山腰摘苹果，不小心跌落下去，被半山腰一棵酸枣树绊住。师傅听说后，冒着生命危险，施展轻功，把我救了上来，一直看护了我十几天。"

文果仰望窗外，自语道："师傅，你如今在哪里？……"

文冠咳了一声："师傅年近六旬，为了武术事业，十五岁便闯荡江湖，在民间默默惩恶除暴，可是没有一个人知道她的真名实姓。她决心隐居千山，带徒传艺，使她创造的暗器功夫和剑术彪炳千秋！"

文果盯着蜡烛，怔了一会儿，忽然道："我们离开千山进京后，由齐三太监留下两个宫女照料老母，齐三太监每年春节携带我们送给老母的礼物前往千山，代替我们向老母请安。这几年他一直对我们说，老母身体健康，事事如意，叫我们尽管放心。老母是七十岁的人了，哪能没点小灾小病，我对齐三太监的话半信半疑。"

文冠说："明年春节齐三太监再去千山，我们一定让他带回一封老母的亲笔信。"

文果点头说："这倒是个办法。想起父亲也死得好惨，他原是广西巡抚，只因进剿太平军不利，被道光皇帝罢官，并打入监牢。后来母亲散尽家财，才将父亲赎出，双双隐居千山之中。十年前，又有人诬告他写诗借古讽今，将他锒铛入狱，结果死在狱中。母亲哭得死去活来，并想为父殉葬，被我们死死劝住。天底下没有见过他们这种恩爱夫妻，胜过司马相如和卓文君。平时举案齐眉，缠缠绵绵，真是世间少见的夫妻！"

文冠说："妹妹，你还记得吗？每年清明时节，母亲禁食一日，为父亲举哀。她带领我们姐妹到千山父亲墓前，烧纸祭奠，痛哭不已。"

文果说："她老人家年过古稀，这两年清明节不知是谁搀扶她去父亲墓前？……"说罢，依偎到文冠怀里，痛哭不已。

尹福、银狐、木莲在房上听得真切，当听到文冠、文果姐妹撕心裂肺的哭声时，不免也生出几分哀怜。

这时，只听旁边有人问道："谁在听鹂馆房上？"

尹福一听，知势不妙，忙拉二人朝隐处移去。

只见三条黑影已倏地蹿上房来。尹福趁月光一瞧，为首的正是健锐营头领姜桂题将军，只见他手持五子阴阳锤，那锤是稀有的双短器械。这五子阴阳锤，形似手扣，由锤身、锤头、月牙、护手组成，小巧玲珑。阳锤的正面为小圆锥体锤头，阴锤正面为小圆锥体的锤头镶一小月牙。锤身两头各镶一个小圆锥体的锤头，加上阳锤正面的一个锤头共五个，故称"五子阴阳锤。"姜桂题的两侧各有一个兵勇，手持腰刀。

原来姜桂题带领两个贴身卫兵巡更至此，正瞧见听鹂馆房顶的木莲。

木莲光注意谛听文冠姐妹对话，一时忘记隐蔽自己，起初还伏在屋顶，后来由于腰酸腿疼，便直起腰来，没想暴露了目标。

尹福深知清宫一般军或护卫高手都认识自己，早有准备，来时已将黑布蒙面。他一推银狐："你二人快撤，我来对付他们。"说着抽出判官笔，迎了上去。

尹福的这支判官笔是短器械的一种，又称状元笔。它的形状和笔差不多，一头尖细，一头粗圆，正中有一环，故称之"笔"。判官笔小巧玲珑，携带方便；运动时翻转起落，灵活多变。

尹福一招"仙女引针"，出手极快，先点了姜桂题两个护卫的穴位。"扑通、扑通"，那两个护卫栽了下去。

姜桂题大喝一声："贼人休得猖狂！"手舞五子阴阳锤，一招"十字手"势，直扑尹福。

尹福不慌不忙，以弓步为主，使起"八卦笔"来斗姜桂题。

银狐引木莲撤到东南角房上，正想跳入树丛，只见两个女子各使双剑拦住去路。银狐仔细一瞧，正是文冠、文果姐妹。

文冠使一双鸳鸯剑，直逼银狐；文果也用一双鸳鸯剑抵住木莲。

银狐早将流星锤抽出，伸手一扬朝文冠头部击来。文冠一招"举手摘星"，用剑去削锤链。"当"的一声，火星迸溅，那锤链颤了一下，文冠手持的鸳鸯剑也抖了一下。

木莲则拔出峨眉剑直扑文果。文果一招"怀抱琵琶"，向后退步，左腿伸直，右腿屈膝下蹲，右手拔剑朝木莲砍去。木莲躲过剑锋，跳到左边，一招"凤凰还巢"，朝文果小腹刺去。

文果连退几步，并剑到左手，右手抽出子母镖，一伸手，那镖倏地飞出，一镖变做五镖，朝木莲咽喉飞来。

木莲连躲四镖，在躲第五镖时，脚下一滑，栽下房来。

那红衣、黄衣少女正持双剑在房下等待，见木莲落下房来，两个人四柄剑齐挑木莲。可怜木莲未防备，身上被挑了好几个血窟窿，倒地身亡。

银狐听到木莲的惨叫，有点慌张，低头一瞧，险些被文冠的宝剑刺中。

文果见木莲已死，过来帮助姐姐齐战银狐。

银狐力战文冠姐妹，毫不胆怯，愈战愈勇。战了十几个回合，已是香汗淋漓。文果见一时未能战胜银狐，心生一计，大叫一声："开花！"文冠听了心里明白，将双剑并于左手，一扬手。

尹福在旁边看见，叫一声："天女散花针！"可是已然晚矣，银狐胸前已中了两枚毒针。

银狐只觉眼前发黑，踉跄几步，栽下房来，流星锤弃之一旁。

文冠姐妹一见大喜，双双跳下房去，追寻银狐。

尹福见银狐受伤栽下房去，无心恋战，也想下房，可是却被姜桂题死死缠住。

文冠在草丛中寻到银狐，正要举剑砍下，却被文果拦住。

文果说："贼人不知是何人，咱们不如抓个活的问问。"

文冠点头称是，于是按倒银狐，抽出她的腰带，欲绑银狐。

就在这时，半空中传来一声霹雳般的怒吼："贼人，吃我一竿！"一个虎彪彪的年轻壮汉手持一根长竿，朝文冠挑来。

文冠未及防备，头发被他挑散。

文果见状大惊，一伸手，发出子母镖。

那壮汉不慌不忙，用长竿挑开支支飞镖，又朝文冠戳来。

文冠只好放下银狐，手持鸳鸯剑来战壮汉，文果趁机又去绑银狐。

"你这婆娘倒不闲着。"但见草丛里滚出一个丑陋的汉子，手里握着一根棍子。

文果骂道："刚来了一个使竿子的，又来了一个使棍子的，好不丧气！"

文果话未说完，那汉子已将棍子戳来，笑嘻嘻说："对喽，打狗棍！"

文果一招"梨花舞袖"，骂道："我来削断你这打狗棍，再要你的狗头！"

这时，尹福已经脱身，他跳下房来，一见来人，喜道："二位兄弟，你们快抵住贼人，我去救银狐姑娘。"

原来这二位好汉，一个是"翠花刘"刘凤春；另一位使长竿子的是"小辫梁"梁振圃。刘凤春白天在前门遇见走镖回来的八卦掌高手梁振圃，便把近日发生的情形对梁振圃讲了。梁振圃听说晚上尹福带两个女子去颐和园探听虚实，知道凶多吉少，便与刘凤春商议，二人当晚也来颐和园。方才尹福在乐寿堂殿顶瞧见的那个黑影正是刘凤春，他们二人一直尾随尹福等人，直至看到事情危急，才从隐蔽的树丛中跃出。

梁振圃是直隶冀州城北后冢村人，其父在北京东大市开估衣庄。梁振圃七岁那年拜秦凤仪为师学弹腿。十四岁时到北京跟父亲学做估衣生意。之后，梁振圃的父亲到肃王爷府做生意，在肃王府认识了那里的护卫总管董海川。从此，梁振圃就拜在董海川门下学练八卦掌。功夫练成后，他在前门外东珠市口一家黄酒馆设场授徒，江湖称他"估衣梁"，又称"小辫梁"。

却说梁振圃抵住文冠和文果姐妹，刘凤春抵住追赶而来的姜桂题，尹福便趁势抱起昏昏然的银狐迅速逃去。

尹福抱着银狐到法源寺时，天已熹微。宝禅法师见银狐伤重，十分焦急。尹福把银狐轻轻放在床上，解开她的衣襟，只见雪白的胸脯上有两个针孔，针孔周围有淤血，开始发青。

一个小僧人端来一盆温水，尹福用毛巾沾了温水，轻轻地擦拭银狐的伤口。

宝禅法师找来解毒药，撒在银狐伤处，又为她服了解毒药。

一会儿，银狐微微睁开双眼，见到尹福、宝禅法师，感激得流出热泪。

银狐只觉得天旋地转，胸部隐隐作痛，手脚也不太听使唤。

她看见尹福眼圈发红，两只大眼睛怔怔地望着自己，一股感激之情油然而生，热泪簌簌而落。

银狐断断续续地说："我……恐怕回不了西域了，见……见不到父王和姐姐了，我死后……你们要把我的尸体运回西域，埋在沙丘之下……我生不能再见国人家人，死也要看看国人家人……幸福生活……"

尹福悲痛地大声叫道："银狐，你不能死！你不会死！"

银狐又昏了过去。

尹福热泪潸潸而下，就像两股涓涓热溪，流了下来。

宝禅法师叹道："针毒是烈性毒药制成，解铃还须系铃人，这天女散花针既然是'千山散花'道姑发明，你不如即刻去千山寻找这位老道姑，或许还有办法。"

尹福叹道："可是千山离北京恐有近千里路，我就是取解药归来，恐怕银狐姑娘的性命也保不住了。"

宝禅法师思忖片刻，又说道："叶潜大夫那里有一种麻醉药，能在几日内制止毒液蔓延。你先去千山寻药，我派人赶快去找叶大夫。"

尹福道："事到如今，也只有如此了。"

尹福默默地看了一眼银狐，然后告辞宝禅法师而去。

银狐仍在昏迷之中。

"明霞为饰玉为容，山到辽阳峦嶂重。欲问青天花几朵，九百九十九芙蓉。"这是清代嘉庆年间著名诗人姚元之称颂千山的七绝诗。这首诗在读者眼前勾勒出美妙的千山胜地。明亮五彩的云霞映照在翠峰上，使千山呈现玉容。这丽姿不只是一座山峰，而是重重叠叠的九百九十九座峰峦，它无峰不奇，无石不峭，宛如九百九十九朵朝天怒放的出水芙蓉。千山位于辽宁省境内，又名千朵莲花山。它群峰起伏，层峦叠翠；古柏苍松，奇峰挺拔；怪石林立，色彩斑斓。宫、观、塔、庵点缀于千峰万壑之中，朱门金瓦与明山秀水掩映生辉，雕梁画栋和钟声塔影衬托成趣。古往今来，多少才子墨客"尽扫烟霞归笔墨，竟抛泉石就风尘"，作过美丽动人的描述。早在明代，御史程启充曾给予赞誉："唯兹山之胜，宏阔秀丽，奇怪幽阒，险绝孕结，磅礴盘踞，态状变幻，不可殚述。置之中州，当与五岳等，其博厚过之。”清代翰林王尔烈写下以松石之秀“何必独推东岳”，以山水之美“无难更作西湖”的名句。

千山历史悠久，金朝王寂对千山龙泉寺、祖越寺曾做描述，相传隋唐之际千山就有佛家香火、道家仙踪。明代龙泉、祖越、中会、大安、香岩五大禅林就已载入史册。清代千山是东北道教最大的香火集中地，素有九宫、八观、十二茅庵之说。至清代光绪年间，千山仍有五龙宫、太和宫、无量观、普庵观、圆通观、青云观、慈祥观、武圣观、南泉庵、鎏金庵、伴云庵、木鱼庵、遁颐庵等道观。这些道观或凭险踞于山峰之上，或依傍古松怪石而隐卧于层峦环抱之中，那莲花、月牙、狮子、海螺诸峰如龙盘虎跃，似象奔狮吼，凤立鸟翔，奇景迭出，美不胜收。那木鱼石、蛤蟆石、鹦鹉石、寿星石、卧虎石、凤凰石、睡猫石、卧牛石等，有的如凤落峦巅，有的似虎卧谷底；有的形状奇绝，石纹精美，色彩斑斓。山中既有唐太宗驻跸的遗址，也有清圣祖游山的踪迹。

尹福一路上被千山秀丽景色所陶醉，要不是为救银狐性命寻药心切，他简直想躺卧在这优美雅静的天然画图中，尽享这松涛鸟鸣交织的雅趣，让思绪随着潺潺小溪，流淌在千山万壑之中。

可是哪里去找“千山散花”道姑呢？是二宫？还是六观？

千山景区，依山势走向分为北沟、中沟、南沟和西南沟四个景区。四个景区风姿迥异，各具特色。北沟景区山水秀丽，风景优美，庙宇集中，名胜荟萃，雅致明快，是香客游人毕集之地。其他三个景区，山势蜿蜒，谷壑幽深，林木葱茏，寺庙散落其间，显得雄旷深邃。尹福一连转了几天，几乎踏遍寺庙道观，茅屋古阁，也没有寻觅到“千山散花”道姑的踪影。他一连问了十几个老僧隐尼，他们只是摇头。

尹福感到茫然，不知所措。

银狐的形象浮现在他的脑际。

多么可爱的少女，她纯净得像一汪清泉，透彻可见，清凉可餐。那眉毛，多像天际的弯月，皎洁妩媚；那脸盘简直就像太阳，明亮炽热；那嘴，就像绽开的石榴；那身形，就像飘飘欲飞的飞天……

他想起银狐那发自肺腑的话语：我死后，要把我的尸首运回西域，埋在沙丘之下，我死也要看看国人家人幸福生活。

不，我不能让她死，不能让这么一个年仅十七岁的少女匆匆告别人世，让她花朵一般的身体凋谢，像木乃伊一样横陈于荒漠之上，任苍鹰啄其玉体。

我一定要找到“千山散女”道姑，找到解药，救活这个塞外倩女！

这日晚上，尹福宿于木鱼庵。住持远游未归，庵中只有数位尼姑。这木鱼庵隐映于青山绿水翠荫繁花之间，几道幽静庭院，几间秀阁宝殿，一丛修竹，数株古柏，倒还幽静。尹福躺在床上翻来覆去睡不稳，猛听得后院有人吟《满江红》词。词曰：

斗大江山，经几度，兴亡事业。冷眼处，英雄成败，何须重说？香水绵帆歌舞罢，虎丘鹤市精灵歇。尚翻阅，吴越春秋史，伤心切！

伍胥耻，荆城雪；申胥恨，秦庭咽。羞比肩仲蠡，一时人杰。花月烟波西子黛，鱼龙沫喷鸱夷血。

到如今，薪胆向谁论？冲冠发！

……

这吟声悲凉凄切，声震苍穹！

难道后院也住着一个男人。

尹福感到纳闷儿，于是披衣起床，悄悄溜出屋子。穿过一道垂花门，来到一个庭院。他隐到树丛背后，凝眸一瞧，见是个三十多岁的秀士，脸容白净清秀，一双大眼睛炯炯有神，充溢着智慧之光，透出轩昂之气。

这时有个书童模样的人走出来，唤道：“公子，外面天凉，该回屋安歇了。”

秀士走进屋内。

尹福来到窗外偷瞥。

秀士和书童在桌前对坐。

秀士道：“我睡不着，一连几日也打探不到母亲的消息，叫人心焦。紫茗，你我猜猜谜如何？”

紫茗道：“公子，猜什么呢？”

秀士道：“十步之泽，必有芳草；十室之邑，必有忠士；百里之隔，必有关隘。我国历史悠久，幅员辽阔，山脉纵横，河流众多，关谷要塞遍布崇山峻岭之间。杜甫曾以‘艰难奋长戟，万古用一夫’，来形容潼关之险；陆游曾以‘何当受诏山，函谷封丸泥’，来形容函谷关之要。关隘一般在名山之巅，大川之旁，诸如洛阳之南的伊阙关，两山对峙，石壁峭立，伊河横贯其间，风景十分优美，且有龙门石窟之珍宝，为游客所陶醉。郑州之西的虎牢关，山水秀美，景色宜人。山西的雁关门，霞举云飞，重峦叠谷，蜚雁横飞其间，美不胜收。甘肃的嘉峪关，山有九眼泉，清澈如镜，南有祁连山雪峰如玉，北有龙首山雄居河西，雄伟壮观，使人心旷神怡。北京居庸关，山峦间花木葱茏，犹如碧波叠浪，有‘居庸叠翠’之称。”

紫茗笑道：“公子想是论关，可是您把这些雄关都一一道出，叫我还说什么呀？”

秀士禁不住仰天大笑，道："你不提醒我，我倒忘了。好，就论关吧！我说一个，你再说一个。哪个说不出，就叫哪个钻桌子。"

紫茗委屈地说："哪个有你那样大的学问，到头来还不又是我钻桌子。"

秀士道："东汉张衡在其名著《东京赋》中，有'盟津达其后，大谷通其前'之句，这里所说的'盟津'，就是指河南孟津县东北的孟津关。相传周武王伐商纣王时，在此会盟并渡河，故又名盟津。以后周武王曾两次会师于孟津，当时有八百名诸侯率兵前来相会，该你说了。"

紫茗歪了歪脑袋想了一想，说："陕西、河南、湖北三省交界处有个紫荆关，北依商山，西傍丹江，濒江为关。这里商业兴隆，物资丰富，人来人往，非常热闹，自古以来是兵家必争之地。我去过那里，那里有七百多间古房子，还有江西会馆、川陕会馆、平浪宫、禹王宫、万寺宫、清真寺、城隍庙等名胜古迹，周围有个法海寺，有泉水环抱，小瀑奔泻，风景甭提多美。"

秀士接着说："北望滔滔黄河，西凭滚滚洛水，回首历史风云，使人想起北宋司马光为虎牢关题写的著名诗句：'天险限西东，难名造化功。路邀三晋会，势压两河雄。除雪沾枯草，惊飚卷断蓬。徒观争战处，今古索然空。'据说周穆王射猎于郑圃，曾将进献的猛虎在此豢养，因此得名虎牢。此关有'一人荷戈而立，百人自废'之险。三国时期的'三英战吕布'就发生在这里。传说张飞曾把吕布的紫锦冠打落在汜水河，连河水都吓得倒流四五里。"

紫茗见秀士停顿不说，立即叫道："这个虎牢关你已重复过，还要说一个。"

秀士笑道："你这个小赖皮！好，我再说一个玉门关。唐代诗人王之涣'羌笛何须怨杨柳，春风不度玉门关'的名诗，使玉门关声誉远播，千古垂名。玉门关建于汉武帝时期，离甘肃敦煌一百六十里。"

紫茗吐了吐舌头："哟，这么短！好，我说。被誉为'七十二水归正阳'的正阳关，位于安徽，著名的秦晋淝水之战就发生在这一带。"

秀士道："剑门关位于四川剑阁县北五十里的剑门山，为古蜀道要隘。晋人张载作《剑阁铭》说：'唯蜀之门，作固作镇，是曰剑阁，壁立千仞，穷地之险，极路之峻。'唐代诗人岑参也有诗叹曰：'朝登剑阁云随马，夜渡巴江雨洗兵。'三国时期，诸葛亮曾利用剑门之险，射杀北魏骁将张郃。"

紫茗呷了一口茶说道："'劝君更尽一杯酒，西出阳关无故人'诗中所说的阳关，在甘肃党河西岸，自古与玉门关同为出塞必经之地。"

秀士道："素有'岭南第一关''南粤雄关'之称的梅关，是一座颇享盛誉的名关。它坐落在广东、江西交界的梅岭之上。梅关由于多梅而誉满于世。在梅花盛开之时，清香扑鼻，醉逸游人。古往今来，有多少文人墨客在此流连题诗。北宋大文豪苏东坡有诗云：'梅花开尽杂花开，过尽行人君不来。不趁青梅尝煮酒，要看细雨熟黄梅。”

紫茗打了几个哈欠，说道：“天这么晚了，咱们还论什么名关胜隘，真是昏了头！放着美美的觉不睡，真是傻到家了。”

秀士正色道：“今晚你可不能溜之乎也，否则可要钻桌子了，该你说了。”

紫茗勉强打起精神道：“好，我说一下楚国伍子胥过昭关，一夜头发全白了。这个昭关就在安徽小岘山之西。明代有人在昭关建伍子胥祠。附近有名胜褒禅山，山色翠霭中有起云峰，并有龙洞、罗汉洞，洞穴曲折，深不可测，洞壁怪石错落，石钟乳倒垂其间；下有慧空禅院，为明代郑和所建，气势雄伟；院内古柏参天，竹木潇潇；四周山势突兀，景色秀丽。北宋诗人王安石曾游此地，作《游褒禅山记》，至今碑记尚存。”

秀士问：“你对那里为何这般熟悉？”

紫茗神秘地一笑：“那里是我的家乡。”

秀士道：“有机会我一定到那里一游。我再说一个娘子关，在山西与直隶交界处；关居山腰，监桃河，靠绵山，陡壁如削，奇峰突起，地势险要，易守难攻，有‘三晋门户’之称。唐高祖李渊的三女儿平阳公主曾率兵数万驻守此地，因此得名娘子关，至今关上有‘唐平阳公主驻兵处’。关城下面有飞泉多处，还有水帘洞，方圆丈余，水如碧玉，冲力极大。明代诗人王世桢有‘喷玉高从西极下，擘崖雄自巨灵来’的诗句。”

秀士说完再一看紫茗，他已呼呼睡去。

秀士扳醒紫茗，叫道：“你这懒虫，还未说完，怎么独自睡了？该你说了。”

紫茗揉揉眼睛：“我说什么？实在想不出来了。”

“那就钻桌子。”秀士回答。

“我说，我说，华容关。”紫茗一字一顿地说，嘴里流着口水。

“哪里有什么华容关？”

“当年诸葛亮让关公守的那个关，赤壁大战曹操惨败逃至此处，被关公放了。要说人家关公，真叫仁义，以德报恩……”紫茗伸出大拇指。

秀士道：“你别打岔儿，快钻桌子，那不是关，是华容道。”

“好，我钻！我钻！”紫茗说着钻进桌子，可是怎么也出不来。

原来秀士用一根手指撑着桌子，紫茗钻到哪儿，桌子跟到哪儿，紫茗就是出不来。

这秀士好深的功夫！尹福在窗外暗暗叹道。

“公子，让我出来吧！”紫茗求道。

秀士仍不理睬，只是嘿嘿地笑。

尹福见那秀士脸不红，心不颤，全身如钟，但不摇不摆。

“公子，时候不早了，咱们明天还要赶路呢，你那书箱子还得我背呢!”紫茗在桌子底下东转西爬，汗流浃背，就是出不来。

这时，一股风袭来。

重重的一击，桌子劈得粉碎。

秀士一闪身，一个黑影一闪。

“出来吧，后生!”一声怪笑，令人毛骨悚然。

第六回 一眼古井洗净老脸 几部刀书引出判笔

“啪”的一声重击，秀士不知从哪里抄出一部书，朝黑影击去。黑影又一闪，倏忽不见。

书击在窗上，窗棂崩裂，书飞出将一株树击断。

尹福急忙退身。

原来书是秀士的武器!

尹福退到屋后，跳到墙外，朝四外一瞧，空寂无人，只有一轮朗月，皎皎可爱。

尹福悄悄回到自己屋里，上了床，暗自思忖：这木鱼庵真是庙小神灵大，池浅王八多。那隐身人不知是哪路豪杰，这兵书秀士功夫十分怪异，须要小心提防。

第二天一早，天蒙蒙亮。尹福被一阵脚步声惊醒，抬起身子从窗缝望去，只见有个年轻尼姑正在挑水。

尹福一骨碌从床上下来，推开门唤那尼姑：“阿弥陀佛，后院住的那秀士是何人?”

尼姑一怔，四外瞧瞧，回答：“不知从何处来，不知向何处去，与你一样，比你早到一刻。”尼姑说完，挑着水桶朝前面走去了。

尹福回到屋内。有个尼姑端着一盘食物走了进来，默默放在桌上，一言不发，又悄悄出去了。

那盘上两个金黄的小窝头，一段腌白萝卜；一碗高粱米粥，微微冒着热气。

尹福想找个地方擦把脸，于是走出木鱼庵。他沿着崎岖小径走了约有半里，遇到挑水的那个尼姑。她挑着两个水桶，显得十分轻盈，像伞飘起来，滴水未洒，快步如飞。

好高强的功夫，明眼人一看即知有武功。尹福往下又走了十来步，发现有一眼古井，井口约有二尺长，往下一看，足有七八丈深，泉水叮咚响。

怎么洗呢？尹福有点犹豫。

一阵风飘来，昨晚见到的那个书童紫茗潇洒地走来。

“想洗脸吗?”他嘻嘻笑道。

尹福上下打量着这个少年，他穿着一身古铜色袍子，系着一条淡蓝色腰带，脚蹬一双薄底快靴。

尹福端详着他那张娃娃脸。

“扑通”一声，紫茗跳了下去。

尹福站在井边，一探头。

一泼水正好击在脸上，凉丝丝的。

“洗得痛快吗?”紫茗在井下喊。

“调皮鬼!”尹福叫道。

又一泼水击来，尹福满脸是水。

尹福连忙退到一边。

一团衣物似的东西卷了上来，紫茗笑嘻嘻跳到尹福面前。

“你服侍的那个公子是谁?”尹福问。

“你这个偷听鬼!”一阵笑声远去了，紫茗消逝在树丛里。

尹福回到木鱼庵，大雄宝殿内，尼姑们正在念经，显得那么虔诚。

木鱼有节奏地敲着，声震殿宇。

晚上，尹福又来到那个后院，只见秀士与紫茗正在谈论什么。

尹福隐到房上偷听。

秀士说：“我谈剑，你论枪，哪个说得有讹，就罚他在屋外站一夜。”

紫茗点点头，笑道：“那么谁来做裁判呢?”

秀士微微一笑：“自然有，还不止一位呢!”他咳嗽一声，说起来：“剑术在我国，源远流长，早在石器时代向铜器时代过渡时期，就有了剑器的发展。书籍《黄帝本纪》记载：‘帝采首山之铜铸剑，以天文古字师铭其上。’周秦时期，《孔子家语》载：‘子路戎服见孔子，仗剑而舞。’在盛行佩剑器之风的周代，有舞剑的教育规定，仗剑而舞的风尚，应当不会只是子路而已。同时击剑蔚然成风。《庄子·说剑篇》载：‘赵王喜剑，剑士夹门而客三千余人，日夜相击于前。’在赵国一次连续七天的击剑比赛中曾死伤六十余人；吴国由于好击剑，许多百姓的身上、脸上都经常有剑伤创瘢。”

紫茗笑道："吴国可称得上是剑国了。"

"秦时曾称剑为'持短入长，倏忽纵横之术。'两汉时期，剑术名手辈出。汉初的曲城侯张仲就是'以善击刺，学作剑立名天下'的剑术家。'淮南贤士八公'之一的雷被，也是一位著名的剑术家。北魏曹丕好击剑，他听说奋威将军邓展能空手入白刃，便与之较量。酒酣耳热，方食甘蔗，便以为杖，下殿数交，三中其臂。幸亏用蔗当剑器，不然的话，邓展定要受到伤害。之后，宴乐必舞，'乐饮酒酣必自起舞'的习俗风靡一时。晋代尚清谈玄理。但'争骑乘之善否，论弓剑之疏密'，喜好剑术的遗风犹存。阮籍在《咏怀》一诗中吟道：'少年学击剑，妙伎过曲城。'晋代的集体剑术，舞练起来尤为壮观。傅玄在《短兵篇》里这样描述：'剑为短兵，其势险危。疾逾飞电，回旋应规。武节齐声，或合或离。电发星鹜，若景若差。兵法攸象，军容是仪。'唐代，剑术遍及朝野，诗人李白少年学剑术，经常酒酣舞长剑，'三杯拔剑舞龙泉'，伏剑而舞。诗人白居易、王昌龄等人也都喜爱剑术。画家吴道子在天宫寺作画时，由于废画已久，精神颓靡，特地把将军斐旻请来舞剑鼓气。结果奋笔立成，若有神助。书法家张旭观公孙氏舞剑，草书而得其神。宋代，鉴于外患之烈，重视讲武之礼并不亚于前代。士人之中流传着'中夜闻鸡，剑光正烛牛斗''论诗说剑'。著名诗人陆游就是'十年学剑勇成癖''少携一剑闯天下''负琴腰剑成三友'，把剑当做至交。宋真宗以后，惧怕民众尚剑，使剑术由击剑转为舞练。"

紫茗插嘴道："皇帝老儿怕老百姓造反，自然怕剑在百姓手里。"

秀士又继续说道："元、明、清以来，由于元、明清两代屡禁民间私藏军器，'教人兵艺，仗之''学习拳棒，有禁'，剑术在民间趋向销声匿迹。明代虽武风兴起，剑术也衰退下来。民间练武遭禁，但从明代流传至今的仍有太极剑、青萍剑、峨眉剑、醉剑、双手剑、武当剑、绵剑等，大致可紧纳为工、行、醉、绵四类剑。工剑，形健骨遒，端庄势整，一招一式，端端正正。行剑，流畅无滞，挥霍飘洒，多行势而少停息。醉剑，恣意挥舞，乍徐还疾，忽往复收，形如酒醉。绵剑，柔和蕴藉，缓缓不断，自始及终，绵绵相连。"

秀士说完，呷了一口清茶，笑着对紫茗道："现在该你说枪了。"

紫茗眨巴眨巴眼睛说："枪，素有百兵之王的美誉。《长枪说》云：'枪乃艺中之王，以其各器难敌也。'枪形制似矛，最初与矛难以区分，为纯粹刺兵。《事物记源》载：'黄帝与蚩尤大战时，有枪。'东汉末年诸葛亮始以木作之，长丈二，以铁为头。晋代，枪头改进为短而尖的形式，更加轻便而锋利。南北朝时，梁简文帝萧纲对马上用枪技术整理、研究并编制成谱。自隋唐五代直到明清，枪都成为军队的主要武器。唐代枪的形制增加，分为漆枪、木枪、白干枪、白扑枪四种。漆枪短小，是骑兵所用；木枪长，是步兵所用；其余两种为皇朝的禁卫军所用。宋代，枪的形制比较复杂，步骑兵用的有双钩枪、单钩枪、环子枪、素木枪、锥枪、太宁笔枪七种。专用于守城的有拐突枪、抓枪、拐刃枪、钩竿等。专用于攻城的有短刃枪、短锥枪、拐子枪、蒺藜枪等。宋代枪术产生许多流派，有以地域分的车路枪手、河东流派，以姓氏分的张朱派等。宋时以枪术著称的人物有岳飞、李全、杨妙真等。李全号称'李铁枪'，杨妙真号称'杨花枪'，二人都是农民起义领袖，通过比武，二人结为夫妇。"

秀士喝彩道："这叫做枪夫妻。"

"元代蒙古人所用的枪，是一种可刺可掷的两头有锋的标枪。明代除攻守城专用的枪尚有一部分沿用宋代枪式以外，一般战斗用的有长枪、铁钩枪、龙刀枪等。明代是武艺集大成时期，流派林立，不同风格的拳术、器械都得到发展。枪术中有左右周旋，'满遍花草'的花枪，明代戚继光的《纪效新书》、明末吴凤的《手臂录》都收录有枪法。清朝枪的种类繁多，装备于八旗和绿营的有长枪、火焰枪、钩镰枪、双钩镰枪、钉枪、矛、戟等多种。长枪是军队常用兵器，八旗和绿营均有长枪兵的编制，其形制与明代长枪大同小异……"

"尝尝我这支枪罢！"随着一声大喝，屋内明烛顿灭，一个黑影一闪。

紫茗顿觉一股热浪袭来，灼得脸发烫。他纵身一闪，那黑影也一闪。

秀士大声喝道："何人大胆？三番五次来此纠缠?!"

尹福细观夜行人，但见他身材魁梧，黑衣黑裤，黑布蒙面，露出两只火炭般的眼睛。

夜行人喝道："磐石，你母亲在何处？快从实招来！"

尹福心中一颤：原来这秀士叫磐石，那么夜行人又是谁呢？

夜行人又叫道："你母亲'千山散花'道姑好大的德性，教出两个黄毛丫头，用那风骚之针害人！"

尹福想：原来这夜行人也中了那文冠、文果的暗器。想来这磐石先生是"千山散花"道姑的儿子，看来这位出家道姑有一段不平常的经历，她半路出家定有不寻常的原因。

磐石哈哈笑道："原来你也在找'千山散花'道姑，我已找了多日，也不见他老人家的踪迹。"

夜行人又嚷道："你是她的儿子，必然知道她的下落。若不告诉我们，我给你们一点厉害瞧瞧！"说着用双掌击墙，墙身颤动，一片尘土簌簌而落……

秀士不慌不忙，伸手去拉书囊。

一阵响动，那书像利剑般飞来，直扑夜行人。

夜行人用双掌迎战"刀书"。"劈劈啪啪"，几本书掉于地上，凿出几个小坑。

一会儿，尹福听到夜行人气喘吁吁的声音，知道他已难以支持。

尹福本着助弱凌强的精神，跳了出来，大声喝道："这位书生，何必欺负一个不速之客，有话好说。"

磐石笑道："远亲不如近邻，你这位京城人怎么不问青红皂白，就来拔刀相助?"说着，将手一转，那书又朝尹福扑来，夜行人乘机溜走。

书在尹福周围飞转，形成圆圈，如铁桶一般。

尹福不慌不忙，从怀里拿出判官笔，轻轻一挥。只见那些书皮上都留下划破的痕迹。

那位叫磐石的书生见尹福武艺高强，顿时收了"刀书"，迎了出来，揖拜道："莫不是京都的'瘦尹'尹老先生?!"

尹福问道："你何以知道我的名字?"

磐石呵呵笑道："我见你使一手判官笔绝功，就知是你，既然光绪皇帝的武术教头来了，莫非皇上也到了千山?"

尹福摇摇头道："皇上未来，我有要事来千山，你究竟是何人?"

"到屋里来叙。"磐石说着，引尹福来到屋内，扶他上座坐下，又唤紫茗端来清茶。

"说来话长。"磐石目光炯炯，"我祖籍江西九江，洪秀全闹太平天国时，母亲因不满父母包办婚姻，毅然投奔了太平天国，在洪秀全的妹妹洪宣娇帐下任女官，她会武林绝技天女散花针，颇有名气。以后母亲与忠王李秀成部将张子琦结识，并产生了爱情，两年后结为夫妻。我出生后，由于戎马倥偬，便把我寄养在南京一个老妇人家中。太平天国失败，天王洪秀全服毒自尽，父母与忠王李秀成等人保护洪秀全之子洪天贵福逃出南京。后来，李秀成被清兵俘虏，洪天贵福战死。父母杀出重围，退到湖南湘西一带。一天晚上，父母又饿又乏，躺在一个古庙里睡着了。忽然马蹄声急，父母双双醒来。四周已是一片火光，原来是曾国藩的湘军包围了古庙。父亲掩护母亲从后门冲出去，自己断后拼杀。由于寡不敌众，父亲被湘军砍断左臂，由于失血过多被湘军俘虏。母亲一身是血，冲了出去。湘军抓住父亲后，百般折磨，起初父亲坚贞不屈，后因听说忠王李秀成写了《自白书》，便也写了《自白书》，投降了清廷。母亲听说父亲降清后，一气之下隐遁千山为道姑。几年后，父亲由曾国藩举荐，任山西忻县县令，以后也把我接到忻县。我长到十八岁时，听说母亲在千山为道，道号'散花真人'，便赴千山探母，可是母亲不肯见我们父子，我年年来千山寻母，母亲年年隐居不见。五年前来千山寻母，遇到母亲的女弟子文冠姐妹，她们也不肯说出母亲的去处。后来我与文冠产生爱慕之情，可是两年前她们姐妹又被召到宫中，担任慈禧太后的贴身女卫，至今音讯全无。尹老先生来千山有何贵干?"

尹福听完磐石的一番叙述，感到凄凄切切，不觉叹息几分，也把自己的来意说了。

磐石道："可惜我未学到天女散花针，解铃还须系铃人，要不然我定能出一臂之力。要不然，我随先生去一趟京城，说动文冠，让她献出解药。"

尹福摇摇头道："未必能行，况且颐和园内经我们一闯，更加戒备森严，弄不好误了性命。咱们还是设法找到你母亲，先寻了解药再说。磐石先生，这两日前来骚扰的蒙面人是谁?"

磐石凝眸道："我也不知道此人的来历，我来到千山后不久便遇到了他。我观他的身形倒像是在一家茶馆遇到的一个黑胖老头。那老头脸色阴沉，骑一头毛驴，他也在找我的母亲。"

尹福道："这么说，咱们都在找'散花真人'，都不知她在何处。"

磐石道："刚才听你所说，银狐公主的性命危在旦夕，如果不尽快寻到解药，恐怕性命难保。咱们合在一起，速速寻找我母亲，找到解药。"

尹福道："我想'散花真人'一定躲在千山某处，大概出不了这些道观。咱们明日一早一个道观一个道观仔细寻找。"

磐石点头道："好吧。尹老先生，我早闻北京八卦掌厉害，能不能演练一番，让我们开开眼界?"

尹福笑道："那我就献丑了。"说着，他连踢了几个飞脚，然后演练起八卦掌。但见他身随步翻，掌随身变，步随掌转，行如游龙，换式似鹰，回转若猴。一招招"狮子摇头""白蛇吐信""白猿献果""大鹏展翅"……

磐石、紫茗在一旁看了，称赞不已。

尹福收了势，气不喘，脸不红，心不跳。

磐石请他坐下，又问道："尹老先生，八卦掌祖师董海川英雄盖世，能否给我们讲一讲他老人家的故事?"

尹福道："董海川乃顺天府文安县朱家坞村人，生于嘉庆年间，幼年酷爱武艺，精罗汉拳。董先师性喜遨游，足迹遍及名山大川。曾在九华山与毕澄霞道长学艺数载，朝夕苦练。艺成下山后，曾在开封府任护卫数年，除暴安良，与八卦教农民义军过往甚密。太平天国垂危之际，由师叔'铁拐道人'郭济元引荐，董先师到南京天王府面见洪秀全。受天王之托，入京刺咸丰皇帝。他割阉后，栖身四爷府，后又任肃王府护卫总管。当时有皇室宗亲也居住肃王府，有的从学于董先师。一天，有位贵妇人正坐于楼阁之中，忽闻楼脊上有孩童的嬉笑之声，忙开窗观望，只见董先师正背着贵妇之子腾跃如飞。贵妇惊道：'您这是驾云之术，是否也教我这一本领。'董先师笑道：'你学此术是不是想做贼，我不敢传授。'有一次，董先师奉肃王爷之命，去塞外征粮，路遇数十强盗手持利器环而围攻。

董先师穿梭御敌，捷如旋风。那些强盗无不披靡，遂跪请拜师。还有一次，一个拳师与董先师比武，将花枪连刺董先师，先师以掌边拨边走，退到墙壁之下，后退无路。拳师看得真切，用力刺去，枪入墙三寸，可是先师却端坐墙头微笑，拳师惭愧而退。董先师晚年之技艺已臻仙境，其变化之神速，非常人能比。一次，他卧床之际，有门人抚其衣，他惊而跃起，抽壁上刀欲砍之，睁眼见是门徒，便弃刀又睡，仿佛是梦中所为，第二天全然不晓。一天，十几个徒弟聚集在董先师家里，董先师见门人济济一堂，功夫长进不少，兴致很浓，便对大伙说：'今天和你们藏闷儿吧，我们把灯灭了，谁摸到我，就另教他一手。'大家都称好，于是便在黑洞洞的屋里东摸西抓，闹了有几袋烟的工夫，大家只是你抓我，我撞你，谁也没碰着董先师。点着灯一瞧，原来他用两个手指钩住房椽，身体悬在空中，引得众徒哄堂大笑。一年夏天，一连下了几天大雨。一天，董先师盘膝坐在炕上闭目养神。忽然，墙壁倒塌下来，在一旁的我急忙去救他，可是他已不在炕上，又安坐在另外一把椅子上，真是神速！一年秋天，董先师正在炕上午睡，师弟施纪栋的老婆陈媛媛恐怕他着凉，拿了一条被子轻轻过去要盖在他身上，不想走到炕沿，举被要盖时，董先师不见了。陈媛媛一回身，看见他已端坐在靠窗的太师椅上。董先师说：'干女儿，为什么不讲一声，使我吃了一惊。'"

紫茗听得入了神，咂巴咂吧嘴道："董老先生果然名不虚传。"

磐石也啧啧道："江湖上谁不知董老先生的为人和神技，可惜他已命归黄泉，我终生未能有幸见他一面。"

尹福看看窗外，说道："时间不早了，大家各自安歇吧！"

紫茗拦住他道："尹老先生，我还没听够呢！您再给我们讲三个你们师兄弟的故事，我才放你走。"

尹福无可奈何地说："好吧，我再讲三个。师弟施纪栋被董先师称为'贼腿'。有一次，有个客人去访师弟，出言不逊。师弟对那人说：'我俩不必过手了，请回吧！'客人说：'我老远跑来，总得比试比试吧！'师弟说：'好，我背着手，用腿扇你耳刮子，三脚扇不着，算我输。'说完，一变步，左扇一脚，右扇一脚，连打了客人三个耳刮子。来客深鞠一躬，向师弟道谢而去，一边走一边说：'贼腿施六，名不虚传！'"

紫茗见尹福欲言又止，于是说道："这是第一个故事，现在开始说第二个。"

"师弟'小辫梁'梁振圃在北京以估衣为业，夫妇二人住在东大市。一天，梁夫人想回冀县老家看望亲友，因怕路上不好走，要师弟与她结伴同行，以便照应。师弟怕耽误生意，不愿与夫人同行，就给她雇了一辆大车，让她自己回老家。在动身之时，师弟对夫人说：'倘若路上遇到吃横粮的，你就说是'估衣梁'的家眷。'大车出彰仪门，走了三十多里地，遇见三个手持刀剑的人拦住去路，那三个人喝道：‘都下来，把东西拿出来！’梁夫人道：‘我是‘估衣梁’的家眷。’土匪道：‘滚他妈一边去，什么凉的热的，爷儿们不吃那一套！’说着把值钱的东西抢走了。梁夫人回到北京，一进家门就骂师弟：‘你真是白练了，遇上劫道的，提起‘估衣梁’，屁用都不顶。土匪们还说什么凉的、热的，还以为是什么凉白薯、热白薯呢！我看哪，你就坐在炕头上吹牛吧！’师弟听了微微一笑，安慰她说：‘别急嘛，明天我一定要物归原主！’夫人骂道：‘你就横竖吹吧，颐和园的铜牛都叫你吹跑了！你就会骗我。’第二天，师弟提了一个小包裹，又拿了一根三尺长的小竹竿，向彰仪门外走去。说来也巧，那三个不要命的家伙又来行劫。他们喝令师弟站住，上来就夺包裹。师弟说：‘包裹里没啥东西，只有几件破裤头。’这时两个土匪持刀，一边一个从两边堵住师弟，另一个手持单刀走过来：‘把钱掏出来！’师弟对土匪说：‘我没有钱，就是有一点，还要赶七百多里路，做盘缠都还不够呢！’土匪一听，两眼一瞪，喝道：‘你他妈还敢顶撞人呢，我看你是活够啦！’师弟和他开玩笑说：‘哪能活够了呢，再活一百年也活不够哟！’土匪大怒说：‘这小子真不识抬举，今天叫你知道我们的厉害！’说罢，举刀劈头就砍。师弟见对方刀来，伸手接住他的手腕，只一拧，便把刀夺了过来，回手用刀尖一挑，给那个土匪脑瓜上开了一个小口，红殷殷的血直往外流。那土匪捂住伤口，回头就跑。另外两个土匪见同伴受了伤，一齐上来对着师弟抡刀就剁。师弟一闪身，避开二人的来刀，用刀向左一格，把左面土匪的刀磕飞。师弟又迅速回身，进刀截腕，只听那个土匪‘哎哟’一声，手上的刀掉在地上，腕上的鲜血直往下滴。两个土匪遇到了高手，心里发了毛，不约而同地跪在地上，连连叩头，请求饶命。师弟说：‘我就是‘估衣梁’，今天特来叫你们看看，到底是凉的，还是热的?!’师弟从小竿内，抽出两根铁丝来，把两个土匪绑了，问道：‘怎么办？你们想死，我就成全你们。如果愿意活的话，就把昨天抢我家眷的东西拿出来。’两个土匪异口同声说：‘我们去拿，求爷饶命。’师弟跟着他们走了几里路，到了匪徒的家里。他们把抢的包裹如数交还。师弟接过包裹，打开一看，一件未少，于是对他们说：‘饶你们一次，从今以后必当改邪归正，再不能做伤天害理之事。如果恶习不改，我‘估衣梁’是会找你们算账的。’匪徒一闻此言，连忙不迭磕头，齐声说：‘请梁爷放心，我们再也不干了。’师弟提着包裹回到北京。一进家门，就把夫人喊了出来，说道：‘还你的东西，先打开瞧瞧，是不是少了什么？’梁夫人打开包裹，果然一件东西也没丢。梁夫人乐得手舞足蹈，哈哈笑着说：‘振圃，你还真有两下子，那你还接着练吧！今天弄点好酒好菜让你喝两盅，算我犒劳你！’”

紫茗见尹福又不说了，于是又催促道：“尹老先生，再接着说第三个故事。”

尹福把两只耳朵支起，仔细谛听着，猛地把耳朵贴到壁上，说道：“不好，有人来了。”

磐石仔细一听，也说：“是有人来了。”

几个人奔出屋门，但听前院传来一声尼姑的惨叫。

一会儿，前院里传来嘈杂之声。

第七回 尼姑惨惨不忍睹身 韩六傻傻有傻福气

三个人来到前院，但见尼姑们一片慌乱，有的衣衫不整，望着房上，有的进出于两厢房，一脸凄惨悲哀之色。

磐石忙问一个尼姑："出了什么事情?"

那个尼姑回答："有一个姐妹被贼人害了!"

磐石又问："在哪里?"

磐石、尹福、紫茗三人走进西厢房，但见一群尼姑围着一具尼姑的尸首。尸身精赤条条，一丝不挂，胸前印着一个明显的紫印痕。

"毒砂掌!"尹福失声叫道。

难道是沙弥到了千山。

他来千山干什么?

尼姑们见三个男客进屋来，忙拉过一条被单盖住尸身。

尹福还看见有三个尼姑直挺挺地立在墙角或炕前。

原来她们被贼人点了穴。尼姑们被贼人以双手指点击了两笑腰穴，动弹不得。

尹福上前为三个尼姑解了穴，三个尼姑失声痛哭。其中一个尼姑哭泣着说："昨晚我们姐妹四人正在房中歇息，忽然闪进一个黑影，那人身形好快，我们四人接连被他点了穴位，言语动弹不得。他指着我们说：'你们告诉后院住的那个白衣秀士，他若不告诉他母亲'散花真人'的去处，我从今晚起，每晚糟蹋并杀死木鱼庵的一个尼姑，直到他和盘托出。'说着扑向一个姐妹，剥光她的衣服，强行奸污，然后一掌击死了她。他走时还装出我们的声音，发一声惨叫，然后离去。他这一叫，惊醒了众姐妹。"

磐石问："你们可曾看清那个人的面目?"

一个尼姑回答："房内熄烛，他又蒙面，没有看清，只觉得他身材魁梧，干事精练，动作如山猫一样。”

尹福对磐石说：“这贼人定是三番两次骚扰你的那个蒙面夜行人。我见这被害尼姑胸前的掌印，是毒砂掌，莫非是沙弥所为？”

磐石道：“尹老先生说的是‘塞外飞鹰’沙弥吗？”

尹福点点头：“正是。”

磐石不解地问：“他为何到千山？为何千方百计地寻找我的母亲？”

尹福道：“他与八卦掌有难解之缘。董先师在世时曾于肃王爷府任职，在这之前沙弥也在肃王爷府中任武术教头，而且很得肃王爷的宠爱。沙弥见先师武艺超群，有取代他之势，心怀不满。一次提出与先师比武，结果大败。当晚便与其妻马踏燕来到先师住处，欲暗害先师，被先师识破并制服。他们夫妻跪地并发誓永不回北京，先师于是放了他们。不久前，沙弥夫妇又流窜京城，投奔了李莲英和荣禄，甘心为其效命。之后，又屡次找八卦掌门的麻烦。珍妃翡翠如意珠被盗，师弟马维祺之死等都跟他们有关……可是如今这个沙弥为何又来到千山呢？”

尹福思来想去，猛想起那日晚颐和园内文冠的两个丫鬟说的一席话，文冠险些遭受蒙面人侮辱，发出天女散花针，那人受了针伤……

蒙面人就是沙弥，来千山是为寻找天女散花针的解药！

得出这一结论，尹福十分高兴。

这时，一个年纪稍大一些的尼姑走过来，问道：“如今我们怎么办？住持至今未归，这样下去庵内的姐妹都要遭殃了。”

另一个尼姑道：“我们不如分了庵内的东西，投奔他乡。”

尹福道：“你们不要慌，先把被害的姐妹葬了，然后装作若无其事的样子照样生活，我们帮你们护院，保证你们的安全，帮你们抓住贼人。”

磐石道：“你们姐妹明早起可以四出活动，向各寺院道观报贼人害人一事，消息传得越远越好。”

尹福喜道：“这样一来，就能‘引蛇出洞’，‘散花真人’也要亮相了。”

第二天一早，一些尼姑果然三五一群，出了木鱼庵，四处游说。一时间，千山上下人人都知道木鱼庵有个尼姑被贼人害死，那贼人声称如果“散花真人”不出来，他要日日行凶。

晚上，尹福又来到磐石房内，商量对策。

磐石道：“我想贼人在行凶之前必先看我们的动静，今晚我们还装作聊天的模样，让紫茗隐藏在前院察看动静。”

紫茗听了，撅着嘴道："不，我还要听尹老先生讲第三个故事。"

磐石道："那你与尹老先生聊天，我隐在前院看动静。"

紫茗脸上露出笑纹，磐石背了一个小书囊子，出去了。

紫茗为尹福倒了一杯清茶，用手托着下巴，说："尹老先生，开始讲吧。"

尹福笑："我都成了故事囊子了，今天夜里还要有一场恶战呢！"

紫茗道："我这故事瘾还没过够呢！"

尹福双腿一盘，讲了起来："师弟里有一个叫韩六的，大名韩福顺，直隶冀县城南彭村人，因在家排行老六，为人憨厚，未曾说话先带笑，人送绰号：'傻子韩六'。我给你讲一段韩六拜师记。韩六起先在北京铁匠铺打铁，铁匠铺里常来武林高手制作武术器械。碰上这些人来，他总是把耳朵竖起来听着。有一次，铺里来了一人，要打制一把朴刀，与掌柜的在柜台前讨价。韩六一听来人口音，跟自己是同乡，心里一动。等那人走出店门，便撂下手里的活计儿，急忙追了上去。韩六追上那人一问，那人是冀县小寨村人，果真与他是同乡，这个人就是施纪栋，他正在朝阳门内开义和木厂。施纪栋的媳妇陈媛媛是董先师的义女，施纪栋当时正跟董先师学艺。韩六听到这一情况，也要跟董先师学艺，施纪栋答应引荐韩六去见董先师。一个月后，施纪栋来铁匠铺取刀，他告诉韩六，拜师学武之事已与董先师讲了，董先师答应先见见他，约好时间在前门棋盘街东面的御河桥头等他。第二天，韩六如约而至，在御河桥头见到施纪栋。二人往南走不多时，但见一座宏大壮观的府邸，这就是清初肃武亲王豪格后裔的王府。施纪栋领着韩六拾阶而上，在门房签字领牌，步入王府。只见府内建筑如同宫殿一般，苍松古柏，朱扉碧瓦，飞檐耸峙，游廊曲折，环境幽静。韩六目不暇接，不知不觉来到后花园一处青砖灰瓦的小屋。施纪栋轻叩门扉，不多时走出来一位广额丰颐、面如朗月、精神矍铄的老者，他就是董海川老先生。韩六忙上前施礼。董先师把他们让进屋。落座后，施纪栋说明来意。董先师用眼睛上下打量韩六，又与他谈了几句家常。韩六此时如坐针毡，心里忐忑不安，说话似乎舌头也理不直了，结结巴巴地说不出一句整话。董先师见他神色慌乱，沉吟半晌，微微一笑道：'好吧，我还有事要办。'说着，站起身来。施纪栋知道这是师傅要送客，便又提了一句韩六拜师的事。董先师白了他一眼，说：'你一向处世谨慎，难道聪明一世，糊涂一时吗？'施纪栋明白师傅的话便行礼辞行，可是韩六却不解其意，过去给董先师跪下，'咚、咚、咚'磕了三个响头，大嘴一咧：'董师傅，收我做您的徒弟吧！'董先师见状忍俊不禁，可仍不露声色。韩六倒地又磕头，施纪栋把他领出门。"

紫茗听到这里也忍不住哈哈大笑："这个韩六也真够傻的！"

"出了肃王府，韩六把脑袋一歪，疑疑惑惑地问施纪栋：'师兄，董师傅到底收我为徒没有哇?'施纪栋啼笑皆非地叹了口气说:'你真算是傻到家了,给你一棍子,都不知道哪儿疼,就你这样,还想拜名师学武?'韩六听了这话,像真的挨了一闷棍,立在那里,咂摸了半晌,才品出点味来。一拍脑袋,长叹一声。打这儿以后,韩六再无颜见施纪栋了,每当他想起到肃王府拜见董海川的事,心里就不是滋味。转眼间,几个月过去了。一天,施纪栋拎着蓝布包来到铁匠铺,打开蓝布包,露出一把无把儿朴刀。施纪栋说:'这把刀是董师傅当年在九华山学武时打制的,后来到了乡里,用这把刀杀了一个恶霸,以后逃出家乡。去年董师傅回家乡探亲,把离开家乡时埋在地下的这把宝刀挖出来,带回北京。董师傅对这把宝刀特别有感情,非常珍爱。可是你瞧这刀,埋在地下多年,已锈得不成样子,如何使用?我们都劝他用此刀做原料,重新打制一把朴刀,董师傅也有此意,只因为没有找到做此活的铁匠铺,才把此事放下。前几日,大家在一起重提做刀的事,我猛然想到了你。上次,我在你们铺子里打制的那把刀,做工就很精细。于是我对董师傅说把刀交给我好了,一个月后,保您见到一把好刀。'韩六听了这番话,再瞧瞧这锈得不成样子的刀,为难地说:'施兄,您这不是让我作蜡吗?上次您带我去见董师傅,事先也不教教我怎么说话,结果让我在董师傅面前出了丑,这回又给我揽了这活儿,做不出来,不是又叫我丢人现眼吗?我呀,没有金刚钻儿,揽不了这瓷器活儿。施兄,您可别见怪。'施纪栋见韩六推辞,便面带愠怒地说:'董师傅的刀,你不管是不是?好,我找别人干去。'说着,他把刀包好就要走。韩六急忙上前拦住道:'施兄,别急,我没说不管呀!我……'施纪栋打断他的话,道:'你真是榆木脑袋瓜子,我这当哥哥的再给你找个拜师的机会,你反倒不领情。'说完,把蓝布包往桌上一撂,就推门出去了,一边走一边嚷道:'一个月后我来取刀,不得有误!'韩六一连几天瞧着这把残刀发愁,没有好钢,手再巧也做不出好刀来呀。一晃个把月就快过去了,董先师的宝刀仍然在桌上摆着。俗话说,天无绝人之路。事有凑巧,这天,紫禁城的一个太监带着一把刀来到铺子里,说军机处的一位要员有祖上流传的宝刀,要送给洋人。这把刀的刀把上镶的金已脱落,要铁匠铺重新安新的。韩六把太监拿来的刀拔出鞘来,一看果然是把宝刀,他又看看刀把,说:'半个月后取活吧。'送走太监,韩六把刚送来的刀细细端详,见刀的钢质确实精良,不禁眉头一皱,计上心来;他猛然一拍大腿,喊道:'有了!'施纪栋按时来取刀了。韩六没等他说话,便把刀举到他面前。这把刀真不赖,鲨鱼皮的刀鞘,光泽耀眼,上面嵌有两条青龙,栩栩如生,刀把上还镶着包金的龙头,系着二尺长的大红穗子。施纪栋轻按刀鞘上的钢簧,宝刀出鞘,尖长背厚刃飞薄,青光夺目。施纪栋惊叹不止,对韩六的手艺拍掌叫绝。韩六呢,只在一旁嘿嘿傻笑。不久,董先师收韩六做了徒弟。在董先师的悉心教导下,韩六的武功进步很快,他的八卦掌、八卦刀在京城名声大振。”

紫茗急着问：“他如何使董先师的锈刀，变为光闪闪的宝刀呢?”

尹福扶着额头，微微一笑：“你听我说，原来韩六使了一计，把太监送来的刀的钢料，用在了董先师的刀上，两把刀张冠李戴。傻子韩六并不傻，智换宝刀，巧拜名师，在京都传为佳话。其实，韩六当时不知内情。原来董先师起初见韩六憨直有余近乎愚钝，把他逐出了王府。事后，内心深感不安，深悔自己不该对韩六冷淡，便把施纪栋找来，使出做宝刀之计，智收韩六为徒。”

紫茗叹道：“真是傻人有傻福气!”

这时，但听前院传来一阵“乒乒乓乓”的兵器撞击声。

“不好，有动静!”尹福说着，抽出判官笔，旋风般卷出房门，飞也似的赶到前院。

磐石离开尹福、紫茗，一人来到前院。但见庵中月色比外面更明朗，满地上重重的树影，寂无人声，甚是安静。银白的月光泻在地上，到处都有蟋蟀凄切的叫声。夜的香气弥漫在空中，山上竹篁在月光下变成一片黑色，几星萤火优游来去，像在厚密的空气里飘浮。远处，仿佛有一条小瀑布，“哗哗哗”日夜不停地往下流淌。

多么迷人的夜晚！夜，挟着凉爽的微风，吹过飒飒响动的树林，吹过金碧辉煌的庙宇，吹过闪着光亮的小河，也吹过磐石发热的面颊……山野在静穆的沉睡中。他拼命闻着这散发着馨香气味的野花和树叶，院内菩提花的温香沁人心脾。

远处，不知是哪个庙宇刚刚打完钟，那袅袅余音，愈来愈轻，最后就消失在远山那些又深又密的树林里了。

一会儿，万籁俱寂，只有小草在摇曳。

磐石的周身一阵战栗。

他已经有三十多年没有见到妈妈了。他多么想他的妈妈啊!

他在四岁时，妈妈见了他最后一面，那是妈妈掩护幼天王撤退前。他的脑海里仿佛记起，风尘满面、戎装素裹的妈妈满脸是泪，俯下身吻着他，泪，一滴滴，像雨露；一串串，像小溪……

他依稀记起，妈妈留着刘海儿，白净娇美的脸上有一双清澈透明的大眼睛，细密高耸的鼻梁，两口颤悠悠的笑涡……

磐石想到这里，一股热流涌上心头，鼻子一酸，眼眶里充满了泪花。

磐石躲到西厢房之上，静观四周，等待着杀手到来。

忽然，东厢房内传出一阵脚步声，磐石心里明白：经历昨夜的厄运，哪一个尼姑不是提心吊胆，谁还睡得安稳，都在忐忑不安地观看今夜动静，想亲眼瞧瞧即将到来的恶战。

半夜二更，磐石听到山下有疾步声。声音未消，一个蒙面夜行人已来到木鱼庵前。这夜行人将身一纵，蹿上院墙，然后来到后院，打了一个照面，又来到前院。观其身形，磐石认出这就是三番两次骚扰他的那个夜行人。

莫非他就是“塞外飞鹰”沙弥？

夜行人仔细旁听一下四周，蹑手蹑脚下了房，那姿势优美、轻捷，简直就像一只苍鹰遇到了捕食对象，盘旋而下。

他悄悄来到东厢房门前，正要开门而入。

“大胆贼人！”只听一声怒喝，一个身材轻灵的老尼从房上跃下，用一柄宝剑直抵夜行人的后背。

磐石心内诧异：自己在此已有三个时辰，怎么没有发现这位老尼。

夜行人将身一纵，跳起足有五尺，躲过宝剑，一声怪啸，伸展两只粗壮有力的大手朝老尼袭来。

磐石细观那手，通红如炭。啊，毒砂掌！

老尼猛觉一股热浪扑面而来，一招“燕子钻云”，也拔地而起，然后旋风般来了一招“醉渔撒网”，紧接着一招“乌龙绞柱”，将身躯从左向后转，就势向左侧倒地，身躯翻转以两肩着地，腰背竖起，右腿螺旋绞起，左腿随之螺旋绞起，用剑猛踩对方双腿。

夜行人见此招厉害，惊得退了几步，躲过剑锋。

老尼又一招“崩断昆仑”，右手持剑，直臂满把陡然向下沉腕，将剑柄沉于左胯前面，使剑尖向上崩击，剑身垂直。在陡然沉腕的一刹那，将剑尖直扑对方双目。

夜行人急用右掌扑击剑尖，护其双目。

剑尖与手掌相撞，“喀吧”一声，剑尖断了一截，而手掌全然无恙。

老尼惊叫一声，迅速退身，使出救命的脱手镖，连发三镖。

这脱手镖有三棱、五棱、圆筒等样式。它分为三种：一为带衣镖，即在镖尾扎二寸多长的红绿绸布，用来鼓风乘势，如同箭尾的羽翎；二为光杆镖，即镖身不带任何附物；三为毒药镖，即将各种毒药配在一起，与镖一起煮，或把药熬成膏状，涂在镖头上，使人中镖后，毒渗入血液之中。毒药镖也分为三种：一种是臭烂一生镖，受伤后臭烂流水，永不生肌，不可药治；一种是七死一生镖，中镖后疼痛彻心，除非内服参苏、喝鲜鲤鱼汤，外敷八宝拔毒散，贴五福化毒膏才可解毒；三是见血夺命镖，中镖后见血封喉。

老尼散发的脱手镖即是五棱见血夺命镖。

夜行人见镖来得疾快，怪啸一声，纵身一跳，也有五尺多高。

就在此时，一团白物卷来，如柳树败絮，飘飘散下。

“沙弥，大胆狂徒！”一声大喝，又现出一位黑衣老道姑。

“‘散花真人’，你快把那恶徒拿下！”老尼朝道姑说道。

“你……你就是‘散花真人’，你不是无量观那个绣花婆吗？让我找得好苦！”沙弥叫道，接着又歇斯底里地叫道：“你教的好徒弟，发的天女散花针，害得我好苦，快把解药拿来！”

“解药在这里！”“散花真人”一声狂笑，一扬手，无数亮晶晶的毒针朝沙弥袭来。

沙弥急忙用手掌拔针，没想右臂又中了一针，惨叫几声，仓皇逃下。

此时，尹福、紫茗也已赶到，东西厢房里的尼姑们也相奔出来，一起朝老尼涌来，齐叫师父。

原来那老尼正是木鱼庵住持，几日前她到无量观与“散花真人”叙旧游玩，白天听说有恶徒到庵中行凶滋扰，便约了“散花真人”到此捉贼。

难道她就是自己的生身母亲？磐石简直惊呆了。

她苍然古貌，鹤发童颜，青裙素服，眼似秋月笼烟，白如晓霜映日，一种沉郁的端庄神气弥漫着她全身。满脸细细的如树皮一般的皱纹，仿佛只要轻轻一搓，就会消失得一干二净似的。

她比想象中苍老许多，年轻时的风韵和神采荡然无存。

“母亲！”磐石飘然下房，轻轻唤着“散花真人”。

“散花真人”听到这柔声娓娓的呼唤，也怔住了。

她望着这位衣冠楚楚、风流倜傥的男子，现出惊异之色。

“母亲！”磐石的声音如钟乐，委婉悠扬，在夜空中激荡。

老尼和众尼姑也怔住了，她们的眼神中现出惊讶之色。

“我的父亲是张子琦……”磐石的声音颤抖，带着沉重的哭音。

“散花真人”明白了，这就是离别三十多年的亲骨肉。多少年来她忍住思恋之情，不愿相认，一直采取遁世之态，可如今她不能再逃避现实了。愈到晚年，“散花真人”愈是念子心切，她不能为了那个卖身求荣、叛变天朝的丈夫而抛弃自己的儿子。

“孩子……”“散花真人”发出一声悲天悯人的呼唤，朝磐石扑来。

母子俩紧紧依偎在一起，痛哭失声。

叙了一阵离别之情后，几个人来到老尼的房中。尹福向“散花真人”道了此行的意图。“散花真人”咬牙切齿地说：“我这两个徒弟聪明一世糊涂一时，当时我苦苦劝告她们不要去京城当慈禧太后的贴身护卫，可是她们偏偏不听，自言学了武艺无用武之地，想到京城闯荡一番，不愿做千山的金丝鸟。可是如今她们却像囚在颐和园里的金丝鸟，有什么人身自由？只有为护卫慈禧卖力。她们不知道，就在她们走后的一个月，她们的母亲便自缢了，是被皇宫里的齐三太监逼死的。文氏之墓就在无量观的后花园中。老太太临死前留下一封遗书，是我帮助将老太太入殓的……”

就在此时，一个道姑火急火燎地跑来，对“散花真人”说：“师父，不好了，有个贼人大闹无量观呢！口口声声要来拿天女散花针的解药，他把住持吊在太上老君殿的柱子上，声称如不交出解药，就要活剥住持的皮……”

“这个畜生，刚闻出点味，又撒野了。走，瞧瞧去。”“散花真人”将茶杯一掼，便告辞木鱼庵老尼，匆匆而去。尹福、磐石、紫茗也紧随在后。

“散花真人”的轻功极佳，翻山如同走平路，像腾云驾雾一般，尹福施展平生之力，还算亦步亦趋。

走了一程，磐石有些气喘吁吁；紫茗和那个道姑被甩在后面，转眼不见了。

行过两座山头，忽见苍松翠柏，祥光霭霭，有一座道观，隐隐的钟磬悠扬。双扉虚掩，上面悬一匾，写着“无量观”三个鎏金字。走进观内，但见修竹茂花，巨池内野藕正嫩。几个道姑迎了出来，其中一个哭泣说：“贼人已逃，住持气息奄奄。”

“散花真人”等快步奔进太上老君殿，但见一群道姑正簇拥着住持，有的喂汤，有的捶背。

“散花真人”过去扶住持起身，用手在她身上按摩一番。一会儿，住持缓过气来，脸上泛出红光。众人一见，都略微放心。

一个道姑说：“方才那贼人绑住住持，口口声声，不交出解药，就要活剥住持的皮，还要出我们的丑。就在他折磨住持的时候，杜鹃妹妹实在看不下去，为了救住持和众姐妹，她献出了两颗解药丸。那是一次练武时，黄鹂姐姐不小心用天女散花针伤了她，还是您老人家给她的几颗解药丸。”

“你们为什么不反抗？”“散花真人”皱起了眉头。

“他的功力强，我们不是他的对手。”一个道姑说。

另一个道姑抢着说：“他跳进观内，几声大吼就把我们全惊醒了。我们穿好衣服，竞相来到院内，欲跟他比试，谁想他一个旋风，就用穴术，一连点倒了我们几个姐妹；又一个旋风，又把那几个姐妹解了穴位，我们哪里是他的对手？！”

另外一个道姑道：“后来他把我们轰到这殿内，又把住持绑在这柱子上，百般辱骂和折磨。您又没有发给我们天女散花针，我们也无可奈何……”

“散花真人”将无量观住持扶到她的房内床上，招呼众道姑回去安歇，然后引磐石、尹福来到三层院的两厢房内，让他们先在此处安歇。

尹福和磐石有点纳闷儿："怎么紫茗和那个道姑还没回来呢?"

这时忽听后花园有人呼叫："有人跳井了!"

"散花真人"等人吃了一惊。

第八回　悲中悲命丧无量观　梦里梦神游西域国

“散花真人”、尹福和磐石三人赶快来到后花园。这花园回廊曲槛，叠石迤桥，花圃松径，水阁遥通竹坞，风轩斜透松寮，木兰舟荡漾芙蓉水际，秋千架摇曳海棠影里，十分幽静雅致。

几个人赶到一座古井台前，几个道姑正在井边指手画脚。

磐石钻入井内，一会儿抱了一具女尸上来。但见是个道姑，眉清目秀，面庞白净，已无一丝气息。

一个道姑道：“这是杜鹃妹妹，她为了救住持和众姐妹，献出解药，可是又觉得对不起师父，跳井身亡……”说着，潸潸泪下。

“散花真人”叹息几声，说道：“哀哉，哀哉，也算是一个刚烈女子，你们将她埋在花园里的坟冢葬了，再想法给她的家里送二百两银子。”

“散花真人”望了望那苍翠的松林，说道：“既然来到这里，咱们一同去看看文氏之墓。”说着，上了玉带桥，穿过竹林，走上一个山坡，转过八角朱亭，看到有一个坟冢。

皎皎月下，墓碑上镌刻“大慈大悲文氏之墓”等字样。

“散花真人”叹道：“可怜文冠、文果两个徒儿，枉自为他人做嫁衣裳，空守偌大的昆明湖，不知其母早已含冤入九泉。这两年，宫里齐三太监每逢春节都来千山，可是只是游山玩水，攀花折柳。回去后，一番鬼话使文冠、文果姐妹空欢喜一场，真是千古之悲哉！”

磐石绕到碑后，只见镌刻着《满江红》词。他轻轻吟道：

文冠、文果，当记日，千山暮雨。闲情致，秋千当蓬，晚籁犹语。寺庙烟霭托文冠，古钟云锁摘文果。有谁知，不问身后事，无忧虑。

辅佑策，入京计。音讯尽，慵收拾。把闺香阁气，时时温习。可怜高堂身先去，且教儿女花间集。叹卿卿年少鸿书绝，今何及！

“散花真人”说：“这是在文母去世后，我为她老人家填的一首《满江红》词，疏风斜雨，几任春秋，人去碑在，壮哉！哀哉！”

“散花针人”缓缓来到碑前，俯下身轻轻拔开草丛，挖了一阵儿，一会儿挖出一个玉匣，打开玉匣，里面现出一封书信。

“散花真人”说：“这就是文母的遗书，这封遗书交给文冠姐妹，她们便会醒悟。”

尹福接过玉匣和遗书，说道：“只要文冠姐妹能投过来，破沙弥等便不难了。”

“散花真人”又从怀里摸出五颗解药丸：“尹老先生，这就是解药，你拿去快去救银狐公主的性命。”

尹福接过药丸，连同玉匣都揣进怀里，一行人又返回来。

“散花真人”对磐石道：“孩儿，你我已三十多年未见，今晚你就在我房里，咱们聊个痛快。”

磐石脸上露出喜色：“太好了，我正有一肚子话要向母亲说。”

“你父亲还在人世吗？”

“还在，他断了右臂后行动已然不便，去年因患眼疾又双目失明，现在只能在沂县家中闲养。”

“散花真人”骂道：“真是罪有应得，如此败类，活在世上还有何用?!”

“散花真人”又问磐石：“你现在做什么？”

磐石答道：“我一生不想为官，宦海沉浮，风险太大，况且协肩奔走尚腰金，腐朽之气，令人作呕。我读过私塾，又中了举人，但谢绝官职。现在附近几个县办起武场，他们聘我为武术教头，每日骑马舞剑，好不快活！”

“散花真人”喜道：“跟我一个性子，跟你爹倒是判若两人。”

磐石碰到一个道姑，问：“你们可曾见到一个书童模样的人进来？”

那道姑摇摇头：“没有呀，我们观里那个去报信的姐妹到现在也没回来。”

“散花真人”一听，停下脚步：“不对啊，这十几里山路，就是走得慢些也该到了，是不是出事了？走，咱们找找看。”

尹福、磐石随“散花真人”走出观门，乘着夜色，顺原路寻找紫茗和那个道姑。

下山走了一程，但听“散花真人”叫道：“在那里。”

尹福和磐石顺着她手指的方向一瞧，沉沉黑色，一片荫绿，哪里有半个人踪。

“散花真人”大步流星般来到一块巨石后面，只见紫茗双目圆瞪，直挺挺躺在草丛里，两臂齐齐削断，鲜血满面。不远处，那个报信的道姑斜躺在地，脑袋迸裂，脑浆溅了一地。

又是毒砂掌！肯定是沙弥所为。

这场恶战好不惨烈！

磐石扑到紫茗身边，用双手托起他的脑袋，哭道："紫茗，我的好兄弟！为我寻母，你随我千里迢迢，餐风饮露，来到千山，想不到竟遭此厄运。你是跟随我十年的好朋友啊！"

这哭声、叫声，凄厉、哀痛，令人心碎。

尹福觉得浑身发热，咽喉堵塞。

磐石跳起来，对"散花真人"道："母亲，现在我要随尹老先生一起进京城，我要面见文冠姐妹，陈述真情；我要亲手宰了沙弥这个恶贼！"

尹福凄然说道："想当初，董先师若结果了他的性命，他也不致这般逞凶，我八卦掌门一定要除掉这个祸害！"

"散花真人"叹道："董海川乃大仁大义大慈大悲的武术大师，声名远播海内外。他当初饶恕沙弥性命，也是希望他弃恶从善，改邪归正。俗话说：'江山易改，本性难移。'"

"散花真人"抚着磐石的头道："孩儿，既然你决心跟随尹老先生回京惩贼，娘也不强留你，你要百般小心从事，灭贼后再回千山与我同聚，最好能把文冠、文果也一同带来。"

磐石点头称是，然后跟着尹福朝西走去。

行了一程，磐石回头望去，只见半山腰巨石旁，屹立着母亲的身影，一动不动，就像一块磐石。

磐石的眼睛湿润了，热泪簌簌而落。

这时，天已破晓，东方熹微。一会儿，一轮红日活泼泼地闯了出来，满天金光闪烁。

尹福和磐石来到北京法源寺时，银狐公主已危在旦夕。叶潜大夫日夜守护在公主床前，叶潜的外甥女白云榭也陪同照护。宝禅法师急得像热锅上的蚂蚁，整天合掌祈祷，摇头叹气。

这些天，八卦掌门的程廷华、施纪栋、梁振圃、刘凤春等英雄好汉，跟走马灯一般，进出法源寺，前来打探消息，询问伤情。

尹福将磐石引见宝禅法师、叶潜后，立即把解药递进银狐公主的口中。依照"散花真人"的嘱咐：服一颗一天后见效，三天后行走自如，十天后痊愈，三十天后伤痕全无。

银狐公主服下解药后，呼吸显得比以前均匀，气色仿佛也好一点，只是头脑还处于昏乱之中。尹福请宝禅法师安排磐石睡下，因见叶潜和白云榭神色疲倦，劳顿不堪，便劝他们回房歇息，自己留在房内照料银狐公主。

宝禅法师见银狐公主服了解药，心内踏实许多，也上佛殿念经去了。

屋内只有尹福和银狐公主，除了银狐公主有节奏的沉重的呼吸声外，静极了。尹福望着银狐公主的面庞，心内一阵难受，以前那木棉花一般红润的脸庞消失了，如今苍白、忧郁，间或一些苦色；乌黑的头发蓬散着，像茅草一样支棱着。

忽然，银狐公主翻了一个身，嘴里喃喃自语。

尹福将耳朵凑到她的嘴边，极力想听出些什么，但一无所获。

尹福又回到木椅上，他实在太累了，奔波几日，没有睡上一个饱觉。每日总是做噩梦，昨夜又整整一宿未睡，这对于一位年过古稀的人来说简直有些消受不了。他支起下巴，也打起盹儿来。

时值午后，外面的风温温的，间或送来一阵海棠花的香气，尹福就在这种氛围中睡着了。

尹福梦见自己来到广袤的沙漠上，一片黄沙，一望无际。他又乏又渴，极力想找到一条小溪，可是无处寻找。

这时传来一阵急促的马蹄声，两个全副武装的外族人驰马而来。

尹福朝他们叫道：“我渴得要命，你们有水吗？”

其中一个外族人拍拍腰刀：“我们没有水，要喝水到宫里去喝。”

尹福茫茫然不知所措地望着四周：“宫里？哪里有什么宫殿？”

一个外族人哈哈大笑：“好汉，上马吧，跟着我们走就是了。”

尹福被那个外族人扶上马，外族人驱马飞奔。

行了有数十里路程，天渐渐黑下来，远远地望见一座高耸无比的冰山，剔透晶莹，山巅璀璨夺目，隐隐有笙舞之声。

外族人放慢速度，驱马缓缓沿着冰径向上走去。

尹福见冰径两旁有冰雪莲、冰松，上面五彩绚烂，闪闪烁烁，耀人眼睛。

又行了一程，来到一座冰城，守门卫士见他们驱马而来，纷纷鞠躬行礼。

城里的居民安居乐业，彬彬有礼。没有人大声喧哗，所有的人好像都是快活的。有人被踩了一下子或被撞了一下子，既不会吵闹，也不会横眉竖眼儿，连理会都不理会。所有的人兴头都是那么高。碰见卖什么的都想挤到眼前看一看，买与不买，总得开开眼。

前面有一个人圈，一个老年艺人正在弹古琴，琴声悠扬，有时如涓涓细溪，有时似雷电交加。琴上的黄漆经过手的不断触摸，已经磨损了；弓上有个细长的黑色弦枕也现出裂痕，很像是孤树的树桩，过去曾经是一棵树，现在却毫无遮掩地裸露在风霜之下。

许多围观者向他发出喝彩。

将到宫门前，只见帐舞蟠龙，帘飞绣凤，金银焕彩，珠宝生辉。有十来个俊俏少女，身着外族艳丽装束，喘吁吁跑来。王宫里涌出一对对白象，两侧雉羽宫扇，销金提炉，焚着御香，白象上坐着一对对青年男女卫士，女的背插双剑，男的手提利斧，腰佩宝刀，甚是威武。

紧接着有一把曲柄七凤金黄伞过来，一位黄衣使者手捧绣枕、漱盂、香巾、彩帕等物，徐徐而来。

一个麒麟般的怪物走来，上面坐着新娘、新郎。新郎身材臃肿，有些罗圈腿，头颈长得像牛脖子，头戴一顶银色花边帽子，格子衬衣，大腿边挂着一把铜柄短刀。

新娘头戴一顶镶着银边的漂亮小帽，红着软怯的娇脸，水汪汪的两眼，如同两颗滚动的水银。

这不是银狐公主吗？尹福往前冲了几步，朝那新娘叫道："银狐，银狐！"

那新娘听到有人唤她，忙转过身来，她的目光与尹福的目光相遇，毫无表情。

引路的外族人嚷着："你这个中原蛮子，一点不懂得规矩，怎么直呼我们公主的姓名?!"说着上前拽住尹福。

尹福继续叫道："银狐，你怎么装作不认识我?!你在北京还是我照料你，帮你姐姐金貂公主成全婚姻，噢，你莫非是金貂公主？你们姐妹简直像一个模子刻出来的。那么这个胖男人是谁？洛桑到哪里去了？……"

跑过来一个卫士，用手中利斧拦住尹福说："你这个土老头瞎叫唤什么?!不要搅了公主的婚礼！"

尹福退了回来，仍然眼巴巴望着新娘。新娘若无其事一般，连看也不看他一眼。

尹福心里非常难受。

那个外族人说："新娘就是银狐公主，她姐姐金貂公主早已与洛桑勇士结婚，到印度王国度假去了。如今银狐公主也出嫁了，新郎是波斯王国的富商，一个绸缎商人……"

尹福惘然地望着缓缓而去的新婚队伍。

尹福叫道："银狐，你这个忘恩负义之徒……"他只觉胸中发闷，眼前一黑，猛地醒来，乃是南柯一梦。

尹福见方才的情节是梦境，有些欢喜。

他望着床上熟睡的银狐，脸上微微泛起红晕。

银狐轻轻地打着鼾，鼾声就像一首悠扬的歌，在尹福的耳中漾荡，十分优美动听。

这鼾声又像一曲涓涓小溪，在尹福心中盘旋、曲折。

尹福一生中还没感到如此甜蜜。

他想起自己幼年时期，在直隶故乡，母亲背着他穿过浓密的红高粱地。他那雉嫩的小脸任凭高粱叶子的拍打，几只小鸟、飞虫伴随着他。他听惯母亲哼的小曲，昏昏欲睡……

母亲背着他趟过一条清凉的小河，他看着河边的老牛悠闲地吃着青草，一只孤独的小山羊默默地呆立在岸边。

夕阳像血一样挂在天际，染红了小河，染红了高粱地，也染红了群山。

他望着母亲布满皱纹的脸，望着她那一双忧郁的大眼睛，他觉得母亲长得很美，尤其是眼睛。当然，身材也美，繁重的家务和庄稼活儿累不弯她那窈窕的身段。

尹福那时不知道，孩子都觉得母亲美，尽管有的孩子的母亲容貌平平。

母亲背着他走下山坡，他瞥到母亲汗湿的小襟内那圆鼓鼓的奶子，他俏皮地用小手拨弄那雪白的奶子。

母亲笑着对他说："你饿了吧？一会儿就到家了。"

他摇摇头，好奇地望着土路上走来的一队迎亲队伍。花轿一颤一悠……

母亲见他抿着小嘴笑，说："你长大了，娘一定替你娶个俊媳妇……"

十五年过去了，尹福娶了老婆，不俊也不丑。父母包办，花轿把新娘子一抬来，就过日子。

晚上，程廷华、施纪栋听说尹福回来，先后来到法源寺。尹福把磐石介绍给他俩，又把前因后果简单叙了一回。程廷华和施纪栋听说拿到文母遗书，又有磐石相助，说动文冠姐妹反戈一击，觉得有了把握。

尹福道："事不宜迟，今晚我与磐石去颐和园，设法找到文冠姐妹，廷华去找刘凤春和梁振圃，纪栋再通知八卦掌门其他弟兄。明天上午听我消息，争取明晚大闹颐和园，铲除沙弥等贼人，夺回翡翠如意珠。"

程廷华、施纪栋分头去了。宝禅法师为尹福、磐石找来一辆马车。尹福和磐石换上夜行衣装，准备停当，上了马车，直奔颐和园。

颐和园听鹂馆内，文冠正在阅读《孙子兵法》。这几日园中无事，她闲得无聊，昨夜忽然梦见母亲，顿生思母之情。白日，母亲那慈眉善目一直萦回在她的脑际，她想找文果倾诉一下思母之情，可是文果不知到哪里去了。晚饭后，她坐立不安，心绪烦躁，于是拿出《孙子兵法》阅读。翻了几页，心神仍是摇曳，于是放下《孙子兵法》，踱出门来。她来到东面一亭，亭对面便是湖石叠山，再往下是斑斑斓斓的昆明湖水，皎皎月下，宛若无数碎银在跳跃。

她望见文果的房内有亮光，于是穿过磨砖对缝的清水墙和一殿一卷式的垂花门楼，来到一座典型的三合院，这里一反庄严宏伟的宫殿和建筑气氛，显得格外淡雅。北面正房便是文果的寝所，东西各为五间厢房。院中迎着垂花门点缀了几块秀石，植树三五，疏疏朗朗，给人以幽静、简朴之感。院墙外峰峦突起，洞谷幽深，旁有四柱方亭，挺拔秀丽，居高临下，石级曲折而登，近处秀丽多姿的楼台亭阁历历在目，远处金碧辉煌的殿檐屋角，隐现在郁郁葱葱的松柏枝叶之中，使人飘飘然有如临仙境之感。院内西侧有一个游廊，弧形墙面饰以彩色琉璃漏窗，中辟八角形窗户，可以看到窗外树石掩映，玲珑建筑亭亭玉立。

“文果，”文冠轻轻唤了一声，只听一阵响动，接着便听见文果娇弱慌忙的声音：“是姐姐吗？来了……来了……”

文冠似乎闻出了什么，这个鬼丫头，这几日有些魂不守舍，形迹诡秘，不知在搞什么鬼。前日慈禧太后游龙王庙，微服逛苏州街庙会，她也称病不去护驾，而让自己与齐三太监同去侍候，她究竟搞的什么鬼？

文冠想到这里，大踏步走了进去，险些与文果撞了个满怀。

“姐姐……这么晚了还没有睡？”文果的声音有点发颤儿。

文冠见她只穿着薄薄的内衫，有点不整，又见她云鬓散乱，脸色苍白，心内又起了几分疑惑。

文冠径直闯进文果的卧房，但见床褥凌乱，秀幔散落，但没有发现其他人。

“姐姐坐。”文果搬来一个木椅。

文冠坐在那把雕花木椅上。

“你的病好些了吗？”文冠关切地问。

“前些时间太累了，身子发飘，歇了歇，好多了。”文果小心地回答。

“那你白日到哪儿去了？不在屋内好好养病？”文冠的声音颇有些责怪。

“我……我去看太监们斗蛐蛐儿……丫鬟梦月可以证明。”文果的脸上掠过一片红云，这细微的变化，文冠全看在眼里。

文果有点神经质地说下去：“玩蛐蛐儿，相传南宋度宗时权臣贾似道便擅长此道。如今北京内城玩蛐蛐儿，应以马家厂杨家为首，杨氏是内务府汉军旗人。北京产蛐蛐儿的地方可多了，西山福寿岭、寿安山，黑龙潭南北二三十里以内，北山的绵山以东七十二个山头，关沟、十三陵一带，都产好蛐蛐儿。姐姐，你若有闲心，咱们明天到十三陵去淘蛐蛐儿。”

文冠心不在焉地“嗯”了一声，眼睛在屋内巡视着。

文果又说下去：“北京城卖蛐蛐儿地方也不少，除白塔寺、隆福寺、护国寺、土地庙等几个固定日期的庙会集市外，北新桥、东四牌楼、西四牌楼、天桥、东华门、鼓楼、琉璃厂、果子市等地，都有卖蛐蛐儿的小贩。姐姐，明天你若有空儿，跟我进城到天桥买几只蛐蛐儿回来，肯定能斗得过李莲英的‘铁公鸡’。”

文冠又随便应了一声。

“姐姐，你知道怎样选蛐蛐儿吗？首先要知道蛐蛐儿的种类。《促织经》里说：‘青为上，黄次上，赤次之，黑又次之，白色为下。’这种以颜色来鉴别蛐蛐儿优劣的说法并不全面。蛐蛐儿的颜色是由土地、气候的变化决定的。蛐蛐儿的好坏应当从头、牙、项、翅、腿、皮、肉、须这八个方面来全面识别。讲究头高圆大，牙根宽长大，牙尖锐利，形似钳子，牙的颜色要正，脖颈宽阔，腿要圆厚壮实，粗长有力，肉细白净；双须要直长，顶好要头顶中间生长一根独须，这种蛐蛐儿战斗力凶猛。最有名的蛐蛐儿有油利达、蟹壳青、枣核形、金琵琶红、沙青、沙钳、土蜂形、土狗形、螳螂形。斗蛐蛐儿可有意思了，我看太监们摆着一个六尺多高的木凳，凳上铺着红毡，上面放着斗胜蛐蛐儿的主人往往用金纸剪成某某将军等字样，贴在罐上，以示庆贺。有少数养家，在他最心爱的蛐蛐儿死了之后，还要用银皮或小薄木板打个小棺材，为蛐蛐收敛埋葬，修个蛐蛐儿冢……”说到这里，文果竟呜呜哭起来。

文冠望着妹妹那副伤心的样子，反而觉得有些好笑，问道：“你哭什么？”

“人家蛐蛐儿生前还能封个将军，死后还有人给立块碑，可我们姐妹年纪轻轻，论美貌也是拿得出去的，不比贵妃差；论武艺，在江湖上也是数得着的；就是福分太浅，当初不听师傅劝告，跑到这颐和园里，守着那么一个木乃伊式的太后，不许我们姐妹擅自出园，不许享受天伦之乐。你还有个磐石公子，可以温习思恋之情，远望飞雁，寄思眷恋；可我一个妙龄女子，空对落花孤月，茕茕孑立，形影相吊。青春一过，有谁来照顾我们呢？到白发苍苍之年，可能会有人举着一片落叶来到面前，说：这就是你青春的残骸……”

提起磐石，文冠自然引起一番感触，几年过去了，这位公子的身影一直在脑际盘旋，在千山的数月恋爱生涯，就像一首小诗，永远留在美好的记忆里。他驰马浪迹天涯，不知又流落何方？他仗剑除暴安良，不知又做出什么惊人之举？如今只有空对昆明湖水，遥望蓝天白云，寄发一丝丝一缕缕怅惘之情……

自己酿的苦酒自己吞下。

文冠托腮凝眸，猛地发现床下露出一个男子的脚，肥大厚实，沾着灰土。

“他是谁?”文冠猛扑过去。

文果见状，一把抱住文冠，又一口气吹灭蜡烛，大声嚷道：“恶魔，你还不快跑！……”

文冠拼命挣脱，文果死死抱住不放。

那个人迅速从床下跳出，飞也似的溜出房间……

文冠的脸上滴着文果的热泪。

文冠气得浑身发抖，文果见那人已经逃去，方才放开手臂。

“啪!”文果惨白的脸上挨了重重一击。

“你干的好事!”文冠气急败坏地跨出门去。

文果在轻轻地啜泣。

文冠回到自己房内，一下子愣住了。

自己朝思暮想的磐石正笑吟吟地坐在床上。

“你……”文冠简直不敢相信自己的眼睛。

“我是磐石。”磐石一字一顿地说，语音清晰，吐字清朗。

“你怎么来的?”文冠还是不敢相认。

“我来寻找音讯全无的女友，我来幽会旧日的情人，我来高歌《向阳宫里白发歌》，我来替天行道，揭开千古沉冤！我来狂吟‘长风破浪会有时，直挂云帆济沧海’!”

文冠望着这个风尘仆仆的英俊剑客，眼眶里满是泪水。蓦地，依偎到他的怀里。

磐石声音带着埋怨：“你一去毫无音讯，怎么也不打个招呼?”

文冠嗫嚅着说：“当时也不知你在何方，到哪里去找你?”

磐石道：“至今你们姐妹还蒙在鼓里，你们的老母已于几年前自尽……”

“什么?”文冠顿觉五雷轰顶，若不是磐石扶持，早已瘫软在地。

磐石把缘由一五一十地讲了，并从怀里掏出文母的遗书。文冠一把夺过遗书，细细地读着，泪如泉涌，泪水湿了遗书。

“这个千刀万剐的齐三太监!”文冠咬牙切齿，眼前一黑，昏厥于地。

文冠醒来时，见自己躺在床上。

眼前除了磐石外，还有一个文弱的老者。

“这就是清宫武术教头尹福老先生。”磐石介绍道。

尹福方才躲在屋外，因见文冠昏厥，急忙走进屋内，帮助磐石把文冠扶上床。

“我受骗……了……”文冠不好意思地说道。

“有句话叫‘浪子回头金不换’，只要姑娘肯帮助我们除恶惩贼，我们会永记姑娘的恩德。”尹福向文冠说出前因后果和计划。

这时，门外传来脚步声，有人来了。

尹福、磐石已来不及躲避。

第九回 文小姐悲壮殉大义 马踏燕寒酸叙真情

尹福迅速抽出判官笔。

磐石急忙掏出囊中书。

门开了，一股风卷了进来，文果披头散发泪痕满面，出现在门口。

文果见到磐石、尹福，大惊失色，连连后退。

文冠叫道："妹妹，我们受骗了!"说着拿着那封遗书，踉踉跄跄来到文果面前，递给她。

文果慌里慌张地展开遗书，哆哆嗦嗦地读完，放声大哭。

姐妹俩紧紧地抱在一起，痛哭不止。

尹福生怕她们的哭声引来健锐营的士兵，连忙劝道："事到如今，哭也没用，还是商讨一下复仇之计。"

文冠、文果渐渐地止住了哭声。文冠将尹福介绍给文果，又把磐石前来的缘由叙了一遍。

尹福也把珍妃失宝、八卦掌门追宝一事讲给文果听。

文果道："是沙弥的妻子马踏燕盗走了珍妃娘娘的翡翠如意珠，珠宝现在马踏燕的手里。"

文冠问文果："我怎么不知道这么多，你如何知道?"

文果脸一红，再不言语了。

文冠愈加疑惑，猛想起方才文果屋内藏私一事，问道："刚才那个男人是谁?"

文果支支吾吾，不愿回答。

"你说呀!"文冠使劲地摇着文果的胳膊。

"是……是……"文果羞涩地将头埋到文冠的怀里。

"是谁?!"文冠有些火了，声音里卷着沉重的火气。

"是沙弥……"

文果话音未落，文冠气得将文果一推，又打了文果一记耳光。

文果挨了这重重一击，毫无怨言，缄默不语。

文冠愤懑地说："沙弥这个禽兽不如的东西，起初他来调戏我，被我击退，中了天女散花针后，跑到千山师傅那里索解药，连害三条人命。想不到他又勾引你，你怎么这么不值分文，竟跟他这个老鬼鬼混?!"

文果胆怯地说："几天前我正在屋内洗浴，这个老鬼神不知鬼不晓地溜了进来，他乘我不注意，点了我的穴位。我不能动弹，只得任凭这老鬼耍弄，后来我也……"

"你呀你，真糊涂!"文冠气得咬破了嘴唇。

尹福灵机一动："我倒有个主意，明晚让文果设法再把沙弥引来，我躲在床下，八卦掌兄弟们围住文果的房间，咱们击毙沙弥后，再由文果的丫鬟去通报马踏燕，就说文果小姐与沙弥私通，必然惹怒马踏燕。马踏燕定会前来捉奸闹腾，咱们再设法捉住马踏燕，索回翡翠如意珠。"

磐石道："这倒是个妙主意，还是姜老了辣。"

文冠、文果也赞成这一主意。

第二天上午，八卦掌众弟兄云集法源寺，各自藏了兵器，都在大雄宝殿待命。除了尹福、程廷华、施纪栋、梁振圃以外，还有会友镖局的"单刀"魏吉祥老先生、'傻子'韩六、'大枪刘'刘德宽、捕快刘宝贞、樊志勇、刘登科、焦毓隆、谷毓山、马存志、刘殿甲、宋长荣、夏明德、宋紫云、傅振海、双福、谷步云、张铎、李寿年、何五、何六、陈泮，还有几位八卦掌第二代高徒，他们是尹福的弟子李永庆、马贵、"瓷器杨"杨俊峰、宫宝田；程廷华的弟子李文彪、长子程有龙。一共三十一位，只是没有找到刘凤春。

银狐伤口已有好转，也走出房门与马贵叙话。

下午，尹福向大家交代了任务，各自装扮停当，便分头向颐和园进发。

晚上，八卦掌众弟兄和磐石陆续在西苑会齐，然后摸黑来到颐和园西墙外，潜入颐和园内，先后来到听鹂馆文冠住宅。

文冠招呼大家坐定，便与尹福来到文果住处。

今晚文果打扮得分外妖娆，云鬓上还插了一支野玫瑰，银红短衫，水绿裤。

文果说："那老鬼还没来，我一会儿便叫梦月丫鬟去唤他。"

尹福见文果的床矮小，便施展缩骨法钻了进去。

文冠退了出来，回到自己的住处。

文果招呼梦月去请沙弥。

不一会儿，沙弥喝得醉醺醺地走了进来。

文果笑道："你胆子还真不小，今晚又来了。"

沙弥淫笑道："小花妞妞，你不请我，我敢来吗？昨天吓坏了吗？"

文果瞟了他一眼："老娘做事老娘当，我姐姐也未必那么干净。"

恰巧文冠正引八卦掌众弟兄来到房外，听到这句话，暗自骂道："这个小蹄子，嘴里还这么兴风作浪的。"

文果嗔怪道："老沙，你这两天究竟到哪儿去了？是不是又有相好的了？"

沙弥嘿嘿笑道："李大总管抓我出了一趟皇差，这不是刚回来就找你了吗？"

文果脸上现出一副不高兴的神色："我跟你说，以后不能再到姓马的那里去！"

"好说，好说。"沙弥色迷迷地盯着文果，猛地搂紧了文果，在她脸上蹭来蹭去。

一切快感都消失了，此时文果只感到一阵阵恶心。

沙弥把文果扑到床上，文果就势一滚，紧紧抱住了沙弥，然后大叫道："尹老先生，还不快出来?!"

沙弥一听大惊失色，使劲挣脱也挣脱不开。

尹福想不到文果会大声唤他，于是钻了出来，手持判官笔来到沙弥身后，可是沙弥与文果紧紧搂在一起，无法下手。

磐石、文冠、程廷华、梁振圃等人也闯了进来。

大家见此情形都不好下手。

沙弥恼羞成怒，用头猛撞文果的头。

文果大叫："还不下手?!"

尹福迟疑着。

磐石抽出一部"刀书"，猛击沙弥的头。没想到沙弥练过铁头功，没有击昏。

沙弥继续用头猛撞文果的头，文果有些招架不住，眼神恍惚。

尹福一见不妙，使好劲力，用判官笔戳进沙弥的后背。

血，溅了尹福一脸。判官笔尖穿透沙弥的胸脯，没有伤及文果，可是沙弥生命未绝，仍在挣扎。

文果将右手抽出来，攥紧判官笔柄，死命往下一戳，但听一声惨叫和几声呻吟，沙弥和文果同时气绝。

尹福明白了，文果不想苟存人世，她要与这个奸贼同归于尽。

"妹妹……"文冠大声地呼叫，扑向鲜血淋漓的文果。

文果嘴边仿佛挂着一丝微笑，双目微睁，美丽而庄严。

程廷华拖过沙弥的尸身，用八卦子午鸳鸯钺切掉了沙弥两只手掌，说道："我把这两只魔掌割下来，算是为维祺兄报了仇！"

尹福吩咐李永庆、宫宝田将沙弥尸首拖到后院埋了，又让马贵将文果尸身葬于万寿山上。

文冠拦道："我要把妹妹的尸首葬于千山之上，让她陪伴母亲。"

尹福道："天气渐热，千山离北京有千里之遥，尸身腐烂怎么办？"

文冠道："附近正好有一太监棺木，正等着运回家乡，我去把那棺材弄来，将妹妹尸身装殓入棺，然后和磐石先生送棺木返回千山。"

尹福点头同意。文冠和马贵一同出去，磐石抱着文果尸身来到文冠房内。

不一会儿，文冠和马贵扛着一个黑漆棺木来到文冠房内。

文冠给妹妹换了一身干净的衣服，装殓入棺，然后和磐石与尹福等人告别，扛着棺木出园而去。

尹福见沙弥已死，又开始布置第二个计划。他让梦月丫鬟去叫马踏燕。

八卦掌众弟兄避于文果房间内外。

约有一顿饭工夫，梦月引着马踏燕急匆匆而来。这婆娘已有五十多岁，步履依然矫健，手持一根六尺长的投枪，大有拼命之势。

马踏燕一头撞开文果的房门，大骂："好你个歪老头子，竟然干出偷鸡摸狗之事？你这老不死的，怪不得你攒了那么多牛鞭、鹿鞭！"

话音未绝，她一个踉跄栽倒在地上。原来是"贼腿"施纪栋在旁边绊了她一跤。

"傻子"韩六见有机可乘，从右边扑了上去。没想到马踏燕一招"鹞子翻身"，立了起来，一横投枪，把韩六击得滚了七八个滚儿。

"螃蟹马"马贵一招"推磨掌"，推了马踏燕的后腰。马踏燕双膝跪地，回手就是一投枪，"小辫梁"梁振圃一横竹竿，击飞了她手中的投枪。

尹福从壁上跳下来，趁机施展"华佗敬香手"，点了马踏燕的"天突穴"。

马踏燕束手就擒。

"快交出翡翠如意珠！"尹福大声喝道。

"什么如意珠？我不知道。"马踏燕回答。

"搜她的身。"尹福吩咐道。

可是文冠走了，都是男子汉，谁来搜她的身呢？

"梦月丫鬟呢？"尹福左右环顾。

"她也逃走了。"马贵轻轻地说。

程廷华走上前："两军对垒，大开杀戒，还分什么男女？我来搜她的身。"

梁振圃朝尹福眨巴眨巴眼睛，小声对尹福道："这小子又有花主意了。"

程廷华一把拖过马踏燕，来到里面一间房屋，将房门关了。

有一袋烟的工夫，门开了。程廷华又把马踏燕拖了出来，往地上一掼，嚷道："浑身上下的窟窿眼儿都掏遍了，什么也没有！"

尹福一听，脸有点白了，厉声问："马踏燕，你说宝珠究竟藏在哪里？！"

马踏燕低头不语。

尹福又道："你丈夫临死前什么都招了，你若不说，他就是你的下场！"

马踏燕有些慌乱，低头一瞧，地上有一片片殷红的血迹……

"我……说，但只要你们饶我一条性命。"马踏燕断断续续地说。

尹福寻宝心切，于是答应道："我是他们的老大哥，他们全听我的，只要你说出来，我肯定饶你一条命，但不准你继续作恶，立刻滚出京城！"

马踏燕连忙说："好，君子一言，驷马难追。珍妃娘娘的翡翠如意珠是我盗的，那是荣禄和李莲英叫我盗的，他们说现在乱党猖獗，大有篡权之势，让我盗了宝珠，设法让光绪皇帝疏远或辞退皇宫武术教头尹福；暗杀八卦掌门人，以断皇上的武臂，然后再设法刺杀维新党头目康有为、梁启超、谭嗣同等人，再断皇上的文臂。那皇上就是四面楚歌，孤立无援了，变法自然失败。"

"快说宝珠在哪里？"马贵问道。

马踏燕又说下去："我盗走翡翠如意珠后，立即献给了直隶总督兼北洋大臣荣禄，后来荣禄对我说，他送给了四妾西湖妹。荣禄从南京、桂林、苏州、杭州买来四个美妾，各取名为金陵花、桂林春、虎丘女、西湖妹，西湖妹是他最为宠爱的美妾。"

"这么说还要追到天津去。"程廷华着急地说。

马踏燕道："荣禄和他的夫人住在天津，可是他这四妾西湖妹却住在北京交道口荣禄府里，荣禄经常在闲暇之时来北京取乐。"

程廷华厉声问道："我问你，马维祺是谁害的？"

"我丈夫。"马踏燕小声回答。

"是谁到花市我的住宅胡闹？"

"是我丈夫。"马踏燕声音更轻。

"是谁到朝内义和木厂胡闹？"施纪栋问道。

"是我。"马踏燕的声音更轻。

这时，但听外面人声嘈杂，一片兵器撞击之声。尹福抬头一看，只见窗外火光冲天，火把照得如同白昼。

在房上放哨的何五大叫："我们被包围了，快冲啊！"

尹福听到何五的叫声，手持判官笔率先冲了出去，程廷华、梁振圃、马贵、施纪栋等好汉也跟着冲了出去。

急得马踏燕大叫："你们还没给我解穴位呢!"

原来方才有一支健锐营巡逻队经过此处，一个士兵跑到路边小解，没想踩在正在此处埋伏的"瓷器杨"杨俊峰的身上。这样，八卦掌众弟兄暴露了。

叫喊声引来了大批护卫和健锐营士兵。

尹福出门后看到何五、何六正与一个瘦溜的老太监打斗。那老太监实在丑陋，一张扁平的脸，上面只看得出两个大小不同的空洞，圆圆的黑眼眶里，只有黑眼珠在放光；他的皮色黑里带紫，鼻头是扁平的朝天鼻，黑脸上起着一层浅白的鸡皮疙瘩，像拔去毛的冻鸡。他手持一柄峨眉刺，刺长约一尺，中间粗，两头细，头端略扁，呈菱形带尖，中间有一圆环。

尹福看出这老太监功力非凡，何五、何六两个人也不是他的对手。这两人已是汗流浃背，气喘吁吁，那老太监愈战愈勇，潇洒自如，步法丝毫不乱。

蓦然，老太监右手一抬，磕飞了何五手中的八卦大枪，左手一横，又抡落了何六手中的八卦刀；又用迅雷不及掩耳之势，用"二龙抢珠手"，分别点了何五、何六的穴位。

尹福见状不妙，急忙发镖。五支镖朝老太监腹部袭来；老太监不慌不忙，左右挥动峨眉刺将飞镖击落。

旁边有护卫高声喝彩："绝活！齐三老爷。"

原来老太监就是齐三太监。

尹福见何五、何六被颐和园护卫绑了，心内着急，急忙挥动判官笔去救何五、何六。

齐三太监见状，也挥动峨眉刺迎战尹福。

这是一场恶杀。

尹福的判官笔，身笔相随，上下翻飞，四面环顾，八方照应，行如流水，动似游龙，静如山岳。一会儿连环步，一会儿掰、扣、摆，笔尖直逼齐三的穴位。齐三太监的峨眉刺，运用抖腕和手指拨动，转动如飞，别有一番风格，刺头直迫尹福咽喉。

二人斗了五十回合，不分胜负。

程廷华出门后，听见樊志勇在房上大叫："程弟，快来助我!"于是一招"燕子钻云"上了房，但见四个健锐营士兵正围着他用枪乱戳。

樊志勇未使兵器，正运用八卦掌的踏掌、撞掌、劈掌、穿掌、转掌、晃掌、绕身掌、连环掌八个掌法与四个士兵周旋。

这樊志勇也是八卦掌门一条硬汉。他生于清道光二十年，家住北京朝阳门外吉市口北五条；樊家是满族正白旗，家中弟兄十人；樊志勇最小，故人称“樊十”。樊志勇自幼曾学习过外家拳脚，精通少林、谭腿等拳术，后带艺投师，得董海川亲传。他武术功成后，匿迹销声，不露锋芒。邻里居民没有看见过他练功，自然不知晓他会武功。他为人厚道温和，光明磊落，品德高尚，从来不以强凌弱，以武欺人。他不愿与高官显宦往来，因此江湖上又称他为“樊疯子”。

程廷华手持八卦子午鸳鸯钺，使用第一套路“二虎擒龙”。这是专门破枪棍的钺法。“二虎擒龙”是把长枪比喻为一条翻江倒海的蛟龙，把双钺喻为哮月追风的猛虎，顾名思义，正是破枪棍之法。

那几个士兵从来未见过这种稀奇兵器，都慌了神。但见这兵器左右都呈月牙形，除了手握之处，前后左右都是刃，锋利无比。原来这八卦子午鸳鸯钺的全称是：鹿角、凤眼、鱼尾、蛇身、熊背、四尖九刃十三锋，因其一端较长，又名日月弧形剑或日月乾坤剑，这是八卦掌董海川所传的八卦掌门独有的短兵器。

程廷华一招“蛟龙戏水游身钺”，接连把那四个士兵推下房去。

樊志勇连声喝彩，叫道：“程弟，你这个兵器让我用一用如何？”

程廷华瞪他一眼：“现在清兵已包围我们，正是用兵器之时，怎么能给你？咱们快去救其他弟兄，你若使兵器，先抄一根长枪用用。”

程廷华又见另一座房上“傻子”韩六被六个护卫围在核心，情形十分危急。于是大步流星地又赶到那座房屋之上。

要说韩福顺的武功也不差，他在董海川身边学艺数年，功夫大长，除了八卦掌之外，还在八卦六十四转刀、八卦八趟走刀、子路刀、转环刀、对劈刀等套路上都有功力。

北京有个会友镖局，镖师苏老恒和韩福顺很熟。一天，苏老恒约了许多武林朋友在翠花楼聚会，也请韩福顺到会。宴会之中，苏老恒请韩福顺表演八卦掌中的转掌。韩福顺正练在兴头上，席间有一位练长拳的曹七看着看着，有点不高兴了。曹七身强力壮，膀宽腰圆，他见韩福顺总是转圈，便说：“六哥，你这样转来转去，我要站到你的面前，你怎么办呢？”韩福顺说：“不碍事。”曹七不信，就往韩福顺前边一站，韩福顺一换势，将曹七撞出一丈远。曹七爬起来道：“六哥，我是怎么出去的？”韩福顺道：“我也不清楚。”一边说着，一边还转掌。曹七又往他身边一站，韩福顺又换一势，又将曹七打了出去。曹七站起来，拍拍土道：“八卦掌真是莫名其妙！”

程廷华见韩福顺的转环刀得心应手，那刀总是在护卫脖颈上转，可是总挨不上。原来这六名护卫使的是连环阵法，韩福顺走也走不脱，进攻也不得力，力气耗尽，自然待毙。

程廷华见那六名护卫使的都是青萍剑。这青萍剑刚柔相济，迅疾多变，敏捷轻灵，起伏转折。行剑如高山流瀑，长河泻坡，虽起伏跌宕，而无间断塞滞之迹。韩福顺的一柄转刀再精彩，也无能为力。

程廷华使用八卦子鸳鸯钺的第二套路“双蛇戏凤”，这是把宝剑喻为迎风招展的翔凤，把双钺喻为上下飞腾的银蛇，顾名思义，此套钺法是专门破刀剑的。程廷华接连使用“燕子穿林分水钺”“青龙探瓜拦门钺”，破了连环阵法，接连将两个护卫挑上高空。韩福顺一见程廷华助战，顿时来了劲力，也接连挥动转环刀，杀伤两个护卫，另外两个抱头鼠窜。

程廷华为韩福顺解围后，往西一望，正见“小辫梁”梁振圃和施纪栋迎战一个胖大将军，他生得面如重枣，碧眼突出，虎体猿臂，手执元霸双锤，勇猛无比。

梁振圃见程廷华大步流星般走来，连忙大叫：“程兄，他就是健锐营头目姜桂题，快来助我们收拾这个金瓜武士！”

施纪栋听到梁振圃叫声，急忙转过身来，没想到左肩中了姜桂题的锤尖，顿觉疼痛无比，如万箭钻心，于是败下阵来。

程廷华见状，急忙迎了上去，手持八卦子午鸳鸯钺迎战姜桂题。

姜桂题使的元霸双锤相传为唐代李元霸所创，以后流传民间。一般气力的人不敢使用此种兵器，这姜桂题出身将军世家，自小力大如牛，十二岁时便能举起金鼎，十五岁时锤艺无人攀比，在八旗兵中赫赫有名，有“小项羽”之称。以后慈禧太后调他来镇守颐和园，统领健锐营。荣禄为笼络他，特意将自己侄女嫁给他为妻。

程廷华见姜桂题锤艺精练，不敢轻举妄动，施展八卦子午鸳鸯钺第三套路“八门金锁”。这“八门金锁”是以八卦掌为核心的钺法，真是拧翻走转，脱身换影，滔滔不绝，绵绵不断，奇正相生，阴阳转换，圈中有圈，处处有变，把姜桂题陷身于瞬息万变的八卦阵中。

姜桂题平生久战沙场，南征北战，从未见过这种稀奇兵器，那双锤尽管连连进招，“古树盘根”“将军抱印”“力劈华山”“顺风摆旗”，也是沾不着程廷华分毫。

梁振圃在一旁手舞长竿上下翻飞，时时直戳姜桂题的双眼，弄得姜桂题只有招架之功，无还手之机。

文果房前，尹福与齐三太监正斗得不可开交，“螃蟹马”马贵不知从何处钻了出来，手持乾坤圈来助师傅尹福。这乾坤圈也属八卦门兵器，圈内径约一尺，两子钺长约三寸，两小刺长约一寸多，两大刺长约两寸，也是极其厉害的短兵器。

由于马贵极其瘦弱，齐三太监起初没有把他放在眼里，后来见他接连朝自己点穴，手法极其敏捷，不敢小看，紧密提防。

尹福的另一个弟子宫宝田在房上用铁筷子杀死一个士兵后，也跳下房来与齐三太监恶斗。宫宝田是山东牟平县人，他身材矮小，性格暴烈，动作精悍敏捷。宫宝田的哥哥在皇宫做事，经哥哥介绍，宫宝田认识了尹福，并拜尹福为师学练八卦掌，功夫高超，后做八旗军随旗将军的保镖，随将军到过福建、广东。尹福年老退出护院后，由他继任护卫，此是后话。

马贵与宫宝田的性格正好相反，他性格沉稳，言语不多，他目前正随师傅尹福在肃王府做护卫。除尹福外，护院里所有武术家都不是马贵的对手。

宫宝田和马贵都得到尹福的真传，他俩打的八卦掌与外面广泛流传的八卦掌不同，打的是以宋为主的“插拳”。

如今这三位八卦掌好汉使用的兵器都以穴为主，又都是点穴专家，共同对付齐三太监，齐三太监可有些招架不住了。那峨眉刺怎能敌得过判官笔、乾坤圈、铁筷子三种兵器，于是连连后退。

这时，程廷华的高徒李文彪也手持方天戟前来帮助师傅程廷华来战姜桂题。

李文彪是八卦掌门第三代佼佼者之一。他是直隶冀县李家庄人，家住北京前门外西湖营。有一次，“大枪刘”刘德宽去看他，李文彪说：“刘师叔来啦，正好教我枪吧！”从此，刘德宽常去教李文彪练枪。练了有两个多月，有一次，二人又练枪，李文彪刺刘德宽一枪，险些刺进刘德宽的胸脯。刘德宽气得把枪向李文彪枪上一砸，李文彪的枪便脱手落地。刘德宽拿起大褂，用手指着李文彪的脸骂道：“你这小子！”扭头而去，再不教了。

李文彪的盖掌是每天打板子练出来的。他打板子打了十余年，打得板子着手便断。他想，可能是年久板子腐朽，便更换新板子，还是着手便断。他自知手上有了功夫，凭此性情粗暴。之后，李文彪随徐世昌总统到沈阳，对当地著名武术家李风九高傲的态度感到愤慨，遂和他比武，结果无论是拳术还是剑术，都击败了对方。后来，他在沈阳消防营当武术教师，营中一些青年士兵不服他，二十多个士兵一齐围攻他，都被他摔了出去。当官的进院一见这情景，担心地问：“李教头，别把他们打坏了。”李文彪笑道：“不要紧，他们死不了，死了埋了他们。”李文彪后来在通县当了司令，通县的县长惧怕他。当时军阀胡景翼部属的一个营副带着四个士兵来找县长要枪。县长说：“我没权、没枪，我们这里有个司令住在大庙里。”那营副道：“好，我们找你们司令去。”县长说：“慢着，我们这个司令可厉害呢，张嘴就骂，举手便打，你们要当心哪！”营副说：“弟兄们，把枪顶上。”到了庙里，李文彪正在甬道上来回溜达。营副一进门，便用枪对着他的胸口道：“哪位是司令？”李文彪道：“我就是。”营副道：“你交枪。”李文彪说：“我一个人怎么交呀？你们来了，先得安排住宿，交枪可以。”营副骂道：“你少废话，叫你交枪就得交。”枪口仍对着李文彪的胸口。李文彪怒道：“你真不通情理。”同时用烟袋挡着他的枪说：“你真麻烦。”举手把营副打倒在地，营副跌在地上，便喊：“开枪！”四个士兵四支枪同时向李文彪射击，把李文彪打死在地，营副带着四个士兵扬长而去。当然，此是后话。

姜桂题见李文彪也来参战，心内慌乱，急忙后撤，吹了三声响亮的口哨。原来他口内含着一个哨子。

哨声一响，健锐营士兵和颐和园护卫纷纷后撤。

尹福见状，知势不妙，高呼：“小心，快撤！”一个鹞子翻身，先跳到房上，然后又一跃，滚到草丛里。

“砰，砰，砰……”洋枪响了，埋伏在周围的健锐营洋枪队开始向八卦掌弟兄们开枪。

第十回 图救人拜见鼻子李 为寻宝专访西湖妹

八卦掌弟兄中轻功好的躲得疾快，轻功差一点的可遭殃了。谷步云左臂中了一弹，慌忙滚进树丛里；焦毓隆的右胳膊也中了一弹；八卦掌弟兄四散而逃。

“大枪刘”刘德宽在跃进草丛的一刹那，屁股上也中了一颗流弹，昏倒在草丛中。

尹福、程廷华、梁振圃等人杀开一条血路，逃出颐和园，来到西苑。等了一会儿，只见八卦掌弟兄三三两两飞奔而来，直至四更时分，尹福清点一下人数，发现不见了何五、何六、刘德宽、焦毓隆、谷步云、魏吉祥六人。

程廷华等人执意杀回去寻找这些人，被尹福死死劝住。尹福说：“咱们寡不敌众，清兵越来越多，东西北旺、玉泉山的援兵很快也会围拢而来，况且天即将大亮，咱们不能硬拼，硬拼只能自讨苦吃，咱们赶快撤回城里，保存实力。”

“那些没到的弟兄怎么办?”马贵问道。

尹福沉思着说：“即使他们被捕，我们再想营救办法。”

这时，只听李文彪叫道：“看，又有人来了。”

尹福认出是魏吉祥，叫道：“是‘单刀’魏吉祥，他还背着一个人。”

魏吉祥费力地背着受伤的谷步云一瘸一拐地走来。他脸色苍白，气喘吁吁地说：“快撤吧，清军的大批援兵来了，刘德宽、焦毓隆被他们捕去了。”

尹福果断命令道：“弟兄们，按照原定方案，分头抄小路撤回去，大车让给受伤的弟兄们，有事我再设法通知大家。”

八卦掌好汉们疾速往城里撤去。

这天晚上，尹福正在法源寺藏经阁与宝禅法师和银狐叙谈，刘凤春气呼呼地走了进来。

“这么大的事也不叫我一声?”刘凤春一屁股坐在木凳上。

尹福连忙给他端来茶水，说："程廷华、施纪栋找你整整一天，也不知你到哪里去了？"

刘凤春余怒未消："我在端王府退思堂与杨班侯先生叙谈嘛，他们为何不到端王府找我？这倒好，何五兄、何六兄、焦毓隆、'大枪刘'都给押到刑部大狱了，刑部扬言要在菜市口砍头呢！施纪栋兄也受了锤伤，在家里躲着养伤呢！"

尹福道："你来得正好，昨晚我听马踏燕说，后党要刺杀康有为、梁启超、谭嗣同先生，你赶快去源顺镖局通报'大刀'王五，设法保护康先生等人。"

刘凤春说："这么说，事不宜迟，我赶快去源顺镖局。"说毕自去。

尹福见刘凤春走后，告辞宝禅法师和银狐，回到肃王爷府豪杰斋，拿出一千两黄金塞在一个包裹里，然后要了一辆马车，来到东黄城根附近的一个四合院门前，下了马车，付了车钱，上前轻轻叩门。

一会儿门开了，一个门客探出脑袋。

"李老先生在家吗？"尹福问。

"尹爷，在，在。"门客说着将尹福带进门来，轻轻掩上门，锁好，然后带尹福往里走。

这是一座古老的宅院，经过几百年风雨的淋晒，门窗糟朽了，砖石却还结实。院子里青砖铺地，墙面上长出一片片青色的霉苔。青苔贴在墙上，像一块块黑斑。院里清雅，挂满丝瓜、豆荚的篱笆上，绿油油的叶子沐浴在皎洁的月光下，给人一种幽美、恬静的感觉。

门客将尹福引进北面一间客厅。书架上摆着一个古瓷花瓶，案上有一盆冬夏常青的天冬草，墙壁上挂着一幅赵松雪的《烟雨图》，一个目光炯炯的老者正在烛下阅着书卷。

"李老先生。"尹福亲切地唤道。

他就是著名武术家、清宫护卫教习李瑞东老先生。李瑞东与尹福是莫逆之交，他祖籍直隶武清县，弱冠之年便在乡里享有盛名。他不但精于拳法而且精于摔跤，刀枪棍棒，无所不能。他曾拜王兰亭学练太极拳，数年后又向龙禅和尚学练五星椎。李瑞东本来生得身强力壮，勇猛过人，又经王兰亭和龙禅和尚二位高师亲传，加上勤学苦练，在武技上突飞猛进，数年后功夫已臻于上乘。到晚年时，他的武功更显得炉火纯青了。此时李瑞东将平生所学的两种拳学中的精华，兼收并蓄，熔为一炉，自创"太极五星椎。"李瑞东除了本身的拳法外，还有一种"铁币挂身"的奇技，他在练拳时周身上下挂上一层层的铁片，铁片呈圆形，直径三寸，厚约几厘，中间有孔，如古币形状，故名铁币。李瑞东挂上这样的铁币，打起拳来，潇洒自如。李瑞东不愿在皇宫里为差，迫于无奈，只挂着空名，实际上自己却经常在家，或课徒授武，或接待武术名人，经常高朋满座，朋友如云，故有“小孟尝”之称。

李瑞东耸耸往上翻卷的鼻子，惊问道：“尹爷，这是为何?”

尹福把八卦掌大闹颐和园、几位师兄弟被捕押到刑部大狱之事叙了一遍。

李瑞东嗟叹道：“后党如此欺人，甚嚣尘上，如今八卦掌门有难，我‘鼻子李’不能置之不理。”

原来李瑞东的鼻子长得丑陋，向上翻卷，故又有“鼻子李”之称。

尹福说：“李先生与刑部的官吏较熟，这些黄金就算是敲门砖，请你周旋一下，能否减轻八卦掌几个弟兄的刑罚或延长执行死刑?”

李瑞东推开黄金说：“朋友之事，何必这么客气。这些黄金你拿回去，我明日一早便去刑部，一定鼎力相助。”

尹福告辞李瑞东后，独自往北走，来到交道口菊儿胡同荣禄府。这是一座非常豪华的府邸，在漆黑的夜中就像一个黑漆棺木横陈于世。

尹福见府门前戒备森严，四个持枪卫士怒目而立，门额高挑着一个朱红灯笼，上写“荣府”两个金黄棣字。

他来到寿比胡同荣禄府后身，一纵身上了院墙，投出问路石后没有动静，便跳了下来。

这是一座庭院，曲池旁边靠着假山，山旁栽着朱砂、绿萼、大红宫春牡丹花，满院子香馥馥的，另有三株金桂已经开到七分花了。庭院里静悄悄的，只有一间房内亮着烛，红的砖，绿的窗棂，白的栏杆，黄的瓦。

屋内，有个丫鬟正在绣花，全神贯注。

尹福不知荣禄的四妾西湖妹住在何处，想找这丫鬟问一下，于是蹑手蹑脚走了进去。

丫鬟见猛丁丁进来一个生人，吓得怔住了。

“不要怕，我不会伤害你。”尹福小声说，声音里满了慈祥。

“西湖妹住在何处?”

丫鬟哆嗦着，过了半晌才说：“住在后花园西边的西湖阁里，现在正与几个奶奶在三道院的金陵轩内打麻将。”

尹福威吓丫鬟道：“你不要声张，若声张我便要你性命。”

丫鬟害怕地说：“我不敢多嘴，装作不知道就是了。”

尹福又穿过几道垂花门来到三道院，但听一间房内传出嬉笑之声。尹福凑到窗前一看，只见四个如花似玉的美人正围坐在案前搓麻将，那麻将牌被搓得“劈啪”地响。

尹福见那四个佳人各有姿色，一位蛾眉横翠，粉面生春，妖娆动人；一位清冷杏子眼，娇滴瓜子脸，轻盈花朵身；一位暗带风情月意，含有袅娜风流；一位秀丽清雅，冷若冰霜，状如石刻。

可是哪个是四妾西湖妹呢？

尹福想闯进去，举步又停。他不想惊动另外三个美妾，想了一想，径直奔后花园走去。

后花园静无声音，几竿萧疏的淡竹，掩映着一条幽径。

尹福顺着幽径踏上一座弯月小桥，穿过葡萄木架，来到一片房前。他见一座房前有一横额，上写："西湖阁"三个字，于是走了进去。

阁内亮着烛，但没有人。这是一间客厅，靠后壁安了张旧式的红豆大炕床，在嵌着大理石面的炕桌两侧，铺了两张虎皮褥子，摆了两只八尺见方、二尺来长的红缎炕枕。炕床后端还有一条长几。几上当中一只大自鸣钟，两边两只大铜吉磬，翠色斑斓。左右壁下各安了四把褪了颜色的木藤椅，各安了两张旧式雕花茶几，与炕床一样，都是红豆木做的。

尹福见旁边还有一个房间，是间寝室。室内斜放着一张淡绿色梳妆台，上面放着一床鹅黄色缎子被，一对枕头上各绣了两只色彩斑斓的鸳鸯。紧靠窗户摆着一个花架，上面有一只翡翠色的高腰花瓶，插着几支孔雀羽毛。

屋内弥漫着夜来香味。

尹福把寝室的蜡烛吹灭，耐心地等待着。

过了一个时辰，花园里传来阵阵笑声，紧接着是零乱的脚步声。

一股香气袭来，西湖妹和丫鬟走了进来。

"今天手气真不怎么样，连打几圈也不开壶！"西湖妹气哼哼地坐在藤椅上。

丫鬟端来荔枝，劝道："四奶奶，何必发这么大火？胜败乃兵家常事。来，吃几个鲜荔枝去去火，这还是老爷从广东带来的。"

西湖妹接过一颗荔枝，剥了暗紫色的壳儿，露出水盈盈的肉。

"你知道'一骑红尘妃子笑，无人知是荔枝来'的诗句，指的是谁吗？"西湖妹跷起腿，漫不经心地问。

"是杨贵妃。"丫鬟小心地回答，"还是您告诉我的。"

"记性还不错。"西湖妹随口把核吐到地上，然后说："你去给我打一盆温水，我要洗洗，这鬼天气。"

丫鬟"噔噔噔"地出去了。

屋内只有西湖妹一个人了。

尹福闪了出来，上前一把按住西湖妹说："你要叫一声，我就拧断你的脖子！"

“你，你要……干什么？”西湖妹显得惊慌失措，六神无主。

“我要索回翡翠如意珠，快交出来！”尹福被她脸上浓烈的脂粉味呛得后退了半步。

“我哪里有什么如意珠？”西湖妹执拗地说：“府里有那么多宝贝，你尽管拿好了，要什么如意珠？”

“你别装傻，有人已告诉我宝珠在你手里，如不交出来，我拧断你的脖子。”尹福有点沉不住气了。

西湖妹连连叫道：“别急，别急！我拿给你便是。”说着从怀里掏出一个玉匣；打开玉匣，露出亮晶晶的翡翠如意珠。

尹福一见又惊又喜，一把夺了过来，塞进怀里，拔腿就走。

“你是何方大盗？有种的留下姓名。”西湖妹叫道，声音里充满哀怨。

“我是珠宝的主人。”尹福说着，一刹那，消失在夜间。

尹福身揣珠宝回到法源寺时，宝禅法师和银狐仍在烛下等他。一见尹福喜盈盈地进来，银狐高兴地问：“宝物到手了？”

尹福点点头，掏出玉匣，拿出翡翠如意珠，得意地说：“你们看，这就是珍妃娘娘的翡翠如意珠。”

银狐接过来就要含在口中，宝禅法师一把夺过来，说：“我瞧瞧，上次尹爷就上了一次当，这次无论如何也不能错了。”

宝禅法师把珠宝放在烛下反复观阅，用鼻子细细一闻，叫道：“这是一颗假珠，而且涂有剧毒。”

尹福一听，急得张大了嘴巴，自言自语道：“怎么会呢？”

宝禅法师道：“这颗珠也是一颗宝珠，但不是纯净翡翠，而且珠上有污浊之光，浑浊之气，肯定有毒药，恐怕是用毒液浸过。寺里有个小和尚养了一只花猫，你若不信，在猫身上试一下，看看这珠宝究竟有毒没毒？”

宝禅法师找来那只花猫，猫“喵喵’地叫着，显得凄惨。

尹福把那颗宝珠在猫嘴里沾了沾。不一刻，那只花猫便蹬蹬腿，倒地气绝。

宝珠果然有毒。

尹福心想：若把这颗毒珠献给珍妃娘娘，珍妃含在口中，必死无疑，那事情就闹大了。

银狐一见，也不禁倒抽一口冷气。

刘凤春来到源顺镖局，找“大刀”王五。

“大刀”王五在京城也是响当当的一条好汉。他叫王子斌，字正谊，十二岁便在老家沧州一家烧饼铺当学徒，一有空便到附近的盛兴镖局看镖师练武，久而久之学会一些拳脚，后被镖局创办人“双刀”李凤岗看在眼里，收他为徒。李凤岗是回族人，擅长双刀，曾参加太平军，失败后回到故乡沧州，与人合办盛兴镖局。

王子斌拜“双刀”李凤岗为师，师兄弟中排行第五，人们称他“王五”。王五艺成后开始押镖生涯，即使遇上强徒，他还是以惊人武功制服对手，力求血不染刃，江湖上称他为侠义之士。

同治五年，王五来到北京，在东珠市口西半壁街买下几间房子，于第二年创办了“源顺镖局”。这个镖局的开创虽然晚于其他镖局，但由于它的信誉，很快跻身于北京八大镖局之中，房屋也扩大到三十四间的内外大院，镖师也发展到五十多人。

王五为源顺镖局立下几条规矩：一是押送银两多的重要镖车，由王五亲自走镖；二是江湖朋友来访，只要提“大刀”王五，就要盛情款待，赔送盘缠，周济困难；三是每年冬天给一些穷人发棉衣，过春节时套上马车周济有困难的穷人。王五还主张民族和睦，多次排除汉回两族人的殴斗纠纷。众人敬佩他的为人，曾送“德容感化”“尚武”“济贫”等大匾。

源顺镖局走镖旱路由北京到济南、开封、太原、榆次、张家口等，水路由北京齐化门经通县到运河驶至天津。

镖局结交广泛，从达官贵人、商贾巨富到三教九流、五行八作，均有往来。王五后来结识了礼部二品官谭继询。当时王家住在香厂胡同，谭家住在烂漫胡同。谭继询之子谭嗣同曾染疫瘟，大病一场，治好后体质十分衰弱。谭继询便将谭嗣同送交王五练武强身，师徒之间关系甚密。后来，谭继询离京任湖北巡抚，谭嗣同告别王五，随父南行。

光绪二十二年，年近三十一岁的谭嗣同入资为江苏候补知府，在南京候缺。次年帮助湖南巡抚陈宝箴、按察使黄遵宪等设立时务学堂，筹办内河轮船、开矿、修铁路等新政，并办《湘报》，任主笔，宣传变法。以后受到光绪皇帝赏识，被授四品衔军机章京。谭嗣同进京后，立即到源顺镖局拜望师傅“大刀”王五。后来，在谭嗣同的引荐下，康有为、梁启超、林旭等人也常来此密商变法之策。在康有为、梁启超、谭嗣同等维新派影响下，王五也认识到只有变法维新才能拯救中国。从此，源顺镖局也成为维新派人士活动的一个据点。

北京的初夏之夜，天宇缀满寒星，如细碎流沙铺成的银河斜躺在青色的氛围中。月亮从城墙边袅娜升腾，露出幽冷的月光，映照着疏松的树枝和冷漠的街市，忽而，似在天末那边，传出残庙微弱的木鱼声……

刘凤春来到位于东珠市口西半壁的源顺镖局，只见黑底金字的“源顺号”

字匾高悬门首，红绸子结成的红花披在匾上，大门右上角高挂一面杏黄色方旗，上绣“源顺镖局”四个大字。

刘凤春走了进去，只见大门道东侧上方挂着“德容感化”的大匾，西侧挂着江湖豪侠送的“义重解骖”大匾；门首里边还悬挂着贫苦百姓送的“尚武”“济贫”等匾额。

刘凤春一直来到后面王五住的卧房。王五的妻子王章氏恰巧从房内出来，一见刘凤春嚷道：“哟，哪阵风把你这叫花头子吹来了？”

刘凤春嘻嘻笑道：“嫂子，我是无事不登三宝殿，我找王五哥有要事相告。”

王章氏用指头戳着刘凤春的额头道：“你呀，没钱就找老娘说话，别瞎找辙儿。”

刘凤春一本正经地说：“我真的有事嘛，谁骗你，谁爬着走。”

王章氏见刘凤春认真起来，于是说道：“谭先生来了，子斌正跟他说话呢。”

刘凤春大步跨进门去，只见王五正跟一个官人叙话。王五浓眉大眼，满脸胡须，身穿一件玄色布衫，散着纽扣，一根很宽的黑色腰带胡乱系在腰际。那官人头戴金线顶子绒帽，正中镶嵌偌大一块蓝宝石，身穿青色布衫，神情严峻，气宇轩昂。

王五一见刘凤春，呵呵笑道：“凤春，你怎么来了？”

刘凤春回答：“我有要紧事告诉你们。”

王五对官人说：“这位就是八卦掌高手，人称‘翠花刘’的刘凤春。”

王五又对刘凤春道：“这位是我的至交谭嗣同先生。”

谭嗣同朝刘凤春拱手说：“幸会，幸会。”

刘凤春也朝谭嗣同鞠躬说：“久仰，久仰！”

刘凤春说：“我们从后党那里得知，他们已派刺客准备刺杀康有为、梁启超先生和谭先生，尹福大哥让我来通报一下，让你们小心提防，或者暂避他处。”

王五说：“我也听到一些风声，现在看来，松筠庵是后党刺客攻击的主要目标，康有为先生现在寓居那里，十分危险。梁启超先生近日到天津去了，不如请康先生先到严复先生那里暂避一段时间。”

谭嗣同点点头：“也好。”

王五又说：“谭先生暂住源顺镖局吧，出入均由镖局里的弟兄护送，以防不测。那些王八羔子一时还不敢到镖局闹事……”正说着，王五手一扬，一支飞镖飞出窗外，只听一声惨叫。

刘凤春疾步出门，正见一个人影跃到房后去了，地上留有一些血迹。

刘凤春正要上房追，被跳出门的王五拦住，说：“凤春，不要追了，看来这些龟孙子要动手了，咱们赶快去松筠庵。去晚了，康先生恐怕保不住了。”说着，王五到前院唤来两名镖师，对谭嗣同说："今晚你就住在我的房里，由这两名弟兄负责你的安全，我和凤春立即去松筠庵。"

谭嗣同关照道："你们也要小心些。"

王五点点头，与刘凤春出去了。

位于宣武门外校场口三条二号的松筠庵是维新党人云集之地，也是"公车上书"的策源地。松筠庵又叫杨椒山祠，明代嘉靖年间冒死弹劾奸相严嵩的杨椒山先生曾居此处。清代乾隆五十二年改为杨椒山祠，祠内有谏草亭。杨椒山两次批评时政的草稿刻碑，均嵌于亭内。此时，康有为正在寓房内挥毫作诗，他才思敏捷，挥洒自如，那诗是：

此地空余谏草亭，深宫变法岂无声。
松筠夜雨题新笔，南海暮云唤旧雄。
满腹肝肠在海宇，一生辛苦求大同。
劝君莫道悬梁苦，自古功成凭借风。

康有为题罢诗，喟叹一声，扔下笔，踱步来到窗前。

近日京城谣言四起，光绪皇帝空有变法的雄心壮志，但手无重兵，如同浮云。康有为几次提醒皇上，只有掌握大权，才能成为真正的至高无上的皇帝，统治大清江山，做出像秦皇、汉武、唐宗、宋祖的伟绩。只有变法维新，向西方学习，才能像日本一样繁荣强盛。光绪皇帝在经过优柔寡断的反复思考后，终于打破禁例，直接命令颁发了维新诏书。可就在同时，慈禧太后命兵部尚书荣禄担任直隶总督兼北洋大臣。荣禄被任命署理直隶总督兼北洋大臣之后，连日来和新任命的步军统领崇礼、管理八旗官兵的怀塔布、正白旗汉军都统凯泰、正蓝旗蒙古都统载勋等人，来往频繁。不久，慈禧太后又罢了光绪皇帝的教师、户部尚书翁同龢的官职，将其遣送回原籍。翁先生离开北京时，康有为特去送行，与他洒泪而别。

康有为又想起白日觐见光绪皇帝的情景。乾清门里，有一条高出地面丈许的甬道，甬道两旁是汉白玉砌成的栏杆，中间铺着一条石板大道。乾清宫内，有着二十多尺见方、高出地面二尺的檀木御台，上面放着蒙着黄缎的御案，御案后面是一个宽大的铺着黄垫的九龙宝座，宝座后面插着两把长长的掌扇，宝座两旁放着烧檀香的金香筒。围着高出地面的御台，站着一些铜鹤，歪着长长的脖子，嘴里衔着粗大的红烛。殿顶悬挂着许多色彩缤纷的宫灯。天色虽已大亮，但殿堂里仍然灯火辉煌。

此时，光绪皇帝坐在南阁里一个雕着龙形的宽大檀木椅上，他的面前放着一张扎着黄桌帏的案桌，穿的是一件胸前绣着团龙的箭衣。

光绪皇帝说："你的上书，朕一一阅过，先生主张非常英明。"

康有为道："日本变法，三十年间，政法大备，走上富强之路。我国地大物博，十倍于日本，以圣上之英明果断，决意维新，则三年可以自立，八年将蒸蒸日上，十年定能大见成效。皇上变法维新，力图自强，四万万人莫不称颂英明圣主。但新政诏书屡颁，而臣下不遵谕旨。虽经皇上督责，依旧拒不力行。守旧之臣，误国耽民，靠这班人变法岂能成功？"

光绪皇帝叹了口气："朕何尝不知，靠守旧之臣是变不了法的……"

康有为又振振而言："皇上应打消顾虑，当机立断，施霹雳手段，惩一儆百。斥守旧阻挠之辈，树圣明天子之威，皇上须掌握实权。太后易为小人包围，不可不防。"

康有为与光绪皇帝交谈，足有一个时辰，虽然两腿发麻，膝盖酸痛，但心情还算舒快。

回松筠庵时，当他的单套骡车路经宣武门，突然飞来几块砖石，"劈劈啪啪"打在车上，有两块落进车里。坐在车头、头戴羽缨凉帽的家丁吴禄下车去追，扔石的人早已不见踪影。

康有为认为，这是不祥之兆。

"大刀"王五和刘凤春进来，打断了康有为的思路。

"先生，您没有什么事吧？"王五问道。

康有为疑惑地摇摇头："怎么？外面有什么动静吗？"

王五把刘凤春介绍给康有为，刘凤春把刚才对谭嗣同讲的话又说了一遍。

康有为听了，额头冒出一层虚汗，急忙掏出手帕去抹，可是手却抖个不停。

王五道："你先到严复先生家中躲一段时间吧！"

"严复那里安全吗？"康有为显得有点紧张。

王五道："他目前不是后党刺杀的目标。"

王五把康有为的家丁吴禄唤来，对他耳语一番。

吴禄出去一会儿，又走进房门，说："门口有不三不四可疑的人，我把骡车停在后门了。"

王五对康有为道："先生，赶快上车，我来护送。"

康有为一听五五主动提出护送，心里踏实许多，于是随他们来到后门口。几个人把康有为搀扶到马车上。吴禄悄悄赶车，马车朝西而去。王五对刘凤春说道："凤春，你可以回去了。"

刘凤春嘿嘿笑道："不，我留下，我要瞧瞧热闹。"

王五道："你就爱凑热闹，我送康先生去了，咱们后会有期。"说着，飞快地追上骡车，不久便消失在月夜中。

刘凤春回到康有为的寓所，吹熄蜡烛，一个人躺在床上，翘着腿，听着动静。

天过三更，京城的夜显得有点凉。树叶被风弄得飒飒响，有几片叶子在窗外飘荡，松筠庵显得更加古朴肃穆。那亭阁、花木、爬春藤、院墙、井台、短廊都溶在皎洁的月光里。

这时，房上有瓦响，只听有人悄悄而语，在这沉寂的夜里听得真切。

"那姓康的乱党头子住在这间房吗?"

"没错儿，这些天我查了个一清二楚，就是这间房……"

第十一回　大刀王重返松筠庵　尹教头二进荣禄府

房上的人继续在说话：

“那康有为必死无疑了，只可惜梁启超到天津去了，那谭嗣同躲进了源顺镖局……”

“别急，树倒猢狲散，他们是秋后的蚂蚱，长不了。”

“这回荣大人、李总管给多少银子……”

“回头再说……”

刘凤春听动静是两个人。

一会儿，窗纸被舔了一个孔。一只手放进一个熏香盒子，一股烟在房里飘散开来。

此时，刘凤春已躲在书案下。他见来人使出熏香，伸手从兜里摸出一颗含香丸，含在嘴里。

又过了一会儿，门被轻轻撬开。一个人手握鹿角刺走进屋内，来到床前，上前就刺。

刘凤春一掌朝那人劈去。那人功力甚厚，听到后面风响，一招“白鹤穿林”，躲过刘凤春的一击。

刘凤春喝道：“你是何人？半夜三更闯入，真是狗胆包天！”

那人叫道：“你是何人？竟敢冒充康有为！”说着，又挥动鹿角刺朝刘凤春腋下刺来。

刘凤春躲过鹿角刺，一个猫腰，闪到书案。那人竟把案面捅出一个洞。

刘凤春见他拔不出鹿角刺，急忙闪到他的背后，一掌向他击去。那人一闪身，左胳膊竟被削断，他惨叫一声，丢下鹿角刺，跳窗而逃。

这时，另一个杀手闯了进来，骂道：“这康有为什么时候学的武艺，功夫还不浅呢！”他挥舞一柄雁翘剑，向刘凤春劈来。

刘凤春猛见亮闪闪的兵器袭来，急忙躲到花木架旁，伸手抄起花瓶朝那人砸去。那人用剑抵住花瓶，花瓶粉碎。那人左顾右盼，竟然不见刘凤春的影子。

他望望门口，又望望窗口，没有看到对方从哪里出去。他用剑横劈竖砍，砍倒的只是一些杂物和桌椅。

他有些发毛，为了壮胆，大声喊道："康有为，你在哪里？你什么时候学的武术？快告诉我！"

过了一会儿，仍没有动静，他更加恐怖。屋内漆黑，只有钟摆滴滴答答地走着。月亮躲到云层里去了，院内也没有任何动静。他倒抽一口冷气，浑身起了不少鸡皮疙瘩，腿有点打战儿。他吓得移到门口。

原来刘凤春悄无声息地贴到门的上面。他用手托住门框上端，正倒立着贴在墙上，运用武术气功，寻找着有利时机。如今见杀手已移到门口，猛将双腿夹住对方的脖子，越夹越紧。

杀手用雁翘宝剑砍刘凤春的腿，刘凤春用刀削断他的手腕，宝剑"当啷"一声落在地上。

刘凤春使尽全力猛夹杀手的脖子。渐渐地，杀手全身瘫软，身子轻飘飘的。

刘凤春见杀手已死，松开双腿，跳了下来。

这时，猛觉一股劲风袭来，有人手持峨眉刺向他的后腰刺来。

刘凤春急忙跳到一边，然后猛地一掌朝对方击去。

那人身材瘦溜，用峨眉刺一挡；刘凤春的手掌边被划了一下，只觉一阵疼痛。刘凤春敏感地意识到此人的功力比方才那二人要强几倍之上，不敢轻敌，于是跳到院里。只见院里有五个杀手对他形成包围之势。那五人都是夜行衣着，黑布蒙面，一人手持浮萍拐，一人手使八角锤，一人用金钟铲，一人使护手钩，还有一人用雷神鞭。

那使雷神鞭的朝屋内叫道："齐三老爷，他已插翅难逃！"

刘凤春听了，心内一惊：原来是颐和园护卫总管齐三太监到了。此人阴险毒辣，诡计多端，年轻时就是江洋大盗。他闯少林，游武当，上昆仑，访九华，闹青城，惊峨眉，神出鬼没，凶猛非常。慈禧太后后来将他招安，让他担任自己的贴身保镖，并任颐和园护卫总管。

齐三太监从屋内走了出来，沮丧地说："肯定有人走漏了风声，康有为这个乱党头子逃走了。白天他还去皇宫与光绪皇帝议事，晚上就跑得无影无踪了，那两个大内高手真是饭桶，连一个老秀才都看不住，反倒误了性命。"说着，哈哈笑着对刘凤春说，"我观你掌法，也是八卦掌门人，我劝你还是招安吧，我在太后那里保你做个护卫官，每天舞枪弄棒，享受终生。"

刘凤春骂道："无耻之徒，你是江湖上的强盗，武林的败类，如今替慈禧太后那老棺材瓤子当棺材板儿，不以为耻，反以为荣，我怎能与你同流合污？”

齐三笑道：“听你这话茬子，还真有些骨气，我见你是条汉子，想留你一条性命，没想你不识抬举。你们八卦掌门昨夜大举进犯颐和园，杀了‘塞外飞鹰’沙弥，骗走了‘千山女侠’文冠，点了马踏燕的穴位，大杀出手，闹得鸡犬不宁。”

刘凤春也坦然笑道：“这是替天行道。”

齐三太监道：“是好汉，留个姓名，我齐三不杀无名之卒。”

刘凤春昂然说：“我是刘凤春！”

“原来是丐帮头子来了，我还以为是谁呢？怎么？打狗棍没带来？你这样的，更要到颐和园饱撮一顿，你吃过那些燕窝、鱼翅吗？”

刘凤春反讥说：“谁吃你们的残羹剩饭！”

齐三笑得更响了：“我不能打死你。打死你，那些要饭的都得找我要人，那些饿狗也要找我索命，我可担当不起。”

刘凤春道：“你这断了脊梁骨的癞皮狗嚼起来不够味儿。”

齐三道：“你们八卦掌门的何五、何六、焦毓隆、刘德宽几天后就要上西天了，看来你要比他们走得更匆忙。”

刘凤春呵呵一笑：“上西天还是西方佛家乐土，清静所在，可你要死了恐怕就上不了西天了，弄不好要被饿狗分尸呢！”

齐三道：“那何五、何六都一把胡子年纪了，拿着王爷府的养老银子，不好好在家里养鱼提鸟，却跑到颐和园昆明湖畔假充蛤蟆；那焦毓隆不好好做他的小买卖，偏偏到我齐三那里舞枪弄棒；那‘大枪刘’刘德宽不好好在家种地，偏要到鲁班门前弄大斧。真是机关算尽太聪明，反误了卿卿性命！”

刘凤春冷笑一声：“你们还是靠了那几杆洋枪，吃人家洋鬼子的洋落！”

“这小子，嘴挺硬。”齐三说着，挥动峨眉刺朝刘凤春刺来。那旁边五个杀手也呐喊助威，挥舞兵器，一拥上前。

刘凤春战了二十多个回合，已是汗流浃背，气喘吁吁，心想：反正是一死，死也要死个痛快，不能让这伙畜生活捉了去。想到这，挥起右掌，就要击自己的太阳穴，想自殉于此。

这时，猛听一声大喝：“恶贼休得猖狂！”一个壮汉手舞大刀似从天降。这雷鸣般的大喝，惊得齐三等后退了好几步。

“凤春，还不快走?!”那壮汉一推刘凤春，刘凤春就势一纵身，乘着齐三等人后退的一瞬间，挤出一条缝，跃上墙头。

壮汉趁机用大刀削了金钟铲杀手的右臂，也一纵身上了墙头。

“王五兄。”刘凤春惊喜地叫道。

“好汉不吃眼前亏，快走！”王五一推刘凤春，两个人飞快朝东跑，一忽儿便消失在胡同尽头。

原来“大刀”王五把康有为护送到严复先生家后，匆匆回到源顺镖局，嘱咐一个镖师火速前往天津寻找梁启超先生，专门负责他的安全，要梁启超处处提防。王五见刘凤春迟迟未归，心内着急，生怕他遇到意外，于是又返回松筠庵，恰巧遇到这场恶战，为刘凤春解了围。

北京，这古老的都城，似乎睡得更熟了。它安详地躺在长城的怀抱里，像银色河床中的一朵睡莲。那带有点腥味的夜风，却仿佛在告示北京的居民：黑暗将会更深……

尹福经宝禅法师检验，发现珠宝是毒珠，怒火心中烧，于是又来到交道口菊儿胡同荣禄府中。

此时已是半夜三更，尹福潜入后花园。月亮高高悬挂在深蓝色的夜空上，向大地散射着银色的光华。身边草丛中虫声繁密如落雨，珍珠式的露珠，从白杨树肥大而嫩绿的叶子上，从爬在老槐树上重重地下垂着的淡紫色的藤萝花穗上，悄悄地降落下来，飘荡着浓郁的花香。繁密的星，如同海水里漾起的小火花，闪闪烁烁的，跳动着细小的光点。楼阁、台榭、亭子、小桥在幽静的睡眠里，披着银白色的薄纱。

尹福又来到西湖阁。他恐怕阁内有埋伏，先往阁内投了一颗问路石，石头“咯噔噔”滚了进去，没有引起反应。

尹福冲了进去，见客厅没有人，又来到西湖妹的卧房。见床上无人，尹福有一种受骗上当后受耻辱的感觉，飞快地跑出来。

夜，仍是深沉。黑暗中的树林，灵化了似的耸立着，投出庞大的阴影；小湖显得安详而寂静，树叶簌簌作响，尹福觉得这是喘息的声音。

他烦躁地穿过垂花门，来到庭院里。他见一楼阁上有“虎丘阁”的字样，于是闯了进去。

一股浓烈的脂粉香气扑来，房内无人。他退了出来，又来到昨晚荣禄四个美妾打牌的金陵轩，轩内仍是无人，死一般的沉寂。

尹福怒从心头起，开始逐屋搜寻。他接连搜索了几个庭院，没有发现一个人。正走间，忽听旁边一间屋内传出“扑通”一声。

尹福连忙抽出判官笔，撞进那间房屋。只觉一股臭味扑鼻而来，借着月光一瞧，原来是个老头一脚踩进茅坑里。

“你是何人？”尹福猛喝一声。

老头一听，更是慌张，“扑通”一声，那只脚也掉了进去。

尹福一把拖了老头，像拎小鸡似的把他提到院里，往地上一掼。

老头又高又瘦，脊背驼得很厉害；一头蓬松的白发，看不出他的实际年龄有多大；一张粗糙而和善的脸，印着一道明显的刀疤。

“你是何人?”尹福又大声喝道。

“我……是贾府上的焦大。”老头颤巍巍回答，两条腿像筛子抖。

尹福见老头神经有点不正常，又问道：“你们府里的几位少奶奶呢?”

老头神秘地龇牙说：“跟我来……”

尹福跟着老头，一前一后往后面走。

穿过后花园来到一个幽静的小庙里，但见烛影摇曳，充溢着佛教色彩。正面摆着一个个牌位，墙壁上挂着一幅幅绣像人物；有仪表堂堂的官人，也有雍容华贵的妇人。

老头指着那些身着绫罗绸缎的妇人像嘻嘻笑道：“你瞧，少奶奶们在这呢!”

尹福一见，又气又恼，狠狠打了老头一记耳光。

老头手捂着脸，嚷道：“我是贾府上的焦大，我骑马征战的时间比荣大人的年岁还大，你……你竟敢打我?!”

原来老头在荣禄府看庙。他早年是荣禄父亲的贴身保镖，曾经南征北战，立下赫赫战功。如今已八十多岁，有些疯疯癫癫，荣禄府上不论太太小姐，还是杂役女佣，都把他当笑料，常常取笑他。老头也就倚疯卖疯，自称为《红楼梦》里贾府上的焦大。老头有个习惯，白天睡觉，晚上出来溜达。方才又出来溜达，看见尹福过来，还以为遇上了鬼，一头扎进茅厕，没想一脚踩空，踏进茅坑。

尹福又问老头：“荣禄那老贼新娶的四房奶奶到哪里去了?”

老头眯缝着一双老眼，半天才回过味来：“少爷就让我看家庙，没让我看着奶奶们呀！就是墙上挂着的这些奶奶，我也看不住呀，谁没有个七情六欲的，墙上挂着的也尽蹦来蹦去的，抓不住哟。”

尹福见他说话越来越不着边，于是撇下他，朝前院搜来。来到门房，听到里面呼噜声如雷贯耳。

尹福走进去，见半截土炕上歪着一个看门老头，上前一把揪醒他，只觉酒气扑鼻。

老头揉揉眼睛，一骨碌爬起来，问道：“强盗来了吗?”

尹福揪着他的耳朵，问道：“府上的少奶奶们到哪里去了?”

老头睁大眼睛，辨认着尹福，疑惑地问：“你是谁?”

尹福道：“我就是强盗头子，快说!”说着，把判官笔的笔尖抵住老头的咽喉。

老头耷拉着脑袋，半天才挤出这么两句话：“几个时辰前，让荣禄大人接往天津去了……”

尹福一听，心凉了半截。原来他第一次进荣禄府时，荣禄就住在府上，这是荣禄搞的掉包记，肯定是马踏燕走漏了风声，要不是宝禅法师慧眼识珠，险些又酿成一场悲剧。

“翠花刘”刘凤春在源顺镖局美美地睡了一觉，醒来时已近晌午，只听隔壁王五正与谭嗣同先生侃侃而谈。

谭嗣同说：“我本是个无心功名利禄的人，看到朝里的那些朽木之人，心里就作呕。只因国家败成这样，不挺身而出，谋救国之道，对得起中华民族的列祖列宗吗?”

王五用拳头在桌上一捶说：“说得好！堂堂的中华古国，有几千年历史，竟被洋鬼子欺负得抬不起头来!”他端起茶杯，一口喝干了，又把茶叶末儿吐了出来。他解开衣扣，露出胸脯，搧着蒲扇，继续说：“火药是咱中国人发明的，可叫人家洋鬼子搞了去，鼓弄鼓弄，造出洋枪洋炮。要没有这些洋枪洋炮，那洋人也不会这么容易就闯到北京，烧了圆明园。论武艺，他们哪里是对手?”

谭嗣同道：“五爷，这不单纯是武器上的原因，归根到底是咱朝廷腐败，长年以来官不像官，民不像民，乌烟瘴气，一塌糊涂。当官的私囊藏金，尽兴挥霍；当民的，竞食鸦片，不嗜耕作；我们要不挑起救国的担子，恐怕就要亡国灭种了!”

“噢，刘先生醒了!”谭嗣同叫道，走进屋里。

刘凤春握着谭嗣同的手说：“你们维新党的事，我闹不清楚。但我心里清楚，你们是为了让国家富强，让百姓幸福。”

谭嗣同微笑着说：“看来我们有相通的灵犀。”

刘凤春随谭嗣同走到外屋，又说：“谭先生，以后有用得着我们八卦掌门的地方，请关照一声，我们的兵器也不是吃素的!”

王五让家人端上酒菜。刘凤春一看，有干煸牛肉、扒羊肉、椒盐炸羊尾，几个人边喝边谈。

谭嗣同喝了酒，脸色通红，越来越亢奋。他问王五和刘凤春：“你们听说过孙文这个人吗?”

“孙文?”王五把刚夹的一块扒羊肉放下，脸上露出惊讶的神色。

刘凤春说：“听说孙文造反，要革掉皇上，可是没有皇上哪儿成? 谁来主管国家大事。”

谭嗣同听了，呵呵一笑。他已有几分醉意，斜乜着眼睛对他们说：“西洋各国有的就没有皇帝，国家大事由老百姓选举的人做主。”

“这哪里能成?”刘凤春瞪着眼睛说，“皇上是真龙天子，没有皇上还成什么体统?”

王五也对谭嗣同说：“谭先生，我看你是醉了。”

谭嗣同若有所思地望着院里的大槐树。树上噪耳的蝉声，此起彼落，不绝于耳。

谭嗣同没有再说话。

他想起离湘之日，在浏阳游道吾山时写的一首诗：

夕阳悬高树，薄暮入青峰。
古寺云依鹤，空潭月照龙。
尘消百尺瀑，心断一声钟。
禅意渺何著，啾啾阶下蛩。

“皇上没有兵权，变法何以成功呢!”刘凤春的话打断了谭嗣同的思绪。

谭嗣同道：“康有为先生已密奏皇上，建议仿照日本设立参谋本部，皇上亲任海陆军大元帅，统率全国军队。”

王五道：“皇上纵有大元帅之名，而无大元帅之实，也是无可奈何。”

谭嗣同点点头：“但皇上只要注意兵事，教育握有兵权的将帅，以维新变法精神感化教育他们，使他们能为皇上效力，这样荣禄身为兵部尚书、北洋大臣，也不能控制整个军队了。”

谭嗣同思考片刻，缓缓地说：“皇上现在注意到一个人，此人精明强悍，以西法训练新军，是个前途不可限量的人物。”

“他是谁?”王五和刘凤春几乎异口同声地问。

“他叫袁世凯，是新建陆军的首领，目前正在天津小站训练新军。北洋三军中，无论是统率淮军的聂士成，还是统率甘军的董福祥都不如袁世凯的潜力大。这个袁世凯是河南项城人，年轻时参加两次乡试，都没有考中，从此对通过科举之路作为进身之阶大为泄气。他的叔父袁保庆、叔祖袁甲三，都不学无术，却因带兵镇压捻军有功，成为清军的将领。于是袁世凯把他的书都烧了，愤愤地说：‘困于书卷笔墨，有什么意思！军功出身定比科举出身更快、更好!’袁世凯曾经跟江湖上的侠士有来往，后来有几个与他往来甚密的侠士成为捻军的余党，以后袁世凯做了清军将领吴长庆的幕僚，又做过驻朝鲜办理外交、总理通商事宜等职务。中日战争爆发之后，陆军连吃败仗。袁世凯听说朝廷要建立新式陆军，便约请几位通晓中外军事的人，以他的名义写了一部训练新军的《兵法》，呈递皇帝和朝廷大员，于是袁世凯又以三品道员的身份，兼任督练新军的将领。光绪二十一年，康有为、梁启超在北京组织了强学会，讲求新学、创办报刊。袁世凯也报名、捐款入了会，成为康、梁二位先生的好友……”

王五道：“这个人倒是一个有军事实力的人。”

刘凤春端起酒杯，说道：“就是不知他的葫芦里卖的究竟是什么药?”

谭嗣同长长地吐出一口气：“变法维新就需要他这样带兵的人啊！……”

他若有所思，又不说话了。

这两天，“鼻子李”李瑞东捎话来，刑部允许为何五等人探监。

尹福这几天身体不适，委托程廷华去刑部监狱探监。

程廷华去刑部监狱之前，拐了一个弯，到朝内义和木厂探望施纪栋。

施纪栋自从那日上颐和园受了锤伤后，一直在家养伤。在妻子陈媛媛的精心护理下，他的伤渐有好转。

程廷华跨进施纪栋的屋门时，陈媛媛正在为施纪栋肩部伤口敷药。

“纪栋，还疼不?”程廷华关切地问。

“有点像蚊子咬。”施纪栋回答。

“那就快好了，伤口凡好时都有些痒痒。”程廷华拽过一把大蒲扇搧起来。

陈媛媛在一旁叹口气：“那天晚上我左等右等，一直盼到天大亮，才见宋长荣背着纪栋回来。一瞧他脸白得像蜡烛，我的心就像跳到了嗓子眼儿。他的肩头全是血，把衣服都染透了，可吓人呢!”

程廷华道：“你做我们这些武艺人的老婆，可不每日都得提心吊胆的。”

陈媛媛狠命地捶了程廷华一下，生气地说：“八卦门里就数你、尹大哥、‘小辫梁’武功最好，你也不护着纪栋一点。”

施纪栋不耐烦地朝陈媛媛说道：“哎，黑灯瞎火的，乒乒乓乓乱打一气，谁能照顾谁?你们这些老娘儿们，就知道婆婆妈妈的，碎嘴子。年轻时，你也不这样!”

陈媛媛眉毛一挑：“怎么，嫌我老了?我年轻时长得一朵花似的，嗓子一亮，京城哪个戏迷不喝彩?!要不是董先生一句话保媒，我能一朵鲜花插在草棵子上?!”陈媛媛说话留有余地，没有说出“一朵鲜花插在牛粪上”。

施纪栋听了，真的生气了，肚子一鼓一鼓的，不说话了。

程廷华连忙朝陈媛媛使眼色，示意她说点软话。

陈媛媛见施纪栋真的动了气，也有点儿懊恼，自己刀子似的嘴，刻在心爱的丈夫身上，顿觉心疼。她俯下身，小声地对施纪栋道：“纪栋，算我没说，别往心里去，我向你赔个不是，以后不说就是了。”说着用手在自己脸上轻轻搧着。

施纪栋急忙用手捏住陈媛媛的手腕，笑着说：“你呀，江山易改，本性难移，你的底儿我最清楚。”

程廷华接着说：“有没有让女人跪搓板的？”

陈媛媛用手拧了一下程廷华的脸蛋，嗲声嗲气地说：“咱八卦门里，最数你花路子多。”

这时，白云榭深一脚浅一脚地走进来道：“廷华，你叫我找得好苦，我有事告诉你。”

程廷华抬起头问：“什么事？像踩在火上。”

白云榭在他身边小声地说着……

第十二回　文庙烛映照强国梦　棋盘街回荡刺客影

梁启超目前正住在天津文庙。

文庙始建于明正统元年，后于景泰、正德年间重修，称卫学；清代雍正年间，天津升为府，另置天津县治，卫学改为府学。文庙自庙门而北为泮池、棂星门、殿门、大成殿、崇圣祠。

梁启超天津之行在于联络维新党人，向世人宣传变法主张。

夏晚，西风从海河上游的平原上，掠过一片片金黄的麦穗，吹了过来。风把白天太阳照晒的热气，都带向大海。有风的晚上，蚊子顾不得叮人。乳白色的轻雾弥漫在空气里，轮廓朦胧的云片，悠闲地浮在苍蓝的天上，缓缓地爬了过去。

此时，梁启超的心情非常沉重。荣禄府每日都在召集紧急会议，商讨对付维新党人的办法。天津城里传言四起，有人说老佛爷要派兵抓康有为，有人说北京长辛店已进驻重兵，也有人说光绪皇帝被人刺杀了……

梁启超来天津已有七日了，这两日夜不能寐，常常披衣起来踱步。如此紧张局势，争分夺秒，万不能走错一步棋。

现在他正在等一个人，这个人事关重大。

一辆神秘的骡车此时正停在文庙门口，车上匆匆走下一个人。这个人身材臃肿，穿着青色长袍，烟色马褂，戴一顶黑纱瓜皮帽，留着八字胡，拄着一根拐杖。他紧张地朝左右望望，一头扎进了文庙。

梁启超见到这个人，脸上喜形于色，叫道："慰帅，一日三秋，深为挂念，到底来了。"

那人正是新建陆军首领袁世凯，刚从小站而来。

二人坐定，寒暄一阵之后，梁启超说："我听说慰帅统率之新军，纪律严明，军容齐整。冯国璋、段祺瑞等猛将身先士卒，带兵有方，精心辅佐慰帅，真是可喜可贺。"

袁世凯呵呵笑道："过奖，过奖，梁先生才是雄才大略，有悲天悯人之心，经天纬地之才，变法维新大计，足以拯救中国开辟富强之路。我日夜督练新军，十分忙碌，无暇与兄弟来往，而聆高论，深以为憾。"

梁启超递给袁世凯一支雪茄，夸奖道："慰帅救国之志，与日俱增，佩服，佩服！"

袁世凯点燃雪茄，美美地吸了一大口，说道："近日，皇上倚重南海先生如手足，据闻新政诏书等，皆出自南海先生之手，确否？"

梁启超点点头："皇上特许康先生专折奏事，屡次催索各国变政考记，御览之后，增强了变法决心，汰冗兵，改武制，咸出于此。"

"英明圣主！"袁世凯肃然起敬，大声称颂光绪皇帝。

"慰帅智勇忠诚，乃是当今中国明帅，定能为皇上重用。"

袁世凯摸摸八字胡，谦逊地说："老兄又过奖了。"

"慰帅雄才，南海先生也甚是夸赞，曾几次将你举荐于皇上。"

袁世凯一听，心里一乐。康有为目前是皇上的红人，他若在皇上面前多美言几句，那自己就会前途无量，想到此有点飘飘然。

梁启超突然问道："慰帅与荣中堂有何之嫌？"

因为此话问得突然，袁世凯一时不知如何回答。支吾了半天，才把雪茄摔掉，问道："这话是什么意思？"

"那为何荣中堂对皇上奏言，慰帅飞扬跋扈不可重用呢？"

袁世凯一双老鼠眼眯缝着，嘴巴嚅动着，咂摸这些话的分量。

梁启超紧紧盯着他，又继续说下去："南海先生向皇上推荐慰帅时，皇上以荣中堂的话转告南海先生，南海先生力言为慰帅辩解。"

袁世凯嘿嘿干笑两声，装作满不在乎的样子说："我一心为皇上卖力，其他事概不在意。对南海先生的好心，我深为感激，请致谢意。"

"据说翁先生在位时，曾力主为慰帅增兵，未能如愿，是为了什么？"

袁世凯知道梁启超此话是探明自己本意，于是装作恍然大悟的样子说："呵，确有其事。荣中堂曾说汉人不能掌握大权，翁先生为此辩解说，曾国藩、左宗棠二位中堂也是汉人，照样握有重兵，但荣中堂还是没有同意。"

梁启超道："以慰帅之才，统率三军，方能施展抱负，所以康先生才向皇上推荐。"

袁世凯不愿再深谈下去，于是站起身来，说道："我一心为皇上效力，为国家谋富强，至死不渝。深愿维新大计，早日促成，盼以此意告之南海先生。时间不早了，兄弟告辞了。"

梁启超见袁世凯不愿再深谈下去，也不勉强，于是起座送他出去。

骡车远去了，“嘚嘚”的马蹄声也消失了，梁启超心中却升起一片怅惘。

梁启超轻轻关好文庙的大门，转身向屋内走去。这时只听“当啷”一声，他回头一看，原来是两支飞镖撞在一起，发出声音。

梁启超抬头一望，见两个黑影已叠在一起，正在厮杀。

两柄刀发出激烈的撞击声。

梁启超看着眼前这一幕狠杀，怔住了。

“梁先生，快退到屋里！”屋内的看庙老头话音未落，已有一具尸身被高高抛起，重重地落在梁启超的脚边。

梁启超凝眸一瞧，是一个夜行人，胸口“咕咕”地冒着鲜血。

又有一个夜行人旋风般卷到梁启超脚下，梁启超心中大骇，结结巴巴地问：“你是何人？”

那人一拱手，说道：“我是北京源顺镖局的镖师胡七，奉‘大刀’王五之托，特地前来保护先生的安全。”

梁启超一听是源顺镖局的人，心里的一块巨石顿时落了地。

胡七到天津后，打听到梁启超在文庙讲学，便来到文庙附近转悠，暗中保护梁启超的安全。晚上，他趴在文庙的殿顶上注意动静，看见梁启超送袁世凯出去后，有个人影一闪；又见那人飞出一支镖欲刺梁先生，于是也飞出一支镖，击落那支飞镖。

胡七把在京听说到的事情向梁启超叙说一遍。梁启超听了，首先想到的是康有为、谭嗣同等人的安全，直到听说康有为躲在严复家中，谭嗣同避于源顺镖局，才松了一口气。

胡七劝道：“文庙不是久住之处，杀手肯定会云集而来，不如转移到其他地方。”

胡七又想了想，说：“此处离‘单刀李’李存义家不远，不如先到他家躲一躲。”

梁启超听说过李存义这个名字，知他是天津武术界名人，轻财好义，武艺高强，于是同意了。

二人向李存义家走去。正走至一个小巷路口，胡七猛见有绰绰人影。原来这是棋盘街，有七条胡同交叉其中，曲曲折折。胡七一年前到过李存义家，可是现在已天黑，他一时竟迷了路。

这时，有一辆堆着茅草的小车飞驰而来，车头露出两柄明晃晃的尖刀。胡七不容多想，轻轻托起梁先生，纵起五尺多高。然后回手一刀，结果了那车夫的性命。

梁启超被胡七用手掌托到半空之中，只觉轻飘飘的，如附五里雾中，然后一个踉跄，又落到地面。

“快跑!”胡七听见后面人声嘈杂，迅疾拉起梁先生钻进一条胡同。

跑了有一里地，胡七猛然抬头，见是个死胡同，心中暗暗叫苦，于是又返身往回跑。

这时，只见两边墙上各飞下四条汉子，手持宝刀，朝二人砍来。

胡七知是凶猛的杀手，把梁启超往后一推，挥刀上前，与他们死战。

战了有十几个回合，杀手中有两人被砍死，另外两人见势不妙，抱头鼠窜。

胡七护住梁启超又拐入另一条胡同，见前面有个老者，踽踽而行。

胡七没有理会，拉着梁启超猛跑，跑到老者身边，老者将拐杖一横，胡七的刀被磕飞。老者一猫腰，双肩处喷出双股火，朝胡七扑来，灼伤了胡七的脸。

胡七知这老者功夫不善，双肩安有火筒枪，不敢轻敌，挥动双拳来战老者。

这时从两边房上各跳下一个恶汉，持刀朝梁启超砍来。

胡七见势不妙，双手一扬，各飞出一支飞镖，两个恶汉应声倒地。

老者趁机将拐杖一挺，击在胡七右手臂上；胡七只觉一阵疼痛，连连后退。

老者拐杖又一横，将胡七逼到墙角。

胡七危在旦夕，他自知性命难保，于是将双目一闭……

这时，“轰隆”一声，胡七倚靠的墙被推倒，一位五十多岁的壮汉直挺挺地立在那里。他肤色黧黑，高大粗壮，那结实的模样就像是用生铁铸成的一般，宽大的肩膀披着一件带补丁的破蓝布衣裳，土布对襟敞着扣子，露出毛茸茸红铜似的胸膛，饱受风霜的瘦四方脸满是青青的胡楂子，铁钳似的大手紧握着一柄亮闪闪的宝刀。

这宝刀锃亮耀眼。

他就是‘单刀李’李存义。

李存义原名有毅，原字肃堂，后改名存义，字忠远，直隶深县人。他秉性温厚，轻财好义，性喜武术，幼年练习长短拳，三十八岁时拜形意拳大师刘奇兰学习形意拳术。习之数年，深得形意拳精髓。以后李存义听说北京董海川精于八卦掌，便进京探访。李存义与程廷华是同乡人，来北京后便住在程记眼镜铺，并请程廷华转告董海川，要求拜董海川为师。董海川听说后，不愿收李存义为徒，原因是李存义已精于形意拳。经过程廷华、刘凤春、梁振圃等人恳请，董海川才应允教授李存义八卦掌术。甲午年，李存义曾在刘坤一帐下教士兵练武，屡建功绩，不久行将升职，但他却辞退，到保定开万能镖局，与“大刀”王五、胡七、程廷华等武术家过往甚密。

李存义长年以保镖为业，护卫商队运行，遭到强盗袭击，他手持单刀一一击退，所以人称“单刀李”。不久，强盗们只要知道李存义在跟从商队护卫，就不再袭击。

胡七背靠的墙正是李存义家的后墙，他正在家中看书，猛听得后院有动静，于是持刀出来，正见老者持拐杖将胡七逼到墙前，于是推倒后墙，救了胡七。

胡七一见李存义神仙般出现，喜出望外，叫道：“李存义先生！”

梁启超在一旁猛听到胡七的叫喊，也惊喜地望着李存义。老者挥动拐杖朝梁启超迈了几步，将拐杖朝梁启超咽喉处戳来。

说时迟，那时快，李存义一招“燕子钻林”，旋风般卷到老者前头，一推梁启超，将刀一磕，那拐杖就飞了出去。

老者见势不妙，唿哨一声，转眼即逝。李存义把梁启超、胡七迎到前院院内。胡七把后党加害梁启超一事说了，李存义想了想说：“后党派来的杀手一定不肯甘心，还会云集而来，我去找一辆骡车，马上送梁先生回京。”说着走了出去，不一会儿，就听到屋外有骡马之声，李存义大踏步走了进来，说：“事不宜迟，梁先生请上车，我亲自护送。”

梁启超感激地随着李存义来到院门口，只见一辆骡车停在那里。李存义让梁启超、胡七坐在车内，自己驾车，飞驰而行。

车内，梁启超叹道：“李存义先生真是仗义勇为的热血汉子，我真不知如何感激才好？”

胡七赞道：“八卦掌门的人个个都侠义心肠，八卦掌宗师董海川老先生为人师表，他一生光明磊落，疾恶如仇，技艺、人品堪为上乘，是武术界的榜样，他教育出来的弟子自然是承继为师的遗风，不仅路见不平，拔刀相助，而且为正义赴汤蹈火，在所不辞。”

梁启超望着窗外朦胧的夜色和疾快而过的槐榆，感叹地说：“可惜，我无缘见到这位老英雄了，太遗憾了。”

梁启超微闭双目，怅然地吟道：

壮气盖燕赵，耿耿伟杰人。
击掌八卦步，持钺几百斤。
开封列绩胜，王府有遗尘。
何日武坛坐？弹指论古今。

胡七知梁启超博古通今，博学多才，尤其精于古典格律，为了打发征途的寂寥和怅闷，于是对梁启超说：“先生，我知道您才思敏捷，我想做一个诗游戏，我说出一个古人的名字，您吟出一首诗，如何?”

梁启超呵呵笑道：“你是在考进士还是考状元？好吧。”

胡七脱口而出：“许由。”

梁启超缓缓吟道：

几片竹青几片悠，纳凉深处小风流。
芙蓉万朵拂闲意，白鹭几双去怅愁。
神策山藏宁为土，妙机叶落任荒流。
清寒最是赏心事，高卧先生百不忧。

胡七吐了吐舌头，又说：“周公。”

梁启超吟道：

规章制礼盛名传，扶幼不挟功自然。
平乱只须出奇策，治国凭借广招贤。
美姬不愿常偷眼，权贵岂能握重权。
吐哺成真天下赞，归心一统九州安。

胡七又说：“伯夷。”

梁启超吟道：

首阳山上古风柔，脱却乌纱真自由。
落泊文人不落泊，闲愁王子非闲愁。
嗟食坚拒入禁室，名利不闻守高丘。
铮铮傲骨宁饿断，上天入地亦悠悠。

胡七赞道：“真是满腹文章。”又说道：“管仲。”

梁启超闭目养神，轻轻吟道：

不拘小耻心明白，满腹机谋藏入怀。
霸主应推君出策，盟侯欢喜主登台。
知人知己知天下，先见先知先未来。
更有重农兴水利，齐桓霸业一人开。

胡七说："乐毅。"
梁启超吟道：

猛闻高筑招贤台，千里迢迢举步姗。
机智何须折五斗，轩昂哪里为三钱。
五国联手盖江野，几载威仪壮衣冠。
谁言将门无将子，昭王归去泪涟涟。

胡七说："西施。"
梁启超打了一个呵欠，轻蔑地说道："亡国之种！"随即吟道：

目如湖水泛秋香，历代佳人推女皇。
消夏至今留神韵，姑苏依旧有遗香。
两汪清水胜褒女，一口樱桃愧王嫱。
湖海飘零随云去，凋零帝业谁彷徨？

胡七说："庄周。"
梁启超道："道家领袖。"随即又吟道：

虚无世界太逍遥，其乐无穷道法高。
献计三分却恼气，清洁七窍避毫毛。
瓦盆送妾长安睡，蝴蝶春思梦自遥。
草舍茅屋人生淡，协肩不走性致高。

胡七说："秦始皇。"
梁启超道："千秋大帝。"随即吟道：

烟雨骊山君子仇，咸阳四百六十丘。
阿房波涌千层雪，蓬岛碑横一炬流。
孽海花沉云虎气，金瓶梅锁祖龙羞。
徐福不见归东土，遍地唯闻是汉侯。

胡七说："项羽。"
梁启超道："力拔山兮气盖世的英雄！"他轻轻地叹了一口气，吟道：

力擎金鼎雄赳赳，欲霸中原何惧头。
钜鹿沉舟真壮士，阿房举火霸王侯。
无谋且自无谋恼，有勇枉担有勇愁。
四面楚歌何时起，虞姬空有双泪流。

胡七说："韩信。"

梁启超吟道：

小不忍则乱大谋，书生胯下任奇羞。
萧何月下追强将，项羽帐中失智谋。
百战出师捷报累，千军严整壮心犹。
可怜遭戮长安市，满纸功勋一夜休。

这时骡车颠了一下，梁启超和胡七陡地一惊，李存义在前面叫道："没事，有一个土坎子。"

胡七放下宝刀，又说："赵飞燕。"

梁启超又吟道：

轻盈如燕入云烟，几许幽香几许妍。
脉脉花容惊海客，婆娑月貌醉明贤。
深宫灯火常消烛，云海观花攀玉船。
一任流芳成泥土，江山破碎有谁怜？

胡七说："诸葛亮。"

梁启超微微咳嗽一声，吟道：

一生遗憾在隆中，三顾茅庐始有名。
新野火烧凭虎气，华容妙算惊飞龙。
七出祁山出师表，几度中原北渡声。
羽扇纶巾谁堪比？至今仍有借东风。

胡七说："好诗。"

梁启超咂巴咂吧嘴，说道："口中好渴。"

胡七说："李存义先生，梁先生渴了。"

李存义一边扬鞭策骡，一边大声说道："前面有个村子，有村子就有井，到时候咱们再停车。"

骡车加快速度朝前疾驶。

胡七说："再说一些吧，这样就不困倦了，说着说着就到了。"

梁启超笑道："我舍困陪君子。"

胡七说："隋炀帝。"

梁启超说："这可是个暴君。"随即吟道：

楼船灯火下扬州，桂影莲光两岸收。
臣子数百迎龙辇，裸童一万露娇羞。
欺民欺父先欺母，称帝称王称贡侯。
春梦鸡鸣仍未起，义兵遍起在神州。

胡七说："我说一个明主，唐太宗。"

梁启超吟道：

关中操剑夺王侯，贤气回旋荡九州。
有智仇人座上客，无才祸水阶下囚。
太平盛世今莫立，国泰民安有风流。
一曲高歌唱不尽，唐代遗风古今讴。

胡七说："李白。"

梁启超吟道：

飘若浮云总是吟，浪漫诗仙诗语真。
遨游吴楚三分地，拜访长安一缕魂。
夜闯江浙惊天姥，朝登搏浪壮夷门。
安能折腰事权贵，宦海风云总是深。

胡七说："陆游。"

梁启超吟道：

放翁满腹爱国篇，剑北剑南读不完。
瓜雪夜渡常有泪，山西夕过赏花烟。

单戎抱岁操戈晚，金错卧床抱剑眠。
壮志未酬日夜梦，王师只盼有风传。

胡七道："女词人李清照。"

梁启超吟道：

诗书万卷横家阁，怒指金兵图报国。
征雁归来胭脂瘦，胡狼入侵落花多。
举杯更比黄花浅，顾首怆然老泪罗。
白发南冠终不改，愿悬肝胆祭山河。

这时，只听李存义喊道："一口古井。"骡车徐徐停下。

胡七掀开车帘，但见前面有个村落，几十户人家，旁边有口古井。

梁启超随胡七也下了骡车。

李存义来到井台上，往井下一看，深不可测。

胡七也来到井口看了一番，说道："用什么东西盛水呢?"

李存义道："我到村里借个瓢来。"说着朝村里走去。

李存义来到一个农户前，轻轻叩门，可是半天也无人开门。

他又来到一个农户，敲门后仍无动静。他有些纳闷儿，心想：现在天色已明，乡下人早该起床，可是为何没有动静呢？他又来到第三个农户前敲门，仍无声响，于是翻过院墙，只见猪圈鸡窝内并无一物，藤架上丝瓜全无。他来到门前，轻轻敲门，没想门并未上闩，一推即开。

李存义走了进去，残席土炕，碎碗破锅，没有一人。

李存义拣了一个瓢，朝井台走去。

远远地见那辆骡车仍旧停在原地，胡七和梁启超却不知哪里去了。

李存义前后左右环顾，也不见他们二人的影子。他有些慌张，来到骡车前，刚要掀车帘，猛见车帘一动。他见势不妙，疾快闪身。一柄明晃晃的尖刀横插过来，险些刺中他的左肘。

李存义大怒，扬手连发两镖，只听一声惨叫。

他掀开车帘，见有个尖嘴猴腮的家伙倒在里面，胸脯上插着两支飞镖，呼呼冒血。

李存义拽出那个家伙，见他声息全无，便把他扔在一旁。

他想：胡七和梁启超先生一定是出了事，于是飞跑起来，寻找他们的踪迹。跑着跑着，李存义发现地上有一只鞋，那是梁先生的鞋。他心头一紧，又往前跑去；前面是一片桦树林，旁边有条小河。

他钻进树林，又走了一会儿，听到有厮杀之声；走近一看，有三个人正围住胡七。胡七额上淌血，正挥刀力战。

那三人中为首的正是昨晚那个白发老者，手持拐杖，上下挥舞，逼得胡七只有招架之功，并无还手之力。

李存义大喝一声："歹徒休得逞凶！"挥动单刀迎了上去。

老者身边的两个恶汉，见李存义过来，急忙挥动大环刀迎战李存义，想掩护老者结果胡七的性命。

李存义又怒喝一声，施展形意八卦之功，挥刀势如破竹，一会儿削掉一个恶汉的耳朵，一会儿又削掉另一个恶汉的鼻子。

两个恶汉自知难敌李存义，撇下老者落荒而逃。

李存义也不追赶，持刀又来战老者。老者本来占了上风，见到李存义助战，有些恼火，双肩一抖。李存义知是火筒枪袭来，急忙猫腰，两团火卷来，只烧着树枝。

李存义用刀直抵老者咽喉。胡七见李存义助战，精神抖擞，也挥刀在老者身后乱砍。

老者腹背受敌，狼狈不堪，挥动拐杖连连出击，只见那拐杖一挥，杖头伸出明晃晃的尖刀，锐利无比。

李存义大叫："胡七小心！"

胡七急忙转身，左臂上被老者的杖刀划了一下。

李存义施展八卦刀，舞得如同灯笼一般，步步紧逼老者。老者摸不清对方的门路，又有胡七在一旁助战，有些慌乱。

李存义趁机猛攻，一刀砍中老者的左臂，由于用力过猛，竟把老者的左臂砍断。

老者惨叫一声，急忙跳出圈外，从怀里摸出创伤膏贴住左臂伤处，飞逃而去。

胡七持刀去追，被李存义拦住。李存义说："不要追了，梁先生不知下落，性命恐怕难保，咱们还是赶快去找梁先生。"

原来方才李存义去村里寻水，胡七与梁启超在井边等候，忽听呶哨一声，附近林中跃出几个壮汉，为首的正是那老者。

胡七力战老者，另外两个壮汉截住梁启超，其中一个壮汉点了梁启超的穴位，背起他往林中跑去。

胡七见梁启超被贼人抢劫，撇下老者去追贼人。

追了一程，胡七被老者和两个壮汉缠住，不得脱身，梁启超却不知去向。

李存义听了胡七的叙述后，说道："咱们快去追贼人，恐怕不会跑得太远。"

二人往前追了一程，穿过树林，见前面出现高山，有一山谷，一条涧溪缓缓而泻，山腰上有座古庙，掩映在翠荫之中。

李存义左右环顾，并无其他道路可走，于是道："走，咱们到那座古庙瞧瞧。"

二人沿着山谷往里走，越走地势越高，有条蜿蜒小径通半山腰古庙。二人沿着荆棘丛生、怪石突兀的小径向上疾走。

胡七对李存义道："我想起来了，你猜那老者是谁?"

李存义问："是谁?"

"他就是清宫大内高手崔三保。"

第十三回　救残花单刀李施义　探难友眼镜程落泪

这是一个两山对峙的长谷，中间一条清水石涧，流泉碰在石上，淙淙作响。涧两岸高大的松柏树，挡住了当顶的阳光，使山谷阴森森的，水都映成了淡绿色。

李存义和胡七在小径间疾走。红彤彤的岩石上爬满苍翠的常春藤，黄色的悬崖布满流水冲蚀的痕迹。两只单调地叫着的灰鸟扑入一个丛林里，一株树上，有一只乌鸦凄凉地叫着。

李存义和胡七来到古庙前，见门虚掩，不便从门内进去，便绕到后面，翻墙进去。

他们顺着一株古槐下来后，看到有个正殿，配着宽敞的两庑，甬道两边有若干株古柏树。

二人来到殿内，只见正中的佛像已经搬移开了，中梁上悬着一盏油灯。下面有张长条木桌，桌上杯盘狼藉。

二人转过正殿，几步石阶下去，通过一道不长的引廊，便是一座后殿。殿的两隅，是飞檐流丹的钟鼓楼。

二人听到殿内传出声音，于是连忙闪到一边。

李存义攀上殿顶往下面瞧，只见梁启超先生被绑在一根殿柱上，他的衣服被撕烂，露出胸脯。一个恶汉正手持尖刀，恶狠狠地对他说："我就要送你上西天了，你还有什么话要说吗？"

梁启超冷冷地问："我想知道，是谁派你们来的？"

"当然是荣大人了。"那恶汉狠狠地说。

还有一个恶汉坐在木凳上，用刀磕着凳面。

梁启超说道："我出师未捷身先死，是千古的遗憾，我衷心地祝愿维新变法成功！"

恶汉爆发出哄然大笑："你这个书呆子，人死如灯灭，你瞎咒什么，我先挖出你的心肝，然后割下你的头去领赏钱，要知道这是五千两白花花的银子啊!"恶汉笑着，猛觉背后一阵钻心般的疼痛，紧接着踉跄倒地，一伸腿，死了。

李存义、胡七都感到奇怪，互相看看，都以为是对方发的暗器。再探头一看，坐在木凳上的那个恶汉也斜躺在地上死了，胸中上插着一支带红穗的飞镖。

是谁发的镖呢?

这时从佛像后转出一个胖大和尚。这和尚长得有些像大肚子弥勒佛，笑眉笑眼的，两只眼睛眯成一条缝，塌鼻子向上耸着，宽大的衣襟露出西瓜似的肚子。他一瘸一拐地来到恶汉的尸首面前，一人踢了一脚，啐了口唾沫。

梁启超以为救星下凡，感动得淌下热泪，喜形于色地说："谢佛爷发慈悲，救我一条性命，我感恩不尽，世代不忘。"

胖大和尚哈哈大笑，拿起掉在地上的牛耳尖刀，在手掌上掂了几掂，仿佛是自言自语地说："我可舍不得这五千两白花花的银子啊！我肥大头还算有福气，躲在这荒山沟里寻花问柳，没想到还有五千两银子送上门来。"

胖大和尚说着凑到梁启超脸前，用手在梁启超脸上捏了一把，笑道："书呆子，你真有福气，撞在我的刀刃上!"说着挥刀向梁启超刺去。

李存义看得真切，急忙将单刀一掷。门外的胡七也已发镖，刀插入和尚后心，飞镖正钉在和尚的脑门上。

胖大和尚一声未吭，倒在地上死了。

李存义、胡七冲进殿内，为梁启超解了绑。此时梁启超已昏厥过去。

李存义将梁启超背到佛桌上，胡七到外面找了一碗泉水，给梁启超喝下。

一会儿，梁启超缓缓醒来，见到胡七、李存义，热泪簌簌而落。

他挣扎着坐起来，用一双泪眼打量着四周。

李存义说："咱们在这里歇一会儿，我去弄点吃的，然后赶路。"说着来到前殿，他在桌上找了一些能吃的东西，装在一个口袋里，然后走出前殿。走到钟楼时，忽听有女人的哭声，他停下脚步，仔细谛听着。

那哭声凄切动人。

李存义急忙走进钟楼，哭声是从钟座下发出的。

李存义摸索着钟座，摸到一个木疙瘩。钟座下侧现出一个三尺小门，有一个地下室，下面密匝匝地挤着七八个赤身裸体的女人，都在二十上下年纪，个个花朵般面孔，春痕满面。

她们一见李存义，争先羞得后退，但都现出求救的目光。

李存义和蔼地对她们说："我去给你们找衣服。"

一个苗条身段的少女说："我们的衣服全叫那个魔鬼烧了。"

另一个雍容华贵的少妇说："他是怕我们跑掉。"

怎么办呢？李存义想了想，脱下自己的衣服扔了进去。可是还不够，他回到后殿，将一口袋食物扔给胡七。胡七见他光袒上身，奇怪地问："你的衣服呢？"

李存义回答："我在钟楼发现了几个光着身子的妇人，大概是被这胖大恶魔抢来的，她们没有衣服，可怎么出去？"

胡七立刻脱下自己的裤子和衣服，只穿着一条内裤。他把衣裤扔给李存义。

梁启超见状，也要脱自己的长衫，被胡七拦住："先生，你身子虚，山里阴，脱不得。"

李存义看着地上的三具尸首，说道："有了。"于是俯下身，把胖大和尚及两个恶汉身上的衣裤扒了下来，然后来到钟楼内。他把这堆衣裤扔了下去。不一会儿，那些妇人穿着狼藉的衣裤走了上来。

她们一起跪下来给李存义叩头。李存义一问才知道，这胖大和尚是盘山上的一个大盗，半年前来到此庙，杀了住持，赶散了众僧，自己占了古庙，专干偷香窃玉的事情。这方圆几百里村子里的青年女子开始遭殃，于是村民们携老挟幼，纷纷外逃。几天之内邻近数十个村庄人走屋空，鸡不鸣，狗不吠，荡然无人。难怪李存义到村里寻水瓢，没有见到一人。

这时，胡七带着梁启超也走了出来，一行人走下山来。

路上李存义与那些妇人聊天，才知道有的已被劫留三个月，也有昨日才被劫上山的。她们之中有的是清寒村姑，也有的是富家闺秀，个个受尽恶魔的欺凌，苦不堪言。

走出树林，梁启超、李存义、胡七三人与众妇人告别，然后来到古井前，上了骡车，向北驶去。

北京刑部大狱里，气味污浊。程廷华走进阴森森的甬道，不禁捏紧了鼻子。

何五、何六、焦毓隆、刘德宽分别被押在六号至九号死牢里。

程廷华怀着忐忑不安的心情来到六号牢前，只见何五遍体鳞伤，斜躺在破草席上，长吁短叹。

"五哥，我来看你来了。"程廷华惊喜地叫着。

何五一见程廷华，眼睛里闪烁出光辉，立刻颤巍巍来到铁栅栏前。

"大伙儿好吗？"他发出微弱的声音。

程廷华点了点头。

何五有些神志不清地说："我这前半辈子在四爷府里吃香的喝辣的，享尽了艳福，后半辈子该受点罪孽喽！也怪咱们不争气，当年就在董先师左右，武艺没学多少，废话倒背了一篓子……"

程廷华斜眼看着狱卒走远了，才舒了一口气。

“宝贝追回来了?”何五问。

程廷华摇了摇头。

“都是为了珍妃那个婆娘，让我们跟着活受罪!”

程廷华不愿听他再啰唆下去，于是又来到七号何六牢房前。

何六正躲在角落里解手。程廷华不堪忍受扑鼻的臭气，又来到八号焦毓隆的牢房前。焦毓隆枪伤较重，伤口化脓，正处于昏迷之中。

“焦弟，焦弟。”程廷华唤道。

焦毓隆费力地睁开双目，见到程廷华，脸上浮现出一丝苦笑。

“焦弟，你伤势好重。”程廷华又说道。

焦毓隆向程廷华伸出一只手，程廷华也将一只手伸进铁栅栏，紧紧握住焦毓隆的那只手。

那只手烫得发抖。

程廷华热泪夺眶而出……

程廷华又来到九号“大枪刘”刘德宽的牢房前，刘德宽正在墙上划着什么。程廷华仔细一瞧，墙上歪歪斜斜写着“除暴安良”四个大字。

程廷华知道不少有关刘德宽的武术轶事。他一生以练拳、教拳为业，加上他精于枪法，故此人称他为“大枪刘”。他听说董海川精于八卦掌术，便去拜访董海川。董海川对他说：“你练练吧。”刘德宽便持枪而练，练了一回，笑道：“叫老师见笑。”董海川坐炕上道：“你枪法不错，可惜扎不着人。”刘德宽不服气地说：“正格的老师，练了这么多年，连人都扎不着吗?”董海川说：“你不服气，咱们试试看。”说着下地站着，说道：“你拿枪，我空着手，你来扎吧。”刘德宽便持枪向董海川胸前扎来，董海川以食指和中指捏住枪尖，用肚子一腆道：“你倒下吧。”刘德宽便倒在地上。刘德宽见状，非常服气，便拜董海川为师。

刘德宽的枪法中掺用了戟点，他在云游时到了湖南长沙，看到两个小孩子用青秫秆当枪，二人对扎。刘德宽把马拴住，过去说：“你俩扎得不错，咱们扎扎行吗?”一个孩子说：“行。”他和孩子们交手，只挨扎，可是却扎不着对方。刘德宽问孩子：“你们住在哪里?”孩子道：“父亲在镇上开店。”刘德宽便去那个店住宿。他问店主：“你的孩子练的是什么枪法?”店主答道：“这是戟，不是枪。”刘德宽说：“您能教我吗?”店主说：“可以。”于是刘德宽学会了八趟戟法。

刘德宽在给北京一个公馆护院时，一天晚上正在屋内喝茶，桌上放着一柄单刀。他坐在椅上打盹儿，忽听得竹帘响，于是睁开眼睛一瞧，桌上的刀没有了。

再一瞧，桌底下蹲着一个人，拿着他的刀摆弄着。刘德宽说：“朋友，请出来吧！”那个人出来说：“你的刀不错。”刘德宽说：“我栽筋斗了。”那人说：“没关系，请你使几下，让我瞧瞧。”刘德宽拿过刀，便向那个人猛劈几刀，不管如何使招，都不能挨到他的身上。刘德宽说：“请教教我。”那人答应：“什么时候来？”刘德宽道：“明天早晨来这里找我。”那人喝了会儿茶，腾空上房而去。

第二天一早，那人衣服齐整，笑容满脸出现在刘德宽门前。刘德宽把那人迎接进去，然后让家人摆下盛宴，热情款待。那人教了刘德宽一套刀法，没留姓名便走了。

尹福有个弟子叫刘栋臣，善于在墨盒上刻花、刻字，人称“墨盒刘”。一次，刘德宽到刘栋臣家里，刘栋臣问：“师叔，没吃饭吧?”刘德宽回答：“没有。”刘栋臣又问：“想吃点什么?”“四两白干，四两盒子菜，半斤烙饼。”刘德宽回答。刘栋臣买来后，刘德宽狼吞虎咽地吃起来，吃完了一抹嘴，说道：“咱俩比比刀，你拿真的，我拿假的，咱们叔侄俩比试比试。”二人便在院里比起刀来。刘栋臣的刀上下翻飞，可就是不能挨近刘德宽，若一进刀，便给刘德宽的刀砸腕子一下，怎么也进不去。刘栋臣沮丧地说：“比刀不成，咱们比枪吧。”刘德宽应了一声，抄起一杆枪。刘栋臣持枪一抖，朝刘德宽猛扎。刘德宽的枪左右一晃，刘栋臣的枪便滑出去了。刘栋臣往刘德宽脸上晃了一晃，随即往他脚下一攒。刘德宽不慌不忙地将枪往地上一杵，哈哈大笑道：“小伙子，你还有这么一下子呀！”刘栋臣道：“这些年我白练啦，一招也使不上。”

刘德宽笑道：“不要着急，慢慢来嘛。走，咱们喝茶去！”

诚然，程廷华知道有关“大枪刘”刘德宽的武林轶事还很多，在他的印象中，刘德宽是一条顶天立地的汉子，是一个从不知道发愁的人。眼前的刘德宽虽然挂彩，危在旦夕，但是在程廷华面前仍然硬挺着腰板，表现出无所畏惧的态度。

“程兄，大伙儿好吗?”刘德宽问。

程廷华点点头，说道：“都好，大伙儿都惦记着你们的安全。”

刘德宽眼里溢出感激的泪花，小声说道：“我有一个要求，请你告诉尹大哥，我们是快要入地的人了，不要再在我们身上花费银两了，大伙儿都不容易，如果有朝一日被朝廷判以死刑，也请大伙儿保重，千万不要再闹出劫法场的事端，免得又得断送弟兄们的性命……”

程廷华劝慰道：“你要好好养伤，不要胡思乱想，家里的事全包在弟兄们身上，不要挂念。”

程廷华临走时，又往狱卒的怀里塞了不少银子。

由于何五、何六、刘德宽、焦毓隆犯的是夜闯颐和园，有谋杀慈禧太后之嫌的罪，在李莲英等人的压力下，光绪皇帝无可奈何地颁布圣旨，令刑部将这四名犯人问斩。尹福、李瑞东等连日奔波辗转努力宣告失败。

劫刑车救八卦掌四弟兄已成为这一武术门派弟兄们的共同心声。

饱经风霜、老谋深算的尹福做出了这一抉择，否则对不起八卦掌的祖师董海川老先生，也对不起这四位弟兄的眷属。

这天晚上，一个极为秘密的会议在法源寺举行。围绕在明烛之旁的人，除了八卦掌门的尹福、程廷华、施纪栋、刘凤春等二十六位好汉外，还有金禅法师和银狐。

尹福为探寻翡翠如意珠的天津之行也被迫推迟。

“单刀”魏吉祥说：“已探明死刑将在后天正午在菜市口举行，刑车将经过和平门、琉璃厂等地。”

宋长荣建议：“在琉璃厂劫持最为适宜，琉璃厂是文化街，行人稠密，胡同纵横，便于攻击和后退。”

许多人都赞同宋长荣的意见，认为这一建议合理可行。

尹福沉吟一番，也觉得琉璃厂十字路口伏击切实可行。他说：“那天上午弟兄们可扮成各种身份的人混杂在行人中间，尽量带短兵器；为防止被熟人认出来，行动时戴一个面罩。我带十来人从西琉璃厂街发动攻击，延华带十几个人从东琉璃厂街攻击，‘翠花刘’带领丐帮弟兄从南面阻击，马贵带八卦掌门的第二代弟子从北面堵住行刑队的后路。人一救出，马上撤离现场。施纪栋带人负责救护劫出的弟兄，作为后应。魏吉祥负责找一些马车，停在天桥一带，负责接应撤退的弟兄，然后一起在南苑集结。如果有伤重的，可暂时避到法源寺。”

金禅法师问：“行刑队有多少人?”

“小辫梁”梁振圃道：“有几百号人，一般都是刑部的人。”

尹福道：“振圃躲在琉璃厂十字路口东南邻街的海王屯屋顶，负责发号炮；我一扬手你就发炮，弟兄们听到号炮，一齐动手。”

梁振圃想了想：“我还有一个主意，咱们搞一个新娘出嫁仪式，找几十号人，吹吹打打，弄得热热闹闹，更容易迷惑和阻击行刑队。”

程廷华问：“那谁当新娘、新郎呢?”

刘凤春笑道：“新郎官自然是你，你漂漂亮亮，白白净净的。这新娘子嘛！要是白云榭在北京就好了。反正我当不了新郎官，我长得丑，姑娘一见就皱眉头。”

几个人的目光落在施纪栋的身上。施纪栋已感到目光逼人，心里一阵紧张，连忙说：“我那婆娘模样倒是俊俏，但是已然老矣。人人都爱鲜花一朵，谁还爱谢了的花，她扮新娘子不适宜。”

“唉，什么适宜不适宜的，大红布往头上一盖，谁还能看出个好歹？”梁振圃叫道。

施纪栋脸一红，急得支支吾吾地说：“她现在身子胖得像面桶，哪里还有新媳妇样？”其实施纪栋想的是妻子陈媛媛不会武艺，装扮成新娘子冒险上阵有生命危险。

银狐在一旁开了腔：“新娘子还是让我来扮吧！我挺合适。”

银狐生得羞花闭月，武艺也属上乘，当然是再适合不过的人选。

尹福看着银狐，有些放心不下，他脸一红，关切地说道：“你的伤不是还没好吗？”

银狐爽快地说：“差不多了，如今八卦掌门有难，我还能坐视不管吗？这个新娘子我是当定了。”

众人听了，一片喝彩。刘凤春嘻嘻笑着对银狐说：“古代有昭君出塞、蔡文姬嫁胡，当今有胡女来京做汉人的媳妇，哈哈，世道真奇妙！”

银狐嫣然一笑：“什么胡呀汉呀的，天底下的男人、女人还不都是一样的。”

众人散后，尹福来到银狐的房间。这几日，尹福一直住在法源寺，银狐跟尹福学习八卦掌，长进不小。银狐正在整理房间，见尹福进来，笑道：“怎么？不许我找程廷华这个新郎官呀！”

尹福淡淡一笑，没有说话，目光落在银狐的梳妆台上。一个银色花瓶上插着几支海棠花，那海棠花是尹福送给银狐的。

尹福怔怔地坐在银狐的床边。

银狐利索地收拾完毕，对尹福说道：“天气这么热，在这傻呆呆地坐着，有什么意思？走，到寺庙里走走，透透新鲜空气。”

尹福随着银狐走了出去。

法源寺正罩在月亮清冷的光晕中。白天下过雨，地上湿漉漉的，树上挂着晶莹清澈的雨珠，高大的梧桐树投入一片片神秘的影子，海棠树像有情有义的情人一样，双双地挺立着，散出诱人的香味。

尹福随着银狐踏着光滑的石板路走着。他心事重重，步履显得沉重。

狠狐显得轻盈、潇洒，她拼命地吸吮着这潮湿的空气，仿佛充满了自信。

银狐停下脚步，遥望着明亮的星星。

“尹先生，你每日操劳，来去匆匆，不觉得人生短促吗？”

尹福喃喃地说：“想我八卦掌祖师董海川先生，毕生创立八卦掌术，为中华武术谱写绚丽篇章。他为人光明磊落，辛勤耕耘一生。在太平天国事业垂危之际，毅然接受洪秀全派遣，割阉入京，虽未能享受天伦之乐，了却与吕飞燕的一段姻缘，但是却尽了替天行道的义务，为天下人称颂。他老人家创立的八卦掌学，与太极拳、形意拳形成三国鼎立之势，促成中华三大内家拳，在中华武术史上彪炳千秋。你说，他不觉得人生的短促吗？老人家去世时，端坐在太师椅上，微笑合目，虽死犹荣。他也可能觉得人生短促，来去匆匆，风尘仆仆，但是他尽了一个人的责任。因此，身在寒泉，无忧无虑，无愧无疚，安然隐去，在武林群星中光辉灿烂。我尹福要以先师为榜样，承继祖师遗风，除暴安良，惩恶济善，尽心尽力，死而后已。当今光绪皇帝在风云莫测、大变遽生的关头，终于慧识了康有为、梁启超、谭嗣同等一班新党，维新图治，变法自强。仅在数十日之中，颁下数十道明诏：停科举，建学堂，汰弊政，修铁路，设矿务……新政新法，不胜枚举。但慈禧太后，执意保守，故步自封，把新政视同洪水猛兽，指责纷纭，欲将维新变法运动扼杀于摇篮之中。慈禧太后又在谋划陷害康有为、梁启超、谭嗣同等一班新政要人。玄黄风云之时，我八卦掌门岂能袖手旁观，坐视不理?!”

银狐听了尹福这番慷慨激昂、淋漓尽致的讲话，内心深处似涌起千层波涛，敬重之情和恋爱之心交融在一起，产生一种冲动。她极力按捺住内心的奔涌之情，忍住溢发的泪珠，说：“尹先生，您的爱国热忱和弘扬武术的耿耿丹心，我领教了。可是我总感到这黑暗太重，恐怕你孤军奋战，斗不过这恶势力……”

尹福叹了口气，仿佛是聊以自慰地说：“有志者，事竟成。”

银狐折了一枝带雨的海棠花，在手里抚弄着。

尹福的目光落在她的脸上。银狐的面容严肃、凝重，两颗深如秋水的眸子泛发着清澈的光辉，有一种冷酷的美。

尹福涌起一种难以言喻的爱怜之情。

他想起了天山脚下那个梦……

在春节，老北京人会想起在厂甸扛着长长的大冰糖葫芦，大风车搧着，红纸、彩纸摇着、转着，还有五颜六色的风筝。这个厂甸就在琉璃厂街的南侧。琉璃厂在乾隆时期是大片窑场空地，从清初起人们就在这大片空场上贩旧货。乾隆三十八年四库全书开馆，文人荟萃，书籍汇聚，这条街逐渐繁荣起来，成为北京城里有名的商业文化街。

这天上午，琉璃厂文化街依然人头攒动，行人川流不息。尹福与马贵装扮成贩书商人来到街上时，正见宋长荣伪装成一个古董商也在人群里晃悠，双方交换一下眼色，会意地一笑，匆匆而别。

尹福和马贵走进一家古籍书店，店主一见他俩，笑嘻嘻问：“先生，买什么书?”

尹福问道："你这里新进了什么书?"

店主眉飞色舞地说："有宁波天一阁、常熟瞿氏铁琴铜剑楼、聊城海源阁、湖州陆氏丽宋楼的藏书。"

尹福又问道："可有《蜃楼志》全版书?"

店主点点头："有，在店后成交。"他压低了嗓门："这可是禁书哟，号称小《金瓶梅》。"

马贵倚在柜台上问道："有全本《金瓶梅》吗?"

店主点头哈腰地说："有，乾隆版的，绣像也齐全。"

"多少银子?"马贵问。

"五百两。"店主伸出一个指头。

马贵吐了吐舌头："太贵。"

"不贵的有《花月痕》《女仙外史》《海上花列传》《绿野仙踪》，也是全本带绣像，各二百两银子就成。"

马贵道："今日没多带银子，改日再来买。"

店主指着尹福背的书囊："里面有些什么货色?"

尹福神秘地一笑："有曲阜孔氏、商丘李氏、意园盛氏、聊城杨氏的藏书。"

店主喜形于色地道："这可值钱呀!"

马贵用胳膊肘捅了捅尹福，尹福一抬头，只见窗外有个人正笑吟吟地望着他。

第十四回 抢囚车血战琉璃厂 背难友避进烟花巷

那人身穿烟色长袍，后持一把大蒲扇，头戴一顶银色薄纱瓜皮帽，六十上下年纪，鼻子向上翻卷，面容丑陋但和善。

此人正是“鼻子李”李瑞东。

尹福急忙来到店外。李瑞东朝他使了一个眼色，匆匆走进人群。尹福和马贵紧随在后面。

李瑞东拐进一个胡同，尹福和马贵追了上去。

“李老先生怎么也来了?”尹福轻声问。

李瑞东呵呵笑道：“八卦掌门的事还能瞒得了我吗？我上知天文，下晓地理，能掐会算。”

尹福一本正经地说：“这里是是非之地，凶多吉少，我劝老先生还是回避一下。”

李瑞东的脸上现出严肃的神情：“武林有个规矩，路见不平，拔刀相助；士为知己者死。我李瑞东见朋友有困难，岂能坐视不理?!”

马贵看见“瓷器杨”杨俊峰在胡同口闪了一下，知是八卦掌门第二代弟子到了，于是跟尹福打了个招呼，追杨俊峰去了。

尹福和李瑞东来到琉璃厂文化街西口，见到西路的十几个八卦掌兄弟已准备停当，有的扮成卖风车的，有的扮成卖鞭炮的，有的扮成教书先生，也有的扮成车夫。尹福远远地瞥见东南角房上，“小辫梁”梁振圃正悠闲地坐在那里吸旱烟袋。

这时，双福挤了过来，小声对尹福道：“尹爷，行刑队过来了，已经到和平门了。”

原来清代对死刑囚犯的斩决，是沿袭中国历代封建王朝的传统刑制，在每年冬至前执行，不准死囚活过冬至，因而叫“秋决”；北京人俗称：“出大差”。执行这天叫“郊天”。死囚未处决之前，照例由大理寺、都察院及刑部组成三法司及各部尚书、都察院左都御史、通政史、大理寺卿组成的九卿会审，这是终审判决，称之为“朝审”。“朝审”照例在每年霜降后进行，审理完毕，然后奏报皇帝最后决定处决。“朝审”的地点在天安门前刑部朝房前广场。这天黎明，要把所有预备判处死刑的犯人从刑部监狱里提出，从西三座门进入皇城到朝审堂前候审，由刑部官员宣读罪状，然后由朝审法庭判处死刑或缓刑。朝审结束后，将已判斩决的囚犯押回监狱，等奏请皇帝判决后执行。沿途戒严，不许百姓观看。等囚车过后，再将判处缓期执行的罪犯，排立三座门右侧门洞内，每一个罪犯乘轿车一辆，左右各有刑部二人押解，顺序从西三座门走出，沿西长安街向西，到司法部街向南，回刑部监狱看押。这天，凡是囚犯的家属或亲友，都要到三座门外，看看自己的亲人是否判处缓刑。他们都预先买些用麻绳贯穿的山里红一挂，站在西三座门外等候。等囚犯轿车走出，他们便举着山里红，挨车寻找自己的亲人。一经发现，便抢到车前，向车内囚犯请安，庆祝缓刑，大声呼喊：“您大喜啦!”车内的囚犯，便探身频频点头，表示还礼。趁囚犯探头的机会，他们便把山里红挂在犯人的脖子上，犯人连声呼喊：“谢谢，谢谢!”这种场面不过四五分钟。挂山里红的举动，叫“朝审挂红”，表示祝贺自己的亲人，可延长生命。假如某囚犯的亲友来“打朝审”的很多，他的脖子上挂的山里红，几乎可以把脸部遮住。

至于判处死刑应该执行的囚犯，等皇帝批准后，在执行的前一天，监狱的看守人员，便对罪犯说；“你大喜了，官司今天完啦!”囚犯听了，便知道要执行了。这天夜间，由佩有武器的看守人员看守。深夜，由专人给囚犯洗脸、梳头，将家属送来的新衣穿上，有监狱发给囚犯清油大饼一斤、酱肘子一大包，这顿饭被称为“辞阳饭”，即向人间告别的意思。

昨天，刘德宽、焦毓隆、何五、何六四人就已经吃了狱内准备的“辞阳饭”。有钱的人家，还为自己的亲人准备一桌丰盛的酒席。次日黎明，犯人便被提出监狱，用法绳绑好，点名登上囚车，从刑部大门的右门洞（俗称白虎门）走出，到菜市口受刑。囚犯沿途可以指名要某某点心铺或饭馆的菜饭，或某某绸缎店的布匹绸缎。囚车走到宣武门，路东有一家叫“破碗居”的酒铺，这家酒铺专为死囚准备一种黄酒和白酒掺兑在一起的混合酒，称之为“迷魂汤”，又名“金银汁”。破碗居每到此时，在门前放长板凳一条，凳上放着大木盆，里面盛着混合酒；盆上横放一个长木板，板上放破碗数个。囚车一到，押解人员用碗盛满混合酒给死囚灌下，让死囚喝醉。喝完，押解人员将碗向盆内一掷，碗立刻破碎，这家酒铺由此而得名。因此北京城内不论酒铺、酒缸，出售零酒，不敢给顾客使用有破口的酒碗，倘有失误，顾客不但一文不付，甚至打骂店主，店方均不敢还口。囚犯喝酒后，囚车直奔刑场，车到刑场，死囚早已烂醉如泥。掌刑刽子手三人，一人先用一种铁制笼头套在死囚头上，一人在死囚身后紧勒法绳，用膝盖顶住死囚后背，一人掌刀。行刑时，手持笼头的刽子手，用力往外一拉，勒法绳的用力往后一拉，死囚的头颈就正脱出腔外，掌刀的乘势一刀斩决。

刑场在菜市口西鹤年堂东侧，监斩官坐于席棚内。监斩官身着官服，在官帽上罩大红缎质风帽，戴茶色墨镜，表示不忍视刑。死囚须面向东，下跪受刑，因东面有虎坊桥，意思是把死囚送入虎口。不过判决“凌迟”的死刑，则面向西跪。据说这种死囚罪大恶极，老虎也不吃他的魂魄。

死囚临刑前，照例准许家属送酒菜，称之“活祭”。家属用提盒装着死囚平时最喜欢吃的饭菜，跪在死囚面前喂饭，还携带纸钱，等斩决后焚化。死囚斩决后，当地专门有人为死囚缝首入殓，由死囚家属付给报酬。

行刑队押解着刘德宽、焦毓隆、何五、何六四“犯人”的囚车出了和平门向南走来。方才，刘德宽等四人在破碗居喝了酒。因为昨日李瑞东贿赂了看守，刘凤春已进入刑部监狱，告诉这四人今日劫囚车之事，刘德宽等四人心中有数，未喝得大醉。

行刑队来到琉璃厂文化街十字路口的北面，正欲过街，忽见从东面涌来迎娶队伍。

一顶红呢官轿由轿夫抬着颤悠悠过来，送亲男女随轿同行，后面还有一红两绿三乘轿。有人“劈劈啪啪”地放着鞭炮。

轿内，“新娘”银狐身穿绣八团红青褂子，百褶大红裙子，梳着时式头，头戴凤冠霞帔，又多了几分神韵。

行刑队的监斩官用手扶了扶茶色墨镜，皱了皱眉头，自言自语道：“真晦气！这儿要杀人，那儿要娶新娘子，这下子可热闹了。”

尹福见时机已到，一扬手，一支飞镖飞出来，不偏不倚正中监斩官咽喉。那监斩官一声未吭，倒地身亡。

“小辫梁”梁振圃在东南角房上见尹福扬手，马上点燃号炮，一声巨响，四路英雄刷地亮出短兵器，一齐朝行刑队扑来。

躲在喜轿里的银狐一掀轿帘，几个箭步先奔到一个刽子手面前，一甩流星锤，结果了那个刽子手的性命。

尹福领人从西，程廷华领人从东，刘凤春领人从南，马贵领人从北，一齐杀来，行人纷纷逃散。

程廷华疾步来到刘德宽等人的囚车前，几招蹋掌，接连劈断栏杆。

一个清兵持刀上前来砍程廷华，被程廷华用撞掌结束性命。

刘德宽蹿出囚车，抄起那个清兵丢弃的大刀与清兵搏击。

尹福的弟子杨俊峰背起伤势较重的焦毓隆朝东飞跑。

何五在囚车里大叫：“‘眼镜程’，快救我！”

一个清兵在旁边看见，持刀朝何五劈来，何五躲闪不及，用嘴叼住那刀，一甩，将那清兵甩了一个趔趄。恰好梁振圃赶到，一竹竿结果了那清兵的性命。

“单刀”魏吉祥用宝刀劈断何五的囚车栏杆，何五跃出，夺过一个清兵的刀，又砍断何六囚车的栏杆，将何六救出来。

一个清兵军官舞动马牙刺正与尹福酣战，尹福的判官笔上下翻飞，笔尖直抵对方咽喉。那军官是一员悍将，毫不示弱，刺尖也总在尹福脑袋旁边转。

李瑞东在旁边看见，走了过来，挥动大蒲扇，左一扇，右一扇，把那个清兵军官扇得迷迷糊糊，不辨东南西北。

尹福手一扬，几支飞镖朝军官咽喉而来，那军官一招“鹞子翻身”，接连躲过。梁振圃赶到，挥动竹竿朝军官后背戳来。那军官躲闪不及，惨叫一声，身子被竹竿穿了个透心凉。

“砰砰砰”，宣武门方向响起洋枪声。不一会儿，便见南面尘土飞扬，清兵马队冲了过来。

尹福见大批清兵赶到，唿哨一声，吩咐八卦掌和丐帮弟兄撤退。

八卦掌弟兄从琉璃厂东西街迅速后退。正退间，忽见杨俊峰气喘吁吁背着焦毓隆落在后面，焦毓隆伤势较重，身体沉重，杨俊峰显得非常吃力。

“俊峰，你怎么落在后面？”尹福着急地问。

“焦师叔受伤太重，已昏迷不醒。”杨俊峰抹了一把汗。

尹福替他背上焦毓隆，又问：“没有见到施纪栋吗？”

杨俊峰说：“马车也被冲乱了，始终没有碰到施师叔。”

尹福见清兵马队冲来，急忙拐进一条只有六尺宽的小巷，杨俊峰也拐进另一条小巷。一股清兵朝杨俊峰追去，清兵马队挤不进尹福跑进的小巷，只得下马追来。

子弹在尹福耳边呼啸。

焦毓隆被枪声震醒，见到情形万分危急，大声唤道：“尹大哥，快放下我，我不行了，你快逃吧，别连累你。”说着就往下跳，但被尹福死死按住，尹福说：“有我便有你，快跑！”

尹福接连穿过几条小巷，可清兵紧追不舍。

“尹先生，快到这里。”尹福正跑着，一间房屋的门开了，一只纤细的手把尹福揽进了屋内，门又关上了。

尹福抬头一看，正是银狐。

“你怎么跑到这里来了？”尹福吃惊地问。

银狐撩了一下乱发：“清兵从四面围来，前门、珠市口一带也涌来大批清兵，我见一时难以逃出去，便躲在这间屋内，房主人定是贫寒人家，恰巧不在房内。刚才我一开门，正见你们跑来。”

尹福打量着这个房间，半截土炕，一床碎花被褥，简单的梳妆台上，香水瓶、梳子、脂粉盒等胡乱放着。屋角摆着一个破旧桌子，两个旧凳，屋里有浓重的脂粉气。

尹福注意到壁上有一个年轻憔悴女人的画像，满是油腻。

银狐听到外面有杂乱的脚步声，知是清兵追近，指着后窗户说：“你们快从这里出去。”

尹福推开后窗户，见外面是一个狭窄的后院，栽着几株向日葵，还放着破缸烂瓦。尹福先爬了进去，然后再由银狐帮忙把毓焦隆也弄了过去。

“嘭、嘭、嘭……”清兵猛烈地敲门。

银狐抹了几把胭脂涂在脸上，将旗袍撕开一个大口子，露出半个嫩藕般的奶子，故意把头发弄乱，镇静地开了门。

“哟，这么多大爷呀！”银狐倚在门上，双手交叉着撒娇地说。

进来七个清兵，有的握着洋枪，有的手持大刀。

一个清兵捏了捏银狐的脸蛋：“原来是个暗门子。”

另一个清兵用刀背磕着银狐的胸脯问道：“看没看见有个乱党跑过来？”

银狐嗲声嗲气地说：“大爷呀，我这里有钱能使鬼推磨，管什么乱党不乱党的！”

这时，门口出现一个衣衫不整、打扮得妖里妖气的年轻女人。她一张圆圆脸蛋儿，淡淡地敷了一层脂粉；额脑上的拱刘海儿齐着弯曲的眉毛高高拱起，两只长长的耳环子荡来荡去。她身穿一件元青扣绉的薄纱衣，卷着大宽的桃红袖子。

银狐明显地感到她的眼圈有一层青黛色。

那年轻女人见到银狐和清兵们，呆住了，手里提着的菜篮子掉落在地上，蔬菜撒了一地。

“你是什么人？”清兵们紧紧围住这个“奇怪”的女人。

“我……”她支支吾吾，紧紧地盯住银狐。

银狐的心像小鹿乱撞，她已意识到面前呆立的这个年轻女人才是房屋真正的主人，她是一个不幸的女人。

银狐的目光忧郁，充满了期待和冀望。

那女人似乎明白了眼前发生的一切，嘴角蠕动着，过了有一袋烟的工夫，才道出这么几个字：“妹妹，你在这里……发生了什么事？”

银狐的眼睛里闪着光，她努力克制着自己，不让自己的眼泪溢出来。啊，这个不幸的女人是多么高尚，她为了掩护自己，已将自己认做妹妹。她一定有着不平凡的遭遇，一定有难言之隐，否则不会遁入娼门，在这烟花巷里干这种难于启齿的事情。

银狐装作若无其事的样子，说道："这些当兵的在找什么乱党，可那些乱党又没有贴着标牌，我怎么会知道?"

一个清兵凑近那个女人，问道："她真是你的妹妹?"

那女人浮出一丝笑容，慢慢说道："我们是亲姐妹，这还有错，我刚从通县马驹桥镇来。"

另一个清兵疑疑惑惑地问："怎么你也是个浮浪样儿?"

那女人露出烟熏的牙齿，发出咯咯的笑声："天底下哪个旮旯儿没有我们这样的女人？谁叫这个世道逼良为娼的。"

银狐上前亲热地拉着那女人的手，叫道："姐姐，快进来，喝口热茶。"说着拽过放在桌上的茶壶，倒了一杯茶水。那些清兵没有注意到这茶水是凉的。

银狐扶那女人到炕边坐下，自己拾掇着房屋。

这时，一个清兵指着后窗户说："这个窗户通着什么地方?"

银狐的心怦怦地跳着。

那女人说："是个狭道，种着几棵向日葵秆子，没有什么。"

一个清兵轻手轻脚爬了上去……

银狐的手冰凉，身子微微打抖……

那清兵趴在窗台上望了望，又跳了下来，拍打一下身上的尘土，说："没人，是个空狭道。"

银狐的心像是落了地，出了一身冷汗。

"走，到前头瞧瞧去!"一个清兵一边说一边跨出门往南走去，那六个清兵也蜂拥而出，一会儿便消逝在小巷尽头。

清兵走后，银狐感激地拉着那个女人的手说："你真是个好人，我怎么谢你?"她想了想，摘下自己的金戒指和金耳环，都塞进那女人的手里，恳切地说，"收下吧，以后你再也不要干这种营生了。"

那女人攥着这些首饰，眼泪簌簌而落。

她沉痛地讲起自己的身世。她是北京大兴县杨各庄人，丈夫到城里做送水夫。有一次，路过一个王府时，被府上的恶狗咬了一口，后来伤口感染化脓，因为无钱医治，伤情恶化，卧床不起。她听说后，来到这里侍候丈夫，可是哪里有钱为丈夫治伤呢？她想起丈夫是被王府上的恶狗咬伤的，照理说应该找王府索要赔偿钱。一天，她摸索着来到那个王府，叫门房往里通报，她是那个被恶狗咬伤的送水夫的妻子，她此次前来是索取赔偿钱。一会儿，大门里出来一个脸上长着一撮毛的年轻公子，后面跟着两个保镖。那公子看起来挺和善，他对她说，请她到府里叙话，并给她赔偿银两。她相信了，喜出望外地跟着公子走进一个又一个垂花门，踏进一个又一个秀丽的院落，最后走进一个花团锦簇的房子，那大概是公子的客厅。她惊奇地望着这屋里雅致高贵的陈设，西式的沙发，壁上的洋钟摆“嘀嘀嗒嗒”地走着，雕花的木架子上摆着仙人掌，屋角摆着一个光屁股的女人像。她有点眼花缭乱，生长在小镇上的她从来没有见过这种场景。

一会儿，公子笑眯眯地端来一杯水，说是洋人咖啡，请她喝。她不敢喝。

公子笑着说：“这又不是什么毒药，是西方国家的饮料，用来招待人的。”

她战战兢兢地喝了，觉得很苦，又觉得很甜。一会儿，公子把亮闪闪的银子摆在她面前。她望着这亮闪闪的银子，有些眼花缭乱，身子觉得轻飘飘，神思恍惚起来，浑身上下火辣辣的，有一种莫名其妙的感觉。原来公子在咖啡里掺进了春药。她极力地控制自己，但不能自持，终于昏倒在沙发上。

她醒来后，发现自己赤身裸体地躺在冰凉的地上，周围没有一个人。

她的衣物可怜地扔在一角。

她感到自己受到了莫大的侮辱，痛哭失声。

这时，两个保镖走了进来，凶神恶煞般对她吼道：“你这个不要脸的娼妇，竟敢勾引我们公子，穿上衣裳，快滚!”

她委屈地穿好衣服，满怀着羞耻，踉踉跄跄离开了这个罪恶的王府。

她回到家里，守候着奄奄一息的丈夫，两眼发怔。

夜里，她从噩梦中醒来，想寻短见。一抬头，猛见丈夫已吊在屋梁上自缢身亡。

几天几夜后，她的眼泪哭干了。

她没有脸面再回娘家和婆家，为了生存，她带着初受欺凌的身子投入了卖笑生涯。

从此，她的肉体与灵魂便分离了。

这个女人向银狐叙到最后，终于哭着说出自己的真名实姓，她叫齐舒文，今年二十一岁，比银狐大三岁。

这是一个多么悲惨的故事，银狐听了，像做了一场噩梦，身心欲碎。

这时，门外传来“踢踢踏踏”的脚步声，门“砰”地被人推开了，一个清兵晃悠悠地挤了进来。原来他就是刚才来的七个清兵中的一人，因为看见银狐美丽，想占个便宜，借故小便，悄悄地溜了回来。

他把几个铜板摔到桌子上，“劈啪”作响。

“上炕吧。”他垂涎欲滴，开始脱衣服。

银狐趁他回身，一掌击在他的头盖骨上。他脑浆迸裂，软绵绵地倒下了。

齐舒文大惊一吃，脸色惨白，问：“这怎么办?”

银狐道：“你跟我走，我带你逃出虎口。”

银狐攀上后窗户，探头一瞧，尹福和焦毓隆不知到哪里去了。

她爬了进去，攀上高房，仍然不见他们的踪迹。

银狐回到屋里对齐舒文说：“咱们扮装一下，你跟我先到法源寺避一下，那里有我的朋友。”

原来刚才尹福背着焦毓隆爬出后窗，来到狭道，听见清兵进屋，觉得狭道也非藏身之处，于是攀上高房，向东面走去。穿过几道院落，来到一套规模宽宏的院落，正欲细看，只觉脚下一软，栽了下去，掉在一个大网里。他听到铃声清脆，引来一些青衣青裤的镖客。他们手持各类兵器，团团围住大网。为首的一位是个年轻男子，身材瘦小，精神旺盛，脑后留有一条小辫，左手托着一根长杆烟袋。

尹福在网里放下焦毓隆，憋足气力，往上一跃，落下时又在网里，接连跃了几次，都没有跳出网。此时，他深怪自己粗心大意，竟没有注意房上的暗道机关。

“于爷，是两个打家劫舍的强盗。”一个持刀的家伙对那年轻男子说道。

“绑了，先关在水牢里。”那年轻男子一挥手，吸了几口旱烟，烟雾飘散。尹福闻到一股浓烈的烟草味。

大网徐徐下沉，离地面有三尺时，那年轻男子一横烟袋，三支点穴针飞了出来，点了焦毓隆的穴位；焦毓隆顿觉浑身麻木，动弹不得。

尹福见这烟袋怪异，知是武术奇物，不敢轻视。

那年轻男子朝着尹福又是一横烟袋，又有三支点穴针飞了出来。尹福早有准备，纵身一跳，躲过点穴针，又一跳，跳出网，飘然落于平地，“唰”地亮出判官笔。

众人一见，分外吃惊，都为尹福的俊俏轻功喝彩。唯有那年轻男子微微冷笑，端着长杆烟袋，左一横，右一横，六支点穴针朝尹福咽喉锁来。

尹福见旁边有棵古桑树足有三人合抱之粗，倏地闪身于古桑之后，再次躲过点穴针，其中三支点穴针钉在古桑树干之上。

年轻男子有些吃惊，他皱了皱眉头，将烟袋朝尹福心窝戳来。

尹福不慌不忙，把判官笔一横，判官笔和长杆烟袋正好撞着，发出铿锵有力的音响。

尹福暗暗赞叹：那长杆烟袋是纯白银制成的，确是件宝物。

那年轻男子顺手将大襟提起，略往腰间一掖，左手仍托着长杆烟袋。

尹福猛地朝前一扑，进步连环三掌，一掌打脸，一掌击胸，一掌打肋。谁知对方身手敏捷，动似狸猫，快如跃猿，晃身躲过三掌。尹福接着一招“饿虎扑食”，左掌在后，右掌在前，使尽全力向对方的面门击去。

那年轻男子用了一个含胸掩肘，上身一缩，略一侧身，左手在前，托着长杆烟袋，往下一压尹福的右掌。

尹福觉得有千斤的压力压在右臂上，不由自主地身子往前一倾，正好对方的右掌往前一伸一抬。尹福此时左手持判官笔，右掌又被对方压着，若用判官笔去格对方的左掌，恐怕会闹出人命关天的事情。

尹福不忍伤人，于是急忙抽身撤步。

众人不明真伪，都以为尹福败了，发出一串掌声。

唯有那年轻男子心内明白，没有往前追赶，也退了几步。

“好汉都快住手!”尹福猛听到一个熟悉的声音，声若洪钟。抬头一看，原来是“单刀”魏吉祥大步流星般走进院子。

魏吉祥对那年轻男子说：“王爷，他就是我常对您说的八卦掌掌门尹福老先生。”

那年轻男子眼睛眨巴几下，流露出异样的神采，上下打量着尹福，半信半疑地问尹福：“怎么，您就是尹老先生?”

尹福点了点头。

那年轻男子失声叫道：“真是大水冲了龙王庙，自家人不认自家人。”

魏吉祥拉着那年轻男子对尹福道：“这位就是会友镖局的‘小辫于’于鉴啊!”

原来此地正是北京八大镖局中最红火的会友镖局，位于前门外粮食店街。

尹福背着焦毓隆往东飞奔，不知不觉到了这座镖局的房上。于鉴是会友镖局有名的镖师，他是三皇炮捶于派创始人于连登的六子。

三皇炮捶也是中国的传统拳术。据传明末清初，直隶冀县南冯管村有位练武的好汉乔三秀，拜嵩山少林寺的普照和尚为师学艺。老和尚见乔三秀敦厚朴实，便将身藏的绝技三皇炮捶传授给他，并嘱咐他此艺不可轻易传人。乔三秀遵照师嘱，到垂暮之年才将此艺交授给后人乔鹤龄。乔鹤龄收了四名弟子，其中有名的便是直隶冀县的宋迈伦和山东的于连登。以后，于连登回山东传艺，宋迈伦进京传艺并创办会友镖局。在传艺过程中，于、宋分别结合各自特长，发展了三皇炮捶的拳艺，形成了拳理一致、拳势不同、风格迥异的于、宋两派。于连登在家乡病逝后，他的儿子于鉴便在同治五年来京，以后便在会友镖局任镖师。会友镖局是北京经营时间最久、信誉最高、规模最大的镖局，自宋迈伦于道光二十五年创办以来，声威日益远大。

当下于鉴让随从将受伤较重的焦毓隆抬到一间房内床上，叫人去请名医治疗，自己从柜中取出金创伤膏敷于焦毓隆伤处，然后请尹福来到客厅叙话。

尹福向魏吉祥打听外面情形及八卦掌众弟兄的安危，魏吉祥也答不上来。

原来魏吉祥刚才在混战后便径直躲进会友镖局，他一直藏于前院房内，因听见后院有拼斗之声才匆匆跑来，正好遇见尹福。

尹福与于鉴叙了一会儿，放心不下银狐，于是向于鉴告辞，又上了房，来到刚才银狐躲藏的那间房屋。当他看到人去屋空，银狐不知去向时，只得怅闷而归。

晚上，于鉴设宴，为尹福压惊，魏吉祥、镖师苏老恒陪坐。

于鉴举杯对尹福说："今日结识尹老先生，真是一生有福，我敬您一杯。"

尹福接过酒杯，一饮而尽，笑道："于先生在京城是如雷贯耳的人物，一直无缘相见，今日真是不打不成交啊！"

于鉴面一红，笑道："我险些做出落井下石的事情，要不是魏兄撞见，真不知闹到什么地步。"

尹福道："哪里，会友镖局真是名不虚传，防范如此严密，令人佩服！"

于鉴将一块肘子酱肉夹到尹福的碗里，叹道："干我们这一行也不容易，行镖的有这么一句话：'保镖吃一线之路，护院守一剑之地'，没有点真功夫，让贼剁掉脑袋、砍成肉酱是常有的事。前一段，有个镖师就失踪了，后来在护城河里漂上他的尸首，双腿都被人家割去了。唉，好惨！就是因为得罪了人。"

尹福见于鉴伤心落泪，话题一转说："三皇炮捶以太极之理为本，以气为先，以理当先，神意气劲，协调合一，刚柔相济，快猛巧捷，飘忽轻灵，真是质朴无华、具有独特技法的拳术！"

于鉴赞道："八卦掌形藏之态有如龙飞凤舞，见首不见尾之势，行似游龙，回转若猿，换势似鹰，真是奇妙！想当年八卦掌宗师董海川老先生与三皇炮捶宋迈伦老先生还是至交呢！"

镖师苏老恒愣头愣脑地对尹福说："我看过魏大哥演练八卦掌，转来转去的，也看不出什么名堂，尹老先生是否给我们表演一番？"

尹福道："好吧，你就站到我面前。"

苏老恒乖乖地站到尹福面前。

尹福转起圈来，猛一换势，将苏老恒撞出一丈多远，一直贴到墙上。

苏老恒爬起来说："尹老先生，我是怎么出去的？"

尹福笑道："我也不清楚。"

苏老恒又往尹福面前一站，尹福又一换势，将苏老恒抛到屋顶。

第十五回 数英雄初识神镖李 话武史同赞甘大侠

苏老恒落下时正被尹福双手托住，如坠雾中。

苏老恒揉揉眼睛，笑道："八卦掌真是妙不可言!"

四个人分头坐好，又饮起来。

尹福说："朝廷腐败，盗贼蜂起，民不聊生，难怪镖局云起，现在会友镖局有多少镖师?"

于鉴回答："有镖师一千余人，总镖头如今是宋迈伦大师的侄子宋彩臣。最近，朝廷要修筑浙江、福建、广东等处沿海炮台，以御外寇，运送巨银到这些地方，点名要会友镖局的总镖头宋彩臣押镖。宋镖头带着他的弟子李尧臣等押镖去了，千里迢迢，路途遥远，一路上过川跨山，估计几个月后才能回京。镖局内的事务暂由我主持，尹老先生可在这儿多住几日。"

魏吉祥说："在会友、永兴、志成、义友、正兴、同兴、源顺众多镖局的青年镖师中，李尧臣恐怕算是佼佼者。他是直隶冀县李家庄人，长得魁梧英俊，相貌堂堂，由于使一手百发百中的飞镖，人称'神镖李'。他自幼随庄里拳师学太祖拳，十四岁那年经人介绍来北京加入会友镖局，拜'神拳'宋迈伦的侄子宋彩臣为师，十载修炼，尽得真传，学会了三皇炮捶拳、六合刀、追魂枪、青龙剑以及飞镖暗器等十八般兵刃，还学得一身上乘轻功。他胆识过人，为人耿直，受到镖师们的喜爱和崇敬，各路绿林豪杰或土匪强盗，只要听说是李尧臣掌班保镖，一般都借路。有一次，朝廷盐法道让会友镖局从保定运往天津十万两饷银。镖局接了这桩大买卖后，怕途中出现意外，想派几个武艺高强的镖师护送，可当时李尧臣和于鉴都走镖在外，宋彩臣先生又染有小疾，不便前去，只得让李尧臣的师叔焦朋林、师兄张武山、武宪章等八名镖师押镖，并由水路分乘四条大船直驶天津。这天凌晨，晨曦微露，天刚破晓，高悬会友镖局旗号的大船，离开保定码头。镖船刚到下西河口，就被两条税务司的官船拦住。焦朋林急忙走到船头，拱手说：‘各位老兄，在下是小字号会友的镖船，船上装的是饷银，请高抬贵手。’对面船上一个黑大汉喝道：‘我们是奉了上谕，饷银也得检查。’焦朋林见对方有意刁难，心中恼怒，但又怕惹翻了税务司，误了行船期限，只得忍气让他们上船检查。谁知待对方一拥上船，镖师们方知中计，原来这些税务司官兵是由盗贼装扮的。于是双方亮出兵刃，在船上交起手来。由于盗贼人多，那黑大汉又有土枪，镖师们抵挡不住，张武山、武宪章和另外两个镖师当场被黑大汉用土枪打死，焦朋林和余下三个镖师见势不好，一连砍倒几个盗贼，奋力冲出重围，丢下镖船夺路逃生。”

于鉴说：“饷银被劫后，惊动了朝廷。盐法道大为震怒，勒令镖局赔偿全部现银，限期抓到盗贼。正在镖局为难之时，李尧臣从外地走镖归来，闻说此事，忙叫焦朋林详细讲述那黑大汉的相貌。焦朋林向李尧臣仔细讲述了黑大汉的身材和相貌，又说出当时有人称黑大汉为宋爷。李尧臣叫道：‘莫非是黑老宋宋云鹏，他是我的老乡，也是直隶冀县李家庄人，此人武功不凡，会鹰爪拳，双手能使土枪，百发百中，打遍冀东南一带未遇敌手，连官府也对他束手无策。’李尧臣急忙叫人打探宋云鹏的消息。不久，探子回报，宋云鹏新得了一笔巨银，为了躲避官府追捕，连夜埋了饷银，跑到东北吉林老爷岭，投靠他的师兄‘胡七刀’和师弟‘钻山猴’侯灵去了。焦朋林等人听了，不禁心中大喜，当即就要率众去老爷岭捉拿黑老宋，被李尧臣劝住。李尧臣说：‘老爷岭地势险要，马贼子人数又多，强攻硬打不易奏效，恐怕遭了暗算，再说此情况不知是真是假，不如先派人前往老爷岭打探黑老宋的踪迹。’过了半个月，打探的人回来报告，说‘黑老宋’已离开了老爷岭，偷偷潜回直隶冀县李家庄躲风。镖局立即派李尧臣和他的师叔焦朋林、卢玉璞带领四十多名镖师前往捉拿黑老宋，追回被劫的饷银。李尧臣等一行人策马加鞭，日夜兼程，急速赶到冀县。乘夜半时分，出其不意地将‘黑老宋’的宅院团团围住。李尧臣飞步来至院门前，连连叩击门环。不一会儿工夫，屋里亮起灯火，有人问：‘来者是哪家朋友?’李尧臣听出是‘黑老宋’的声音，便答道：‘小字号，会友。’话音刚落，屋里灯火熄灭，再也没有动静。李尧臣知道‘黑老宋’心虚不敢出来，转身见院门外有一巨石，便上前猛一提气，双手将巨石举过头顶，然后对准院门砸去，只听轰的一声，院门应声而开。有个镖师见院门砸开，刚冲到门口，就听砰的一声枪响，那镖师中弹倒地。李尧臣扬手发出一支飞镖，谁知接着又是一声枪响，当啷一声，飞镖竟被击落。李尧臣见‘黑老宋’枪法出众，急忙伏身上前背起负伤的镖师撤离院门。李尧臣跟焦朋林等人商议，从四面佯攻，耗光‘黑老宋’的弹药，然后再入院擒拿。焦朋林等人便令镖师用暗器从四面呐喊佯攻。‘黑老宋’不知是计，一枪接一枪地四处乱打，不到一个时辰，火药已被他全部打光，再也听不到枪声了。此时，天欲破晓，‘黑老宋’不敢久留，只好打点细软，乘夜色未尽，蹿到后院墙下，纵身一跃，双手抓住墙头，接着一个‘鹞子翻身’，跳到墙外。墙外把守的镖师见‘黑老宋’立足未稳，举刀向他砍去。‘黑老宋’觉得脑后生风，就地一个‘懒驴打滚’，避过刀锋，跟着飞起一脚，将镖师踢翻在地，转身狂奔而去。‘黑老宋’没跑出几步，猛觉脑后有金刃之声，他手一扬宝刀，就听当的一声，将一支飞镖挡落。还没等他将刀收回，一条人影已闪电般蹿到身前。对方通报姓名后，‘黑老宋’一听是李尧臣，脊背上唰地冒出一股凉气。他知道李尧臣是会友镖局一流高手，不敢轻敌，即挥刀拦腰砍去。李尧臣挺剑当胸格开单刀，接着剑锋一转，反刺对方下盘。‘黑老宋’急忙将刀往下一立，想挡住刺来的宝剑，可李尧臣却是一招虚晃，顺势挽了一个剑花，直刺对方颈项。这一招出手快，劲力猛，虚实兼备，变幻莫测。‘黑老宋’应变迅捷，突然一闪身，单刀往上一翻，来了个‘怀中抱月’，顿时刀剑相击，火星四溅。两人一来一往，一进一退，激战二十余回合仍不分高低。这时，焦朋林、卢玉璞等镖师已从四面赶来，见二人如此狠斗，都目瞪口呆。‘黑老宋’自知已成瓮中之鳖，使出浑身解数拼死顽抗。他一变刀法，一招‘风卷残云’，快步挎刀直取下盘。李尧臣纵身躲开刀刃，未等身子落地，接着一记飞脚，踢飞了对方的单刀。李尧臣趁对方瞬间慌乱，将剑一抖，一连三剑向‘黑老宋’上中下三路刺去。‘黑老宋’左躲右闪，好不容易躲过前两剑，刚要躲第三剑，只觉左肩一麻，剑锋从左肩皮肉穿过，划开了一道血口子，刺入身后的树干。‘黑老宋’被这一剑吓得胆战心惊，他趁李尧臣拔剑之时，一个‘鲤鱼打挺’，从地上跃起，猝然使出鹰爪拳中的杀人凶招‘凶鹰扑蛇’，五指如钩抓向对方胸前。李尧臣见他来势凶猛，顾不得拔出宝剑，急忙将肩一沉，他解了对方爪势，刚要起身，对方又一招‘山鹰出窝’，左手虚晃，右手似锐利的鹰爪径直抓来。李尧臣使出三皇炮捶秘传绝技‘夫子三躬手’，一连三记重锤，猛似霹雳，迅捷无比，尽管‘黑老宋’拼命躲闪，仍未逃脱，被打得眼冒金星，鼻嘴出血，再也动弹不得。在一旁的焦朋林等镖师趁机将‘黑老宋’捆绑，押回京城。”

魏吉祥说：“会友镖局追回饷银，活捉‘黑老宋’，李尧臣的名声大振。慈禧太后在颐和园举办盛大皇会，指名要李尧臣为其表演武艺，并当场赐给李尧臣一柄长穗镶金宝剑表示赞赏。”

尹福道：“这个情节我听说了，这个李尧臣十分了得，真是后生可畏！”

魏吉祥笑着指着于鉴问尹福：“你猜于先生今年有多大年龄？”

尹福说：“也就二十七八岁吧。”

魏吉祥发出一串笑声：“哪里，他已是四十多岁的人了，长得就是年轻。”

尹福也笑道：“八成有回春之术吧！”

几个人都笑了。

酒宴后，魏吉祥到外面打探消息去了，于鉴请尹福到书房内叙话。

尹福惦念焦毓隆，到焦毓隆房中探望。一位老中医已给他看过伤，并开了几剂药。镖师取药后，熬煎了，帮焦毓隆服下。焦毓隆的伤情有了好转，能起身了，神志清醒了许多。

尹福请镖师去焦毓隆家中通报他的家眷，待伤势好转后再转移乡下。

尹福看过焦毓隆后，又回到书房，于鉴正在书案上填《水龙吟》词。尹福见他挥毫潇洒，满卷雄气，不禁叫绝。只见那《水龙吟》词是：

少年气概轩昂，举一鼎而动中原。会友镖局，江湖云烟，川流路转。劈巫峡雨，断庐山涧，举黄河卷。问雄关漫道，乱云飞渡，孰是非，谁肝胆？

古月迢迢悲角，思箭断，有无续弦？绿林夜雨，寺庙孤灯，钟声自远。盖世英雄，一江春水，美姬如云。问浩宇，早晚流水无情，何人眷恋？

尹福赞道："原来于先生的古诗词修养也很高深。"

于鉴掷笔于案，谦虚地笑着说："平生喜爱文史，有些雕虫小技罢了。"

尹福浏览了一下书橱，只见有《角力记》《武经总要》《武编》《剑经》《纪效新书》《三才图会》《武备志》《手臂录》《万宝全书》《阴符枪谱》《拳经》等书籍，壁上挂着一幅《公孙大娘舞剑图》。

于鉴让镖师端来两盘荔枝和一壶清茶，他对尹福说："与君一席肺腑语，胜我十年萤雪功，今日我们要聊个通宵。"

尹福说："于先生过奖，有句话道，有缘千里来相会，无缘对面不相识，我也愿意奉陪到底。"

他们从公孙大娘、杨妙真、戚继光、张松溪、吴殳等武术大师，一直叙到陈王廷、王朗、蔡九仪、黄百家、甘凤池。

于鉴说："这甘凤池是康熙、雍正年间金陵人，精于内外家拳法和剑法，勇力惊人，能提牛击虎，传说能握石成粉，有'江南大侠'之名。"

尹福剥了一颗荔枝含在口中，徐徐说："他还是一位爱国志士，他从少林寺高僧朝园和尚学练少林拳。朝园和尚原名朱复，是明代功臣后裔，明亡后不肯与朝廷同流合污，隐姓埋名，削发为僧。他表面遁入佛门，暗中联络反清志士，密谋起事。甘凤池受到朝园和尚反清思想熏陶，功成出寺后，并不满足，继续遨游天下，后来辗转来到四川峨眉山，又拜了空大师学习内养之功，自此内外功融汇一身，技艺愈精。甘凤池到北京寻访'南北十侠'之一的吕四娘，在天桥因救一弱女子而暴露姓名。雍正皇帝听说后，立即令人宣召甘凤池进宫。原来雍正皇帝此时正网罗天下高手，为自己充当耳目和保镖，他久闻甘凤池的侠名，欲收他为清宫护卫教头。可是雍正一见甘凤池体瘦个矮，面容丑陋，大失所望。他让甘凤池练几招瞧瞧。甘凤池提气凌空，飞身跃上檀香木架的翡翠枝上，做‘金鸡独立’之势，令雍正惊叹不止。甘凤池又一招‘燕子钻云’飘然而下，跪地谢恩。雍正朝地下一看，甘凤池的双膝破砖而深嵌于土中。雍正叹道：‘真是人不可貌相，海水不可斗量。有的人看起来挺有灵气，实际上是愚笨不堪；有的人看起来愚钝，相貌平常，却满腹灵气，大智若愚啊！’当即令人将甘凤池安顿在雍亲王府，可是第二天甘凤池便无影无踪了……”

这时，魏吉祥心情沉重地走了进来。

尹福感到事情不妙，忙问：“弟兄们怎么样了？”

魏吉祥吞吞吐吐地说：“八卦掌众弟兄被打散了，最后到南苑集结的只有施纪栋、梁振圃等二十多人，程廷华、刘凤春、刘德宽、何五、何六、银狐等人都没有消息……”

尹福一听，急得说不出一句话，只觉得浑身像散了架。

原来何五、何六杀开一条血路，朝东穿过前门大街，往北疾行。

何五说：“六弟，我瞧今日的事情凶多吉少，咱们是朝廷的要犯，刑部大狱里挂号的逃犯，不如找个安全的地方先躲起来。”

何六眉头一皱，忧郁地说：“这四城全被人家锁住了，到哪儿躲呢？”

何五眼珠子骨碌碌一转：“有了，咱们朝北跑吧。”

“上哪儿？此时此刻反正豁出去了，咱们是从阎王爷的眼皮底下溜走的，你我都是七十多岁的人了，两把朽骨头，两颗棺材瓤子。”何六心神不定地望着何五。

“上四爷府，找四爷去！”何五咬字响亮，揉不进半点杂音。

何五、何六来到西宽街罗家圈胡同，老远看见胡同西口矗立着十根旗杆。只见四爷府门口站着两个护卫，身穿瓦蓝府服，腰佩宝刀。门里是个饰有彩凤黄龙图案的影壁，院内房屋高大如殿，大门前有四架辖喝木设置，这种辖喝木形如战场上用的木障，一根长一丈五尺、宽八寸的圆木，用细圆木杠钉在大圆木上，呈十字形放在门两边，一边两架。原来四爷每日上朝时，派人先将此木作为路障放在大门外马路中间拦起来，让居民和车马停下来，等四爷出门上轿抬走后，再将此木移回门外原处。大门前还设有一种仪仗架四座，两座上插着一丈长的长枪、长把刀等古式兵器。另外两座上插着四面长方形木牌，木牌上写着“肃静”“回避”等字样。

何六说：“咱们不能直接找四爷，不如从后院进去，先躲在佛堂里面再说。”

何五点点头，说：“还是谨慎为好，就照你说的办。”

两个人绕到四爷府的后门，推了推，门竟然开了，有个五十多岁的门卫靠在墙角打盹儿。他听见动静，一骨碌爬起来，叫道：“哟，五爷、六爷，你们怎么来了？”

这门卫原是何六带进府的一个小厮，与何六有父子之谊。何六小声地对他说：“我和五爷在乡下呆得憋得慌，偷偷跑进京城，到这四爷府里怀旧，你先不要告诉四爷和其他人。”

那门卫点点头。

何五、何六一溜烟儿地溜了进去。

二人来到后花园，但见翠波涟漪，风飘荷香，莲花亭亭玉立，藕子白白嫩嫩，满坡的野花野草争芳斗艳，湖中白鸭戏水，金鱼嬉游。

他们穿过一个白玉小桥，见到旧时的戏楼装饰一新，描金盘凤匾额上题着“闹剧”二字。周围绿水环绕，花木繁茂，苍松数株，翠竹几竿，分外幽静。一座倒塌的亭子边有一株山茶树，从暗绿的密叶里显出十几朵淡红的花来，赫赫的明亮似火。

这时传来一阵女人的嬉笑声。

何五、何六连忙闪到戏楼内。

东面小径上走来几个女人，她们一个个身着各色宫装旗袍，为首的一个徐娘半老，皮肤白嫩，风韵犹存。后面的三个年少女子，个个羞花闭月之貌，满头珠翠，腰系镶金碧玉带，耳带胡珠环子，袍垂两挂玉佩叮当。一位生得小巧玲珑，清秀可餐，旗袍是沉香色遍地金妆花补子纱绿色；一位生得雍容华贵，白如凝脂，旗袍是藕荷色带碎银镶边茜绿色；还有一位生得黝黑动人，楚楚生辉，旗袍是宝蓝色孔雀红镶边凤凰图案。

何五、何六见了，不由得咧嘴。那年长一点的女人正是四爷的第四房姨太太罗小倩，想当年是何五、何六侍奉的四奶奶。那三个娇媚动人的韵华女子是罗小倩生的三个女儿，当年还是哭天抹泪、绕漆而盘的小女娃，如今已出落成标致的美人。

何五想到人世沧桑，光阴似箭，不由得叹息几声。

那几个女人簇拥到湖边，纷纷褪去旗袍，露出欧式游泳衣，各是孔雀红、宝蓝、粉红、橘黄四种颜色。

何五、何六还是第一次看到这种游泳衣，心里有些慌张。

那四个女人“扑通”“扑通”几声跃入湖中，嬉笑而游。有时击水自嘲，有时奋臂信游，十分快活。

何五见何六看得兴致勃勃，用胳膊肘一捅他，说道："咱们快走吧。"

何六傻呆呆地跟着何五穿出后花园，拐进西北角一个小院，看见有一个佛堂，门额上方书写着"清静无为"四个鎏金小字。

何五将门锁扭断，与何六一同进了佛堂。

正中有一尊如来佛铜像，两侧有十八罗汉塑像，帷幔只剩了一个角，墙壁上挂着"有求必应"的破匾。供桌的脚缺了一只，木香炉里插着一炷香。没有烛台，代替它们的是两只茄子，上面插着两根燃过的蜡烛棍儿。供桌上断烛残香，灰尘狼藉，似乎很久无人来过。

何五想：自从我退职之后，恐怕很少有人来此打扫了。

何六一屁股坐在地上，喘息说："五哥，累死我了，不知弟兄们怎么样了？"

何五顺手掸掸地上的土，也坐在地上，摇摇头道："恐怕是天各一方，各奔前程了，现在最要紧的是等天黑以后，咱们到厨房里弄点吃的……"

何六兴奋得打断他的话："对，弄几斤猪肘子，两斤老白干，咱哥俩喝点。"

何五瞥了他一眼，不耐烦地说："咱们到这里可不是享清福来的，是避难的。"

何六满不在乎地说："嗨，人生有酒须当醉，一滴何曾到九泉嘛！"

天色已晚，夜幕降临，何五悄悄溜出佛堂，穿过藏书楼、花雨堂、静观堂，走到契兰斋时，隐约听见里面有人说话，于是凑到窗前往里一看，只见一个年过八旬的老人正萎缩在藤椅上，对面坐着一个美妇，身着银色薄纱旗袍，后面立着一个俊俏丫鬟，正在轻轻打扇。那人正是四爷，他是镇国公，他的祖父是清圣祖康熙的第十二个儿子，美妇就是白日何五遇见的四奶奶罗小倩。

四爷和四奶奶正在叙话。四爷叹了口气说："如今皇上昏聩平庸，听信康有为、梁启超那班乱党的邪言，变的什么法，真是乱我朝纲，弄不好连老祖宗打下的江山都丢了。"

罗小倩说："我说老头子，咱们还是多几个心眼吧，这些年来反正也有一些积蓄，京城乃是非之地，不如躲一躲。"

"躲？躲到哪里去？"四爷有些动气，干咳了几声，又说："想当初太祖率领雄兵气吞万里如虎，太宗驱兵紧逼北京，咱们大清军队进山海关，威震中原。顺治、康熙、乾隆爷时期出现太平盛世，顺治爷后来看破红尘，到五台山出家；康熙爷平定西方犬虏叛乱，史册有威名；乾隆爷几下江南，虽说风流一点，可到底是有名的才子，如今山川名胜，哪里不留下老人家的墨迹？雍正爷虽说手段毒辣一些，无毒不丈夫，可是他大兴文字狱，哪一个耍笔杆子的人敢吭声？只有等他过世了，才有人敢议论他。嘉庆爷年间还算安稳，到了道光爷执政的时候，世道变了，洋人把大烟弄进来了，惯出一群烟鬼，官不像官，民不像民，朝廷重用林则徐，来了个虎门销烟，把洋人惹火了，人家有坚船利炮，劈劈啪啪地打了进来，朝廷顶不住，弄出个《南京条约》，从此咱大清国一天不如一天。皇上呢，也是一窝不如一窝。咸丰爷年间又闹起太平天国，洪长毛搞拜上帝会，夺去半壁江山；咸丰爷在承德过世，留下一个妖孽娘们儿，从此兴风作浪，闹得鸡犬不宁……”

罗小倩说：“你少说两句成不成，这话儿若传到太后的耳朵里，还不来个满门抄斩?!”

四爷一仰脖子：“抄斩？我是八十多岁的人，不怕！脑袋掉了，碗大的疤！别人不敢吭气，屎尿往裤子里拉撒，我就偏要摸摸她的老虎屁股!”

罗小倩带着哭音说：“你不怕，活了八十多了，够本了，可我才四十多岁，丢下我和三个女儿，你就心安理得地去死?!”

四爷一拍桌子：“说老实话，那三个丫头是不是我的骨血?!”

罗小倩一听，怔了一怔，紧接着像杀猪一般号啕大哭起来：“唉哟，你这个挨千刀的老爷子，说昧良心的话儿，这三个金枝玉叶般的孩子不是你的，难道是石头里蹦出来的？你说这话亏不亏心啊!”

四爷见罗小倩哭得伤心，急忙劝道：“算了，算了，我认领了。”

罗小倩眉心一拧，又转出几丝笑纹来，她对丫鬟叫道：“出去。”丫鬟出去了，她就势扑到四爷怀里，撒娇地说：“老爷子，这大清国的气数尽了，咱们走吧。”

“到哪儿去?”四爷眯缝着眼睛问。

“法国的首都巴黎，世界花都。”罗小倩利索地回答。

“不行，我这把老骨头要葬在先祖的故乡。”

“你呀，真是个倔老头。”

紧接着，烛被吹灭了，一片漆黑。

却说“翠花刘”刘凤春那天被清兵马队冲散后，拐进胡同，跑来跑去，竟跑进八大胡同。这八大胡同是北京有名的娼妓集中地，自明清以来，北京的妓院明暗杂陈，延绵不断。清光绪年间已有妓院三百七十三家，其中头等妓院七十八家，二等妓院一百家，三等妓院一百七十二家，四等妓院二十三家。一等和二等妓院多集中在前门外的八条胡同，故称为“八大胡同”。计有：王广福斜街、陕西巷、皮条营、韩家潭、石头胡同、胭脂胡同、百顺胡同和纱帽胡同。以后又有“王蔡朱百柳，石广火燕纱”的说法，王即王皮胡同，蔡即蔡家胡同，朱即朱家胡同，百即百顺胡同，柳用谐音，即留守卫；石即石头胡同，广指王广福斜街，火即火神庙夹道，燕即燕家胡同，纱即纱帽胡同，这些胡同统称为“十条”。

一等妓院称为小班，小班前又冠以“清吟”二字，所谓清吟小班，因其妓女大都属籍苏州、扬州或杭州，一度叫过南班。南班的养家对买来的妓女从小即练习笙管丝弦或书画，所以苏扬妓女多善苏州民歌及民乐，杭州妓女除善于民乐外，有的还会水墨丹青、书法和古典诗词。一等小班的院落多为整齐的四合院，有两进、三进或带小跨院的，也有少数是中式楼房。小班门框左右各挂一块长方形铜牌，用黑漆在上端写有“一等”二字，下面是竖写“清吟小班”四字。上门坎还挂有红绿彩绸，垂向两边，有的还在大门旁挂的大铜牌上书本院妓女花名。小班妓女的居室多为三至五间，两明一暗或三明两暗，占房多寡按其名声而定。居室内陈设也较华丽，设有长条餐桌、方桌、梳妆台、靠背椅、座钟、挂钟、铜床、绣花幔帐、丝缎衾枕、衣架、盆架、茶具等，室内多悬挂有妓女本人大幅着色照片，有的还挂有社会名流的题字及书画挂屏等。小班妓女一般都有贴身女佣。

二等妓院叫茶室，大门口设施与头等小班基本相同，妓女房间一般为两三间，设备比小班逊色，但茶室与小班的主要区别在于妓女本身，如年龄、姿色、身材、装饰等。

三等妓院比较简陋，妓女所占房间一般为一大间或两小间，室内有床或砖炕，茶具桌椅也较平常。三等下处除城南外，朝阳门东森里也有十数家。

四等又叫土娼，除分布在四圣庙、花枝胡同、莲花河、小观胡同外，尚有崇文门外黄花苑、宣武门外培乐园、西直门外黄土炕等，这些地方房屋设备更加简陋，妓女衣着平常，有的容颜衰老，涉足者是底层人士。

刘凤春走进纱帽胡同，正见前面有一队清兵搜索而来，急忙拐进一座深宅大院。原来这是一个清吟小班妓院，守门的“茶壶”恰好出去解手，刘凤春径直朝后院走来，只见院内栽着牡丹芍药，翠竹仙掌，十分雅静。

这时，一个胖胖的麻脸婆娘闪了出来，对刘凤春叫道：“怎么前头也没打招呼你就进来，楼上还有一位贵客呢!”

第十六回　扮嫖客大闹清吟班　冒春梅乱搅肃王府

刘凤春知他是鸨娘，搪塞说：“我等不及了。”

那婆娘上下打量他一番，用彩帕掩着大嘴说：“瞧你这腌臜相，长得又这么丑，有多少银子呀？”

刘凤春见时间紧迫，已来不及与她磨时间，一扬手点了她的穴位，让她叫不出声来，然后背起她朝楼上奔去。上楼后他听到有嘤嘤哭声，推开门只见一个体态丰腴的年轻少女，明眸皓齿，两只银杏型的眼睛黑白分明，穿着一件黄色印度绸的旗袍，丰满的胸脯在旗袍里面显著地突出来。她哭得很伤心，身子一颤一颤的。

刘凤春问鸨娘：“那个嫖客呢！”

鸨娘吱吱呀呀了半天，也说不出一句整话。

刘凤春自知忘了解穴，赶忙为她解了穴。

鸨娘知刘凤春来者不善，不敢撒谎，说：“这是一位清倌，被肃王府的王爷看中了，被王爷叫条子了。”

鸨娘见刘凤春似懂非懂，立即解释说：“妓女有清倌、浑倌之分，清倌就是处女，这位叫春梅的女子就是一个雏儿。叫条子就是嫖客在外面点名叫某妓院来陪客，今日上午肃王府管家来，已交了一千两银子，一会儿便派车来接人。”

刘凤春问那位叫春梅的女子：“你家住在哪里？为何来到这里？”

春梅泪眼汪汪地说道：“我家住米市大街无量大人胡同，父亲是个私塾先生，前日我到东四买菜，路上被一伙歹徒抢到这里。我不愿卖身，他们就用烟扦子刺我的后背……”春梅说到这里，愤怒地解开旗袍，露出后背上一块块紫红的伤痕。

刘凤春不忍看下去，一扬手又点了鸨娘的穴位，对春梅说：“现在我救你出去，快跟我走。”

春梅又惊又喜地点了点头，抹了一把泪水，随着刘凤春下楼。

这时正好有一个侍卫进院，看见刘凤春和春梅，疑惑地问："你们到哪儿去?!"

刘凤春二话没说，一个撞掌结果了他的性命，然后把他拖到一个井内。

刘凤春与春梅来到后院门口，只见门上落着大锁，刘凤春用力扭断门锁，从怀里摸出一些银两塞给春梅。春梅一见，感激得双膝跪地，说："大爷，我给您磕头了。"说着，磕头不已。

刘凤春连忙扶起她，说："事不宜迟，你快逃命吧，以后再也不要轻易出门。"

春梅问："您怎么办?"

刘凤春答道："附近清兵正在追捕我和朋友们，我已有逃生之计，你快走吧。"说着，掩上门。

春梅又朝大门鞠了一躬，然后飞也似的朝胡同尽头跑去。

刘凤春又回到楼上，解了鸨娘的穴位，说道："你给我找一套女人的衣服。"

鸨娘不解，问："您要女人的衣服干什么?"

"少啰唆，快找。"

鸨娘打开一个衣柜，找出一件宝蓝色旗袍，刘凤春见里面还有一块一尺见方的红布，连忙攥在手里。刘凤春脱下衣服，换上旗袍。

鸨娘见他这副模样莫名其妙。

刘凤春说："我扮成春梅，等肃王爷府的人来了以后随他们去，你不能声张。若声张，我要了你的狗命!"

鸨娘连忙说："不敢，不敢，只是大爷您要这么一来，可就砸了我们清吟小班的牌子了，如肃王爷府怪罪下来，我们可担当不起啊!"

刘凤春眼睛一瞪："谁让你再干这坑人的事情，我走后你赶快滚蛋，不要再干这种事情!"

鸨娘捣蒜般磕头："我马上卷起铺盖滚，再不敢干了。"

这时，楼下有人叫道："领姑娘，我领姑娘来了。"

鸨娘连忙应道；"来喽，来喽!"

刘凤春把红布遮到头上，随着鸨娘一扭一扭地下了楼。

来人是肃王爷府的管家刁二，刁二一见刘凤春这副样子，问鸨娘："怎么几个时辰不见，这春梅姑娘长高了，长胖了?八成换了吧?"说着就去揭刘凤春头上遮的红布。

刘凤春急得后退了几步。

鸨娘也急出一层鸡皮疙瘩，连忙说："春梅姑娘是清倌，害羞得很，你不要吓着姑娘。你连我都不信，这还能有假？如果有个出入，我是跑得了和尚跑不了庙，你找我自是。"

刁二还是半信半疑："这大热天遮什么盖头？"

鸨娘笑道："你们王爷不觉得是什么大事，可人家是黄花闺女，人家把这可当成一件大事。"

刁二又问："上午跟她说，她还哭天抹泪的，可现在怎么依从了呢？"

鸨娘吹嘘道："有哪个丫头敢说个不字，不管她多么刚烈，经我这一折腾，个个跟顺毛驴似的。"

刘凤春趁机踩了鸨娘一脚。

鸨娘"啊"地叫了一声。"我说也是你们肃王爷福大造化大，守着这么多金银财宝，哪个女人不见钱眼开?!"

刁二笑道："那就麻烦您了，事成之后再给二百两银子。"

刘凤春随着刁二上了停在后门口的马车，马车夫一扬鞭子，两匹马嘚嘚地小跑，刁二上气不接下气地跑在后面。

"站住!"一声吆喝，从前门城楼旁边闪出一队清兵，管带横刀立在前面，拦住马车。

刁二连忙摸出肃王爷府的木牌，递给管带。那管带看了看木牌，说："马车内是什么人?"

刁二皮笑肉不笑地说："是肃王府要的美人。"

"美人?"管带露出了笑纹，上前去掀马车前的轿帘。

"别吓着姑娘。"刁二叫道。

管带将手伸到里面，在刘凤春的大腿上拧了一把。刘凤春啪地打了管带一个耳光。

管带骂道："嗬，这小蹄子还真辣！这皮肉可够糙儿的!"

刁二一摆手，马车夫吆喝一声，两匹马又跑起来。

马车进了肃王爷府，停在后院一个垂花门前，早已待立在此的两个丫鬟扶刘凤春下了马车，然后将他带到一套陈设华丽的房内。

一个丫鬟问："小姐想喝点什么?"

刘凤春摇摇头。

另一个丫鬟问："小姐觉得这屋里热吗?"说着拿过一个湘绣扇子。

刘凤春摇摇头。

“小姐想吃点什么?”还是那个丫鬟问。

刘凤春又摇摇头。

那丫鬟对同伴抿嘴笑道:“这倒省了我们的事。”

一个丫鬟出去,一会儿端着一盘饭菜走了进来。盘上有一碗四喜丸子,一碟杏仁豆腐,一碟木耳炒蛋,四个奶油蒸糕。

刘凤春闻到一股股香味袭来,涎水流了下来。

刘凤春食欲上来,急得抓耳挠腮,忽然心生一计,从床上立了起来,向两个丫鬟做出要求洗澡的姿势。

一个丫鬟误解了他的意思,以为他要解手,跑到外面拿了一个便盆进来。

刘凤春一脚蹬翻了便盆,又做出方才的姿势。

那个丫鬟生气地说:“原来是个哑巴。”

另一个丫鬟明白了刘凤春的意思,说:“小姐要洗澡,走,咱们端那个大澡盆去!”

两个丫鬟出去了。

刘凤春看见她们出去,连忙扯下遮头,囫囵吞枣般地把盘子上的食物吃个一干二净。

刘凤春刚吃完,听见外面有脚步声,又把红布遮在头上。

两个丫鬟端着一个大澡盆走了进来,盆内盛着温水。一个丫鬟出去又拿来毛巾、肥皂等物。

另一个丫鬟拧了这个丫鬟一把,凑在她耳边说:“小姐是个饭袋呢,你瞧,盘子上的食物全光了。”

刘凤春又站起来,示意丫鬟们出去。

一个丫鬟笑道:“瞧,还怕看呢!谁不知她身上长着啥玩意儿!”

另一个丫鬟推她道:“快走吧,还省我们的气力呢,咱们到园里凉快去!”

两个人走了出去。

刘凤春把门关好,上了闩,脱下衣服,尽情在盆里洗澡。

这时天已经黑了,刘凤春正在洗浴,猛听得门外传来一阵脚步声,顾不得穿衣服,急忙吹熄了蜡烛,滚到床上,卷到被里。

门外那人轻轻推了推门,没有推开。

刘凤春想:可能是肃王爷善耆这老东西。

那人又来到窗前,用舌头舔破窗红,伸进一只手,开了窗户,然后纵身跳了进来。

刘凤春有点紧张,大气不敢喘一口。

那人迅捷来到床前,正要说话,刘凤春腾地起身,一掌朝他面门击来。

那人身法好快，一闪身，躲过这一掌，喝道："你究竟是何人?!"

刘凤春听这声音熟悉，也觉吃惊，连忙住手，透着皎洁的月光一瞧，不禁失声叫道："马贵!"

此人正是"螃蟹马"马贵。

马贵也叫道："原来是刘师叔，你怎么到这来了?"

原来马贵上午冲出重围后，孤身躲进肃王府。他几次出去打听师傅尹福和八卦掌众人的消息，音讯全无，于是又沮丧地退回王府。刚才他听管家刁二说，肃王爷新叫了一个妓女，又听说那妓女是初次卖身，动了可怜之心，于是前来探看动静，想救出这个初落风尘的女子，没想到遇见了刘凤春。

刘凤春也对马贵讲述了自己的遭遇，说着说着，潸然泪下。

刘凤春说："不知尹大哥、程二哥他们安危如何，大批清兵包围了那里，恐怕有的弟兄要遭难了。"

马贵劝道："刘师叔不要太伤心，咱八卦掌门的人个个都是好样的，凭着一身好武艺不会吃亏的，现在还没有探听到准确消息。"

刘凤春喟然叹气道："可我亲眼看到有七个丐帮弟兄被清兵杀害了……"

马贵道："这里不是久留之地，咱们快走。"

"到哪儿去?"

"先到施师叔家里，听听动静，他家有一个暗窖，可大了，是对付事变用的。"

刘凤春点点头。

马贵一拉他："快走，趁肃王爷还没有过来……"

刘凤春着急地大叫："我还光着腚呢!"

"眼镜程"程廷华率领着几个八卦掌弟子且战且退，东拐西拐，退到法源寺内。

宝禅法师与众僧人将程廷华等人迎到毗卢殿内。宝禅法师着急地询问尹福等人的下落，程廷华答不上来。

宝禅法师命僧人端来茶水请程廷华等人喝。这时有个僧人前来通报："大批清兵包围了法源寺。"

程廷华一听，急忙抽出八卦子午鸳鸯钺，就要往外走，其他八卦掌好汉刘宝贞、李文彪等六人也抽出兵器准备随程廷华往外冲。

宝禅法师连忙拦住他们，说："清兵人多，你们寡不敌众，肯定吃亏，绝不能硬拼。我带你们先藏起来，等清兵离开再想脱身之计。"说着，宝禅法师领众人来到那座巨大佛像面前。这佛像通体铜制，高齐屋顶，共三层，下层是千叶莲瓣巨座，每一莲瓣上镂一佛像；中层为四方佛，分别面向东、南、西、北；毗卢佛则居最高层。铜像安置于石制须弥座上，四面镂有力士龙云之像，古朴庄严，与铜像结合为一体。

宝禅法师纵身向上一跳，正好摸中毗卢佛的佛嘴，千叶莲瓣巨座正面现出一个洞口。

宝禅法师说："这是佛祖在建殿时留下的一个藏身之处，只有住持代代相传，此外无人知道。如今情势危急，你们暂且躲一躲，千万不要随意出来。"

程廷华等人先后跳了进去。

千叶莲瓣又复合上，恢复原状。

宝禅法师率领众僧来到殿后的大悲坛上，在缭绕的香火中振振有词地念经。

宝禅法师吟道：

"人天无据，被侬留得香魂住。如梦如烟，枝上花开又十年。十年千里，风痕雨点斓斑里。莫怪怜他，身世依然是落花!"

这时，一伙清兵冲到了大悲坛。一个统领恶狠狠地问："秃驴，你们把乱党藏到哪里去了?"

宝禅法师昂着头，不屑一顾。

那统领命令清兵："给我搜!"

部分清兵并做两队，分头搜去。

统领对宝禅法师道："已有人密告于我，法源寺是乱党黑窝，乱党经常云集此地聚会，商议谋反大计。"

宝禅法师冷笑几声，没有回话。

统领又问："秃驴，你服不服罪?"

宝禅法师庄严地回答："法源寺是千年古刹，佛家胜地，大清帝国几代母后也是信佛之人，你如此玷污佛教，又派重兵擅自闯入佛界，该当何罪?!"

统领恼羞成怒，指着宝禅法师道："你招是不招?!"

宝禅法师哈哈大笑，朗声说道："你要我招什么?"

统领指着众僧中的一人道："佛三，快出来作证。"

僧人丛中走出一个尖嘴猴腮的和尚，贼眉鼠眼，他是清兵一个月前派进来卧底的。

宝禅法师一见佛三，怒不可遏，刚要上前，被两个清兵用刀架住。

佛三见有大批清兵撑腰，大摇大摆地走到统领面前，脱下僧衣，摘去僧帽，甩在一边，"嘿嘿"冷笑几声，说："老子我是寻常看不见，偶尔露峥嵘。我看见住持经常与八卦掌门往来，前一段，有个身份不明的女匪一直住在这里养伤，八成是刺客，后来不知去向。"

统领问佛三："你看见乱党跑进来了吗?"

佛三点点头："看见了，有七个人，刚才进了毗……"

佛三"卢"字尚未出口，宝禅法师纵身一跃，双手一扬，数支飞镖齐向佛三击来。佛三惨叫一声，气绝而亡，身后出现数个血窟窿，呼呼冒血。

众僧人见住持动手，个个挥掌朝清兵扑来。有的去夺清兵兵器，有的接连击倒清兵，有的掏出飞镖连连击毙清兵。统领与两个清兵紧紧围住宝禅法师厮杀，宝禅法师使出七星螳螂拳，接连杀死两个清兵，与统领死战。

程廷华等人在佛像下的地穴内，听到地面上一片喊杀之声，知道僧人已与清兵血战，也想冲上去助僧人一臂之力，可是左突右冲，也找不到出口。折腾半天，个个累得汗流浃背，只是喘气。

原来这藏身地穴进出全凭地面上佛嘴机关，否则无法出去。

佛殿外，清兵越围越多，僧人虽然个个神勇，但寡不敌众，数十僧人已死伤大半。清兵虽然丢下数十具尸首，但援兵闻声而来，还调来了洋枪队。

宝禅法师一掌击中统领右肩，统领手中的狼牙棒落地，他想夺路而逃。

宝禅法师一招"猛虎出山"，双掌掼向统领后脑。统领大叫一声，扑身而倒，口吐鲜血如注而死。

清兵们见这老僧手段厉害，都吓得往后退。宝禅法师追上跑得慢的清兵，又接连杀死三人。

洋枪队也不管老僧身边有清兵，一齐开枪射击。

宝禅法师身中数弹，身子晃了一下，狂啸一声，倒在血泊中。

宝禅法师身边的两个清兵也中弹倒下。

十多个僧人最后也都壮烈牺牲。

程廷华在地穴中听到激烈的枪声，陡地一惊。接着，周围是零乱的脚步声。过了一个时辰，上面呈现死一般的沉寂。

程廷华心里明白，宝禅法师和他的僧众都牺牲了。

刘宝贞等人也心如刀绞，气得直跺脚捶壁。

地穴内一片黑暗，只有轻轻的叹息声、啜泣声和咒骂声……

程廷华心里清楚，等待他们七个人的可能是死亡。因为不会有人来了，也没有人懂得开动这个暗道机关。

那日中午，"大枪刘"刘德宽被几个清兵缠住，左突右冲，总甩不掉清兵，他沿着白云路向西飞跑。

正跑着，看见前面胡同内有一道观，便翻身跳了进去。这是道观的后花园，假山上刻有"云集园"三字，南面有个戒台，崇高庄严，中间是个庭，四周环绕游廊，将云集园分为东、中、西三部分。两院由元辰殿两侧西南门进出，门楣上悬挂“小蓬莱”匾一幅，上款“光绪庚寅冬”，下款“索云道人。”

刘德宽一进西院，看到西北角有一座曲尺形的两层小楼，彩漆彩绘，小巧玲珑，匾名“退居楼”。四周游廊与中部游廊相通，院南有云华仙馆，北侧有一花洞。中院假山在云集山房后面，紧贴北院墙，俨然一扇屏风。东院假山上有一尖顶方形凉亭，亭下有石刻“岳云耸秀”“独秀”等字。西院假山石刻最多最秀，东南辟一石门，门楣上刻有“小有洞天”横额。山上有妙香亭，与东院的友鹤亭遥遥相对。

刘德宽见四外无人，幽静清雅，园中亭台楼阁、游廊假山交错其间，颇有江南园林特色，真如世外桃源。

白云观已有一千多年的历史，是道教圣地，全真道教十方丛林之元，号称北方第一道观，几百年来一直是北方道教的中心。创建于唐代开元年间，最初曾叫天长观，金代改名为太极宫。元代邱处机掌管道观时期，白云观才兴盛发展，闻名于世。邱处机是全真道教教主王重阳的嫡传弟子，道号“长春子”，人称“长春真人”，居住陕西终南山，颇负盛名。元太祖曾派人召他北上，他率领弟子十八人，跋涉万里，历经四年，终于到达西域谒见元太祖成吉思汗。他力谏元太祖，统一天下的关键在于“不嗜杀人”，深得元太祖的赏识，赐号神仙，爵大宗师，令掌管天下道教，赐居太极宫。宫宇修葺后，用邱处机的道号命名，改称为长春宫。邱处机死后，以他的生辰正月十九日为“燕九节”，表示纪念。邱处机的弟子在他死后于长春宫东侧兴建了白云观。后来长春宫并入白云观，清代几经修建，康熙、乾隆等皇帝还亲自题匾，写联，树碑，更为白云观增添了光彩。

如今白云观有个老道王书城与慈禧勾结甚密，慈禧每到观中行香，他都竭力奉承。白云观特制一种冬菜，极其香脆可口，他经常带到宫里，总管李莲英、小德张等人都是他的密友。

刘德宽正在云集园徘徊，猛听得退居楼内有动静，急忙闪到假山后面。

一会儿，从楼内走出一个洋人。他大腹便便，身穿燕尾服，叼着一支雪茄，睡眼蒙胧。

刘德宽见这么一座古色古香的道观忽然出现一个洋人，十分诧异。

那洋人懒散地打了几个哈欠，又回屋去了。这时天色已晚，刘德宽觉得腹中饥饿，悄悄来到前面八仙殿前，见有个道士在那里念念有词。他见供桌上有瓜果糕点等物，垂涎欲滴。

那道士念完经出去了，刘德宽迅疾来到殿内抓了一把糕点，大口大口吃起来。

刘德宽吃完糕点，觉得增加不少气力，于是走出殿堂，猛见黑影一闪。

刘德宽紧追黑影，来到邱祖殿内，一个青衣人正在蹑手蹑脚在邱处机塑像周围转来转去，忽听吱的一声，塑像后一道暗门忽地打开，“噗噗噗”，从里面飞出三支暗镖。那青衣人好眼力，一招“嫦娥奔月”将身子紧贴墙壁，躲过了飞镖。

青衣人悄然钻了进去。这时，一阵疾风掠过，一个瘦老道人双目如电，一招“白猿探头”，手指一屈，把那青衣人从暗门里揪出来。

青衣人也不示弱，一招“飞虬腿”朝老道胸前踢来。

老道一招“霸王推山”，又一招“黄莺探爪”，将他紧紧抓住。

“饶命！小人以后再也不敢了。”青衣人瑟瑟发抖。

“你是何人?”老道问道。

青衣人答道：“我是清宫里的太监，一年前曾来这里居住，听说邱处机大师的尸骨就埋在这里。”

老道冷笑道：“谁派你来的?”

青衣人不说一句话。

老道用力一扭，青衣人惨叫一声，左手指断了一根。

青衣人汗水顺着面颊流了下来，他结结巴巴地说：“是……齐三……太监……”

第十七回 卖国权李总管受贿 姘洋虏美妇人被辱

“齐三太监？原来是他……”老道一脸杀气，放了手。

“告诉他，别想打白云观的主意，滚吧！”老道话音未落，青衣人连滚带爬地已爬出了殿堂，不久便消失在黑暗之中。

这时，有个小道士前来禀报：“李大总管到了。”

老道平静地说：“快请到俄国驻华公使苏拉公爵房里，他已等得不耐烦了。”

刘德宽躲在暗处，听到这番话，心想：原来那洋人是俄国驻华公使，他躲到这里做什么？老道与李莲英有联络，看来此地乃是非之地。

老道匆匆随小道士出来，来到前面，只见一辆高贵华丽的马车停在白云观门口，马车上走下来一位身着讲究的胖大太监，马车后跟着两个侍卫。

“李总管到了，有失远迎。”老道笑着与太监打招呼。

那太监正是清宫太监总管李莲英。李莲英脸上的肉动了几下，说：“客套什么，俄国鬼子呢？”

老道王书城回答：“在退居楼住了已有一个多月了，一直渴望见到您。”

李莲英摆摆手：“会会他。”

王书城带李莲英来到云集园退居楼内，俄国驻华公使苏拉笑容满面地迎了上来，王书城做了介绍，李莲英与苏拉分别坐定。

王书城吩咐道士端上龙井清茶和瓜果，几个人亲亲热热地叙了起来。

苏拉对李莲英说：“李总管在中国的官场上是首屈一指的人物，我们俄国人对李总管的印象极佳，太后的许多想法正是李总管的智慧精华。我们还要请李总管在太后面前美言，世界上唯有俄国对中国亲善。”

李莲英听了苏拉的夸奖，高兴得晃着大脑袋，说：“好说，好说，中国与俄国唇齿相依，荣辱与共，历史上就是好朋友。虽然有过成吉思汗派兵火烧莫斯科的事情，但那只是个别的现象。”

苏拉说："俄国人也曾做出对不起中国人的事情，但那是过去的事了，我们都是朋友。我来中国之前，沙皇尼古拉二世特意叮嘱我，送给太后一件宝物。"说着起身来到一个漂亮的皮箱前，打开皮箱，拿出一个精美的照相机。

苏拉说："这是尼古拉二世送给太后的，是当今最先进的照相机。"

李莲英接过照相机，连连谢道："谢谢沙皇的一片盛意，我一定转交太后，太后看了也一定会高兴的。"说着，那一双贼眼还在皮箱里寻觅着。

苏拉看出了李莲英的意思，说道："沙皇还委托我给李总管带来了礼物。"他摸出一个锦匣，打开锦匣，露出一个闪闪发光的金表。

"这是俄国的上等金表，送给你。"

李莲英受宠若惊地接过金表，放在耳边听了听，表针"滴滴答答"地走着。他欣喜若狂地翻过来，见上面刻着一男一女两个裸体人，不禁心花怒放。

几个人又分头坐好。苏拉说："最近俄国想在中国的东北修建铁路南段，为了加强贸易往来，是否请总管在太后那里美言几句?"说完紧紧地盯着李莲英的眼睛。

李莲英正美滋滋地欣赏着金表，也没听见苏拉说些什么，只是随意答应着："当然，当然，可以，可以。"

这时一个道士匆匆奔进来，对王书城说："外面来了一队清兵，要搜查本观，声言搜查乱党。"

这些话让李莲英听到了，他眼睛一瞪，气哼哼地说："搜查乱党?我前脚到，他们后脚就伸进来了，莫非我是乱党?哪个不要命的敢来?"

刘德宽此时正在房上偷听，听了这些话，心里有些紧张。

李莲英又叫道："就说我在这里，让他们滚!"道士应了一声，又匆匆退出。

李莲英又与苏拉、王书城叙了一会儿，然后告辞而去。

送走李莲英，王书城陪苏拉回到退居楼内，苏拉请王书城喝了一杯白兰地酒，闷闷地说："你我相识已有一年，不瞒你说，我一人住在这里，有些寂寞，女儿在国内生病，夫人留在国内照应，脱不开身。这些天总感到缺了点什么，有些空虚啊……"

王书城明白了苏拉的意思，笑道："男人离开女人不行呀!白云观里虽然尽是出家之人，但是住着一个美人。"

苏拉脸上升腾起希望之光，问："在哪里?"

王书城回答："住在前院。她是杭州一个官吏的妻子，那官吏为了谋到广东的肥差，不远千里将美妻送到这里，拜我为义父。不过，这美人的丈夫也住在我这里，恐怕不太方便。"

苏拉急忙说："我有的是钱。"

王书城说："我先去跟他们商议一下。"说着，出去了。

一会儿，王书城引着一个美妇人走了进来。那妇人态度亲切妩媚，嫣然一笑，好像一个天使，虽然已到中年，但仍保持着少女的丰采，体态丰腴，皮肤白净。她穿的旗袍是银色的，更显示出她超然的风度。

王书城说："你可得好好待人家啊!"

苏拉喜道："当然，当然。"

那美妇脸上羞红，把脸扭了过去。

王书城走后，苏拉招呼美妇坐下，给她削了一个苹果，递了过去。美妇接过苹果，不知所措地拿着。

苏拉笑道："吃吧，别客气！俄罗斯妇女和中国女子不同，她们过于开放，而中国女子受封建礼教太深，比较含蓄，我更喜欢中国女子，含而不露，引而不发。"说着从皮箱里拿出一个金项链，戴在美妇的脖子上，顺势亲吻了一下美妇的脸蛋。

美妇脸羞得通红，但是也不躲闪。

苏拉乘机抱起美妇进了里屋，一会儿灯灭了。

刘德宽在房上看见俄国人玩弄中国女子，又见那美妇不知羞耻，一股怒火卷了上来。他悄悄下了房，轻轻推门，门推不开，里面锁上了。他打开窗户，跳了进去。

"谁!"苏拉的声音，紧接着有扭动枪栓的声音，刘德宽山猫一般冲到屋里，看到两只白鸟似的人影；他朝着那高大的身影一掌劈去，苏拉手中的手枪被击落。刘德宽又猛的击一掌，将苏拉击昏。

美妇赤身裸体，软绵绵地瘫在床上。

刘德宽拖着一丝不挂的苏拉，把门打开，来到院里，将他绑在一棵树上，然后回到屋里。

美妇不见了。

刘德宽见四周安静，非常奇怪，于是设法点燃蜡烛，屋内照得通亮，还是没有美妇的影子，床上被褥凌乱，地上是苏拉和美妇的衣物。

刘德宽来到外屋，也没有发现美妇。

这时，只听里屋发出一点声响。刘德宽连忙来到里屋，猛见床下露出一只三寸金莲。刘德宽上前抓住那美妇的小脚，一把将她从床下拖了出来。

美妇头发蓬散，浑身沾着尘土，不停地哆嗦。

刘德宽朝她唾了一口痰，拖着她来到院内，绑在苏拉的旁边。

刘德宽进屋去找杂物，想堵住苏拉和美妇的嘴，没想这时苏拉已醒，杀猪般地大叫起来。这一叫惊醒了睡在前面殿内的道士们，王书城率领各持兵器的几个人冲进云集园。

刘德宽想夺路而逃，但是已经晚了，王书城手持一根玄武棍挡住他的退路。

“你是何人？竟敢闯入白云观?!”王书城大喝一声，声若洪雷。

刘德宽直到此时才知陷入险境。王书城武艺精深，手段毒辣，上通深宫，下勾官府，远近闻名。刘德宽自知凶多吉少，不免后退几步。

王书城又一声大喝：“快通报姓名，我不杀无名小卒。”

刘德宽一听，略微有些紧张。他望望四处，知道难以逃出，索性装作镇定，朗声答道：“我是‘大枪刘’刘德宽。”

“哈哈，原来是八卦掌的好汉，我谅别人也没有这种胆量!”王书城阴沉着脸，又问：“三更半夜，你为何来白云观？是偷？是抢？是奸？是淫?”

他见刘德宽只是轻蔑地冷笑，又说：“都不是，也一定是找别扭来了，来，比试一下。”说着，将玄武棍朝刘德宽击来，刘德宽连忙躲过，没想右臂一阵灼痛。原来王书城使的是通臂拳，不但拳沉势猛，而且出手疾快，变化轻灵，以两臂见长。

通臂拳自古即以直隶、北京为中心流传开来，属猴拳类。据唐代《剑侠传》记载，相传古代有一白猿教给越女剑法。通臂拳以“白猿通臂拳”为正宗本流，其支派有“劈挂通臂拳”“少林通臂拳”“五行通臂拳”。五行通臂拳就是由白云观道长韩屏山创造的一种通臂拳法，以后代代相传。五行指金、木、水、火、土的“天地五行”。授拳时按照金门、木门、水门、火门、土门的几个阶段依次进行。土门是最高的秘传，包括有奇门遁甲的隐身法。

王书城与刘德宽斗了十几个回合，腰一塌，一个骑马蹲裆式，朝前猛一跨步，左手一晃，右手握着拳朝刘德宽小腹击来。这一拳十分有力，若要打中，肚子非戳个洞不可。刘德宽忽地一闪身，使王书城的拳头落了空。

刘德宽身捷步灵，忽高忽低，忽远忽近，千变万化，旋转翻腾。

王书城成竹在胸，不急于取胜。

过了半个时辰，他见刘德宽有些疲倦，于是形如搏兔之鹄，神似捕鼠之猫，一招快似一招，逼得刘德宽手慌脚乱，显得力不从心。刘德宽用尽全身之力朝王书城撞过来，王书城心中暗喜，正中下怀，用引进落空，四两拨千斤的手法，猛地闪过，使刘德宽轰然扑地。王书城趁势一拳，击在刘德宽的小腹上。刘德宽大叫一声，昏厥过去。

几个侍从冲上前就要用刀剑戳刘德宽，被王书城拦住：“留他一条性命，先吊在这棵树上，八卦掌门尹福、程廷华等人手段高强，一定要来救他寻事，不可妄动。”

这时，苏拉已被抬回屋内，美妇也已穿好衣服，她疯狂地冲到刘德宽面前，用手指狠命地抓刘德宽的脸，刘德宽脸上留下鲜血淋淋的指痕。美妇抓了一阵儿，然后扑到王书城的怀里，眼泪像断了线的珠子一样落下来。

程廷华、刘宝贞等七名八卦掌好汉被困法源寺毗卢殿下已有两天两夜了。

几个人又饿又渴，只得靠舔潮湿的铜壁解渴。

程廷华叹道："我们英雄一场，看来要与世长辞了。"

刘宝贞见程廷华有些伤感，也受到感染，他斜倚铜壁，说："我刘宝贞当捕快半生，最终身陷铜墙铁壁之中，可叹，可叹！"

李文彪劝道："师父和刘师叔何必嗟叹，人生固有一死，或轻于鸿毛，或重于泰山，你们都是中国武林上赫赫有名的人，已经建功立业，何必伤心？"

刘宝贞说："若干年后咱们便是七堆白骨，有谁来收殓我们？如今倒成为佛家之鬼，连阎罗殿也进不去了。"

程廷华微吟道："京城猎猎戍旗风，独倚铜墙怅望中。花市有花逢泪眼，法源无法任青瞳。雄心不忍听哀鬼，壮志何须问臾童。此去泉台应闭目，刀声霍霍有遗风。"

李文彪说："师父，我听不懂你这文词，能不能给我们讲讲武术界的故事，以挨这难熬的时光。"

程廷华想了想，说起第一个故事："'燕子尾'是嘉庆年间横行大江南北的大盗，因其行走如飞，轻落如燕，故得此绰号，其名无人知晓。说起'燕子尾'的来历，还得从峨眉山谈起。峨眉山历来是藏龙卧虎之地，风光奇秀，冠绝中外，引来无数高人隐士，更有那重叠寺庙，隐居高僧名士。有位高僧炼铸一双长不盈尺的雌雄剑，一天，有个小乞丐夜宿山门，被他发现。老僧怜他弱小无依，动了恻隐之心，将他收在寺内，这孩子聪慧灵敏，视老僧为父，老僧也把武艺尽意传授给他。孩子长大后，知道师父有雌雄剑，几次要求师父传他。老僧是个有德行的和尚，怕他年少气盛，得剑后惹是生非，就几次善言告诫他，这二剑是寺院镇山之宝，不可轻动，妄用必遭祸殃。他见师父执意不传，竟生歹念。一次乘老僧不备，一刀将其砍死，自携二剑出了山门，在川陕鄂豫一带当了独往独来的强盗。这个大盗就是'燕子尾'。一次，京城一位官员携家眷南巡，那官员有个如花似玉的女儿。船过洞庭湖时，远远见一个人踏浪而来，瞬间迫近，一跃上了官船。钦差大人战战兢兢地问：'你是何人？'那人也不隐瞒，脱口而出：'燕子尾。'钦差大人听了有些胆战，只好斗胆又问：'你上船有何事？''燕子尾'笑了笑说：'我来此一不为金银，二不为珠宝，只想当大人的女婿。我住在武昌黄鹤楼内，限你三日之内将女儿送来，否则你全家人性命难保。'说完，跳下水走了。钦差大人听了，心内害怕。船到武昌后，立即让总督派人捉拿'燕子尾'。

总督派出不少得力捕快，搜捕了黄鹤楼，也没见‘燕子尾’的踪影。总督又急谕各府县衙门，限期捉拿‘燕子尾’。这可苦坏了一班捕快，他们不知到哪里寻找‘燕子尾’。一个退职的老捕快说：‘我有个侄子，功夫颇深，现在外经商，我把他请来帮忙。’老捕快的侄子请来后，一听是捉拿‘燕子尾’，大惊失色，说：‘我也不是他的对手，只有上五台山请我师父下山。’他师父是五台山的高僧，恰巧也是‘燕子尾’的师叔，他听了徒弟的来意后，说：‘杀我师兄的正是这个燕子尾，我给你一副迷药，他闻后自然会跟你走的。’那老捕快的侄子找到‘燕子尾’后，就依法用了药。那药真灵，‘燕子尾’闻过药后，果真乖乖地跟着去督署。总督虽知‘燕子尾’之名，但未见过其人，一听说‘燕子尾’来了，马上开堂。大堂之下，不能用药，但见‘燕子尾’双剑飞舞，一眨眼，腾空而去。老捕快的侄子无法二上五台山，他师父说过：‘此药只是一次灵，再用，‘燕子尾’就不会上当了。雌雄二剑是我师兄几十年的精血，非常厉害。他有二剑在手如虎添翼。不过我倒有个好办法，行恶者必有恶行，既是强盗，定有所好，你回去后可细细探听，相机行事。’老捕快的侄子回到武昌后，果然打听到‘燕子尾’与一个叫杨青的名妓相好，经常暗宿青楼。于是他以千金款待名妓杨青，并对她说：‘燕子尾是个强盗，你同他来往，迟早要祸及于你。若帮我们捉了他，就可转祸为福了。’他见杨青心动，就又说：‘他来之后，你只要把他的双剑藏起来，给我们发个击掌的暗号就行。’一天晚上，‘燕子尾’果然来到名妓杨青屋里，杨青依计行事。正当‘燕子尾’与她床上行鱼水之欢之际，众捕快一拥而上，将‘燕子尾’剁为肉酱。”

李文彪、刘宝贞见程廷华讲到这里，突然站起身来，谛听着什么，大家也凑上前去谛听。

忽然，程廷华大喊道：“来人啊！救命！”接着，人们听到“喵喵”的声音。

“原来是猫在上头。”程廷华失望地说着，又坐在地上。

李文彪说：“师傅，这故事听着过瘾，再讲一个。”

程廷华闭上双目，又讲起第二个故事：“雍正、乾隆年间有个‘江南大侠’甘凤池，精通内外两家拳术奥秘。甘凤池一次外出行走，见两头牛在路上角斗，他毫不费力地一手抓住一头牛的一只角，轻轻一推，两头牛便飞退到路边的庄稼地里，陷入泥中几尺深。两头牛摇头摆尾，哞哞乱叫，使尽全身力气也拔不出腿来。主人只好又向他求助，甘凤池又走到地里，用手抓住牛角，轻轻一提，就提了出来。有一年夏天，甘凤池酒后赶路，走到一个山岭，感到有点疲劳，便坐在一块石头上休息。刚坐下来不久，忽然一阵怪风夹带着呛人的腥气猛然吹来，树木摇晃不止。紧接着，一只白额猛虎从树林中蹿了出来，径直朝甘凤池身上扑去。甘凤池不慌不忙，仍坐在石头上一动不动，待到那只猛虎快要扑到身上时，才举起双臂来迎击。他一拳打过去，老虎就地打了一个滚，连叫一声都没来得及，就脑浆迸裂，呜呼哀哉了！甘凤池在太仓张氏家里居住，当时正值梅花盛开时节，主人邀请几位朋友在花园里饮酒赏花。众人请甘凤池表演技艺。甘凤池便表演了一场击落梅花的游戏。他让主人拿来一团棉花，从中摘出一小部分，然后弄成一个个纽扣儿大小的小球，让众人暗自数着花朵，自己站在离梅树一百步远的地方用棉团来投梅花。棉花球从他手中飞出好像变成粒粒石子，都不偏不倚地投在梅花上，朵朵梅花如降雪般纷纷落下。甘凤池在山东济宁一带游赏时，有个武艺高强的豪门望族李公子设宴款待他。初次见面，彼此互相作揖行礼，甘凤池刚弯腰，李公子忙作揖还礼。甘凤池低头时，李公子用一只脚从他头上踢过，甘凤池好像没有察觉，与他周旋一番而回。甘凤池走后，正当李公子得意忘形地自我炫耀时，甘凤池派人送来一个纸包。李公子接过纸包打开一看，里边包的是两小块各一寸见方的大青白绸子。李公子莫名其妙，反复思索，忽然想起自己穿的内裤也是这种颜色，急忙低头一看，只见裤裆被穿了枣儿般大的两个洞。至此他才恍然大悟，原来这是自己抬脚从甘凤池头上踢过时，甘凤池趁机用手捏住了自己的裤裆而把这两片布捏下来。因此，李公子暗自佩服，便前往向甘凤池谢罪，并诚恳地款留他，拜他为师，跟他学习武术。”

大家正听得入神，忽听地面上传来脚步声。那脚步声越来越近，仿佛就在他们的头顶上。

李文彪叫道：“有人来了，快喊救命吧!”

刘宝贞道：“如果是清兵怎么办？咱们可就全完了。”

程廷华说：“可是机不可失啊，如果那人走后，再没有人来，咱们可就活活饿死了。”

李文彪又说：“那就看咱们爷儿们的运气了。”

程廷华又听了一会儿，说道：“如果是清兵来，必然是杂沓的脚步声，可这脚步声非常轻，似乎是一个人。”说到这里，程廷华大声喊道：“救人啊！救人啊!”

上面传出一个人的声音：“你们在哪里?!”

“在佛像底下!”李文彪赶快嚷道。

听到一阵拨弄佛像的声音。

“找不到机关啊!”上面那人叫道。

“是‘单刀’魏吉祥!”

程廷华兴奋得脸发红。“我听出是他！没有错!”

“魏吉祥!”几个人一起发喊，声震铜墙，发出强有力的回声。

“是我，魏吉祥!”上面那人果然是魏吉祥。

原来魏吉祥见程廷华等人仍然没有下落，便与尹福商量，自己到法源寺寻找。因为他们听说了宝禅法师与僧众殉难的消息。

由于尹福出去不方便，被于鉴等人强留在会友镖局。

魏吉祥在第二天晚上潜入法源寺，只见宝禅法师等僧众的尸首东一具，西一具，非常惨烈。清兵的尸首已运走，寺内空无一人，呈现死一般的沉寂。魏吉祥在死尸堆里没有发现程廷华、刘凤春、刘德宽等人，于是到大殿寻找。他一个个寺庙查看，一个个殿堂寻找，来到毗卢殿时，正遇到程廷华等人叫喊。

魏吉祥听到程廷华等人的声音，欢喜若狂。

“机关在佛像嘴里，只要一按，穴门自开!”程廷华大叫，嗓子显然已经沙哑。

魏吉祥纵身一跳，扳住佛头，用手掌在佛嘴处一按。千叶莲瓣巨座上一扇铜门开了。程廷华、刘宝贞、李文彪等七人先后跳了上来。

“廷华!”魏吉祥与程廷华紧紧抱在一起，热泪盈眶。李文彪等人也紧紧抱着程廷华和魏吉祥，几个人兴奋得跳着蹦着，欣喜万分。

魏吉祥说：“这里不是久留之地，咱们快走吧!”

程廷华等人出了毗卢佛，李文彪不小心踩在一个僧人的尸体上，滑了一跤。

程廷华在尸首堆里见到宝禅法师的尸体，连忙奔了过去。

他见宝禅法师身体冰凉，依然双目圆睁，便轻轻为他合上双眼。眼泪顺着程廷华的脸颊滑了下来，一滴滴落在法师的脸上。

“来，咱们把他们安葬了，他们是为了我们牺牲的。”程廷华的建议得到众人的赞同。大家抬着法师和僧人的尸体来到法源寺后面的一片空地。李文彪找来几把铁锹，几个人七手八脚掘了一个大穴，将宝禅法师和数十僧人的尸体郑重地安葬。

在坟头前，程廷华一行人默默地为僧人们致哀，然后怀着沉重的心情走出法源寺。

程廷华随魏吉祥到会友镖局去见尹福，刘宝贞、李文彪等六人各自回家或暂到亲友家躲避。

来到会友镖局时，已是半夜时分。尹福的房内仍然亮着烛，他放心不下八卦掌众弟兄，几天睡不稳。焦毓隆已被安全转移到乡下老家休养。

这时门外传来一阵脚步声，程廷华和魏吉祥走了进来。

“廷华！你让我们找得好苦!”尹福一见程廷华，使劲地摇着他的胳膊，热泪夺眶而出。

“尹大哥，我这不是挺好的吗!”程廷华见尹福几天不见，消瘦一圈，不禁心头一酸。

三个人坐定，尹福道：“方才会友镖局的一个弟兄讲，刘凤春也有了下落，他与马贵藏在施纪栋家的地窖里。何五、何六从四爷府出去后，已转移到北郊乡下家中。现在只有刘德宽和银狐公主没有消息……”说到银狐，尹福眼圈一红，她一个姑娘家，孤身一人，北京无亲无故，她如今在哪里呢？

第十八回　思谦堂载沣惊飞侠　云集园德宽叼饿桃

出了地安门沿着西北方向行走，没有多远，便到了柳浪莺啼、波翻涛涌的什刹海了。这里真是“浅碧湖波雪涨，淡黄官柳烟蒙。”过了银锭桥，水面更加开阔。再有一箭之地，便看见一座镶着琉璃瓦的大门，这里就是闻名遐迩的醇王府，它是清朝第二代醇王载沣的府第。据史料记载，这里在清朝初年，是鼎鼎有名的大学士明珠的旧居。明珠是康熙皇帝的宠臣，在康熙皇帝平定三藩之乱时表现出了超人的胆识。明珠凭借康熙帝的信任，加快了什刹海北岸的府第建设。当时什刹海正是京师热门的地区之一。震钧在《天咫偶闻》中描述说：“长夏夕阴，火伞初敛。柳荫水曲，团扇风前。几席纵横，茶瓜狼藉。玻璃十顷，卷浪溶溶。菡萏一枝，飘香冉冉。想唐代曲江，不过如是。新荷当户，南柳摇窗，大有西湖楼外楼风致。”明珠的府第周围更是树木丛杂，坡陀蜿蜒，丹楼碧山，矗出水际。明珠去世后，这套华丽的住宅被权相和珅巧取豪夺，随后又转到成亲王手里，以后又辗转到醇亲王手里。当时的醇亲王行七，人称七爷，醇王府也称作七爷府。如今的醇亲王是载沣。

这天晚上，醇亲王载沣与他的夫人瓜尔佳氏在思廉堂内叙话，忽听房上有动静。载沣有些心惊肉跳，他是个胆小怕事的人。自从老王爷死后，他虽然成为这个府邸的主人，但是他才能低下，平庸乏才。可是历史仿佛专门喜欢跟人开玩笑似的，竟把这样一个人推到权力的高层。慈禧出于同醇王府的特殊关系，于光绪二十七年，便把她的心腹重臣荣禄的女儿瓜尔佳氏指婚给载沣。

载沣的夫人瓜尔佳氏倒是个胆大心细的人，方才房上瓦响，她也听见了。她大步走到院内，朝四周看看，没有发现异常情况，于是嚷道：“来人啊!”

一会儿，从对面九思堂方向跑来几个护卫。一个护卫问：“奶奶，发生了什么事?”

瓜尔佳氏说：“你们到房上和四处查一查，方才我听见房上有动静!”

“喳!”那护卫一躬身，嗖的上了房。他朝四面望望，见没有什么动静，又飘然下房。

“奶奶，您是不是听错了？房上无人。”那护卫答道。

“咦，奇怪。”瓜尔佳氏自言自语地说。她走到屏门口，朝外瞧了瞧，又返回来，说道：“没事就好，我这几天左眼老跳，总觉得要发生什么事情。”

“奶奶，有我们在，不会发生什么事。”那护卫一拍胸脯。

瓜尔佳氏道：“你们到园子里搜一搜，那地方空旷，搜得细一点。”

几个护卫答应着出了屏门，来到醇王府的花园里。此时朗月高照，树影婆娑，晚风送来一阵阵花香，楼台亭阁沐浴在银辉之中。几个护卫穿过思波亭，来到戏台前，只见前面有个人影一闪。

“谁?”一个护卫发一声喊，持刀冲了过去，另外几个护卫也追了过来。

那黑影一闪即逝。

护卫们冲上戏台，见空荡无人，又下了戏台，朝畅襟斋而来。

来到畅襟斋门前，见屋内有烛光，里面有两个人正在叙谈。

一个护卫凑到窗前偷看。只见一个长相凶狠的年轻人正在跟一个断耳的小个子窃窃私语。

护卫认得那个年轻人，他是老醇王爷的养子黄三泰，他一直住在醇王府内，自小跟一个瘸足道人学了不少拳脚，武功卓绝，手段毒辣。那个断耳的小个子，护卫觉得面生得很。

那小个子说：“胡爷花了不少银子，上下打点，才保住‘黑老宋’一条性命；此时‘黑老宋’已到了胡爷那里。这次听说会友镖局押着几百万两银子到南方，油水不少。”

黄三泰笑道：“胡爷又惦记上了。”

小个子点点头，流着口水，问道：“黄爷，干不干?”

黄三泰皱了皱眉：“棘手得很，会友是北京赫赫有名的镖局，高手如云。此次又是三皇炮捶高手宋彩臣亲自押镖，又有李尧臣护镖，不大好动吧?”

小个子伸出三个指头。

黄三泰道：“三七开，不干。”

小个子见他摇头，又伸出四个手指头。

“四六开，你这‘钻山猴’，做得了胡爷和宋爷的主吗?”

小个子点点头。

黄三泰的手指头与小个子的手指头勾在一起，两个人会心地一笑，几乎异口同声：“一言为定!”

小个子笑道：“黄爷一去，马到成功!”

黄三泰问："走水路？还是旱路？"

小个子道："水路快，还是水路吧，胡爷和宋爷都等急了。"

这时，只听思廉堂方向传来一片喊声，几个护卫闻声飞快朝思谦堂跑去。

来到思谦堂门口，只见簇拥着许多人，有护卫、仆役，也有载沣的家人。

"王爷受惊了！"一个仆役告诉那几个护卫。护卫们奔进堂内，只见瓜尔佳氏躺在地上，一个郎中正给她号脉。

载沣躺在床上，对着家人胡言乱语："我看见一个漂亮的女侠从天上掉了下来，飘悠悠来到我的床前，打倒了……"

大家顺着他手指的方向看，屋顶的瓦被揭掉了，露出一人能穿入的大窟窿。

"那女侠鼻子高高的，像弓形，两只眼睛大得像灯笼，手里什么兵器也没有，穿一身水绿衣服，正要挥拳朝我脑袋上打，忽然又停住了，灰心丧气地出去了，你们说怪不怪？"载沣的脸上白得如雪，蒙着亮晶晶的冷汗。

尹福和程廷华费了九牛二虎之力，才打听到刘德宽被囚白云观的消息，可是始终没有打听到银狐的下落。此时，光绪帝那里又催问翡翠如意珠的下落，尹福见期限已近，非常焦急。他知道翡翠如意珠已落入天津荣禄府中，但因刘德宽生命垂危、银狐又不知去向，一时脱不开身，只得先搁在一旁。尹福知白云观道长王书城手段厉害，也知道他与慈禧太后勾结甚密，不想轻举妄动。最后，与程廷华商定，由程廷华去施纪栋家里叫刘凤春。

程廷华来到朝阳门内义和木厂；只见门庭冷落，工厂已停产多日，院内木材堆积如山。原来一个工头见施纪栋受伤在家养伤，便贪污了一笔巨款逃之夭夭。施纪栋见人心惶惶，木厂又无钱支撑门面，便暂时辞退工人，关闭了义和木厂。

程廷华穿过狼藉的木材，来到施纪栋家的小院，正见陈媛媛在院里喂鸡。

"哟，嫂子，养了这么多鸡，下鸡蛋给纪栋哥补身子呀！"程廷华笑着招呼她。

陈媛媛丢下喂鸡的碗，苦笑着说："工厂关门了，养点鸡下蛋卖鸡蛋。"

程廷华道："嫂子还挺有本事，纪栋哥好些了吗？"

"好多了，上次他带伤还去了琉璃厂，他这个驴性子！"陈媛媛用围裙擦了擦手。

"廷华来了，屋里坐。"施纪栋在屋内叫着。

程廷华进了屋，见施纪栋正在炕上"吧嗒吧嗒"抽着烟，烟圈绕了一屋子。

程廷华刚坐下，陈媛媛就端着一壶茶走了进来。"来，喝茶，刚沏的。"

程廷华端起茶壶，倒了一杯茶，推到施纪栋面前，又为自己倒了一杯。

施纪栋敲打烟袋，闷闷地说："我不喝，有烟就成了。尹福哥这些天把肠子都愁断了吧？”

程廷华把刘德宽被囚白云观、银狐无下落等事情讲了。

施纪栋叹了口气：“刘德宽怎么跑到白云观去了？”

程廷华道：“我也说不清楚，尹大哥让我来找‘翠花刘’，我们一同去救‘大枪刘’。”

“我也去。”施纪栋披衣欲起，被程廷华按在炕上。“你不能去，你伤还没有全好。”

陈媛媛道：“马贵出去了，‘翠花刘’还躲在地窖里，我去叫他。”

陈媛媛来到后院一个枯井里，推开一个小门，喊道：“凤春，凤春！”

刘凤春正在睡觉，猛听到陈媛媛的叫唤，呼地醒来，揉揉惺忪的睡眼，问道：“外面是白天还是黑夜？”

陈媛媛道：“天快黑了，延华来了，有要紧的事儿找你，你快去吧！”

刘凤春随陈媛媛来到屋内，程廷华紧紧握着他的手道：“好兄弟，你身子骨还挺结实。”

刘凤春笑道：“这些天弟兄们的经历都不平常，我是从烟花巷里逃出来的。”说着把自己如何逃到妓楼，如何男扮女装到肃王爷府等情形叙了一遍。程廷华也把他与刘宝贞等七人被困法源寺毗卢殿下，宝禅法师等众僧壮烈牺牲等事叙了一回。众人又是叹息，又是自勉。

施纪栋道：“那日我和弟兄们在南苑集结，见尹福哥和你们总没有踪影，非常着急，一直等到夜里，还不见你们回来，有的弟兄急得哭了，有的要杀回去拼命，被我和宋长荣等人死命劝住。后来大家含泪分头撤退了，有的躲到乡下家里。我到家时，已是第二天中午，老婆在炕头上哭得跟泪人一般……

“去你的！嚼什么舌头？”陈媛媛用力捶着施纪栋的背。

刘凤春和程廷华来到会友镖局，尹福已等得有点着急。他见二人来了，舒了一口气。他问了问刘凤春的情形，然后三个人一起研究救出刘德宽的策略。

夜，漆黑一团。

白云观笼罩在夜幕中，那高大的道观显得神秘幽深。刘德宽在云集园已被囚了两天两夜，他饿得两眼直冒金星，浑身软软的，没有一丝力气，身上沾着几块痰迹。那美妇每逢路过他身边时都要啐几口唾沫，以泄心头之恨。

俄国驻华公使苏拉受到那晚的惊吓后，已搬回使馆居住。退居楼换了美妇和她的丈夫暂住。

刘德宽心想：这次命中注定要归黄泉了，我死也要死得有声气，不能给八卦掌门丢脸，只可惜没能再见到弟兄们一面，不知他们是否都逃出了虎口……

正想着，忽然有一颗桃子飞来，正击在自己腮上。他猛闻到一股桃香，口水禁不住流了出来。

刘德宽正在纳闷儿，又有一颗桃子飞来。他用嘴叼住那桃子，听到附近有“嘻嘻”笑声。刘德宽抬头一瞧，只见“翠花刘”刘凤春正盘腿坐在对面一棵古槐上。

刘德宽一张嘴，那桃子掉了下来。刘凤春示意他不要说话，他从树上滑了下来。

这时程廷华也从另一棵树后转了出来，他一扬手，飞出一支镖，切断了刘德宽上面的吊绳。刘德宽两天来又饿又乏，“扑通”一声坐在地上。

这一声恰好惊动了退居楼内正在闲谈的那美妇和她的丈夫。

美妇先走到门外，正好看见刘德宽挣扎着爬起来，立刻大叫：“唉哟，不好了，强盗来了！”

美妇的丈夫也正好从屋内出来，见到这般情景，吓得扯着美妇的袖子朝屋里钻去。

尹福也在房上出现了，叫道：“凤春，快带‘大枪刘’跑，有人来了！”

刘凤春背起刘德宽就跑，跑到院墙前，正要攀越过去，但见王书城手持青萍剑率领数人赶到。

王书城持着青萍剑劈来，眼看就要击到刘德宽后背。

“当”的一声，尹福看得真切一扬手，一支飞镖击在王书城的剑上，迸出一串火花。

王书城觉得虎口震动，知道发镖人功力非浅，不敢轻视。他略一收剑，一挥手，众道围定刘凤春和刘德宽。

程廷华在旁边看见，抽出八卦子午鸳鸯钺，舞如流星，冲向众道，那些道士伤的伤，死的死，哀叫不绝。

王书城冷笑道：“原来是‘眼镜程’到了，久仰，久仰。”

程廷华停了手，对王书城道：“王老道，你为何囚禁我八卦掌门弟兄？”

王书城道：“咱们历来井水不犯河水，是你的兄弟闯我山门，调戏我义女，送上门来。”

刘德宽在一旁听见，骂道：“你这贼老道，勾结洋人出卖我国主权，又献上美女，阿谀洋人，丢尽我国脸面，长洋人志气！”

王书城道：“这是观内的事，与八卦掌无关。”

程廷华义正词严地说：“丢我国人的脸面，哪一个国人都应管。”

王书城手持青萍剑要了一个剑花，说：“那就问我这口宝剑答应不答应？”说着，一剑朝程廷华劈来。程廷华猛地转身，用八卦子午鸳鸯钺架住青萍剑。

王书城一招“醉渔撒网”，右手持剑向左摆动，右腿屈膝，身子猛然向后仰颠。与此同时，左手向后弧形绕行摆动，右手持剑向前劈砍。

程廷华往后退了几步，用鸳钺抵住青萍剑，用鸯钺猛击王书城胸部。王书城腾空出剑，一招“青蛇吐信”，在半空中朝程廷华击来。

尹福在房上瞥见有个道士躲在殿后一扬手，一只龙须钩朝程廷华身后抛来。这龙须钩是一种用来擒人的暗器，由挠钩、虎头钩演变而来。挠钩为硬柄，虎头钩为短柄，钩身的两面有刃似剑。因龙须钩以软索系于钩头，可归在暗器一门之中。龙须钩钩身用钢锻制，长约一尺，后部为半圆形。半圆形中部有一个铁环，软索即穿结于此环之中。半圆形前端，有两股矛头并行弯钩而出，两股相距约六寸。两股之外，有刺如锯，但锯齿向后。股端各向外弯转成钩，略似虎头钩，钩头上约有二寸多长，钩尖锐利异常，内外皆有若干锯齿。这龙须钩通体扁平，股的宽度约六分，转弯处较宽，但不到一寸。半圆形处无刃无刺，也为扁平状，以备手握。软索长约三丈，前端穿结于环内，后端有千斤套在腕上。

尹福见状危急，一个“燕子钻云”，从房上翻了下来，大叫：“廷华，小心!”一支判官笔朝龙须钩劈去。

程廷华听到尹福叫唤，将身子一转；王书城趁机一剑朝程廷华劈来，划破了程廷华右肩的衣服。

尹福的判官笔割断了龙须钩的软索。

程廷华有些恼火，抖擞精神，舞动八卦子午鸳鸯钺，步步紧逼王书城。

此时，刘凤春背着刘德宽也拉开架式，与道众激战。

他一招抱掌，五指分开，拇指朝上，掌心向里，屈肘向身前成环抱状，接连击毙两个持剑的道士。又一招螺旋掌，五指分开，向前向上，臂外旋上来，掌心向外。“噗”的一声把一个道士打得晕头转向。

站在旁边的两个道士吓呆了，一个道士自言自语地说：“这大概就是八卦掌吧?”

另一个道士叫道：“爷儿们，快跑吧，再晚一点，就见阎王爷了。”

两个道士拔腿就跑，另外一些道士见势不妙，也抱头鼠窜。

王书城在一旁看见，骂道：“慌什么，快拿洋枪去!”

尹福听见，心想：不能久久与他周旋，应该赶快结束作战。于是手持判官笔从背后袭击王书城。

王书城有些招架不住，且战且退，只有招架之势，并无还手之力。

这时，墙头上出现了两个乞丐。两个乞丐呵呵憨笑。

一个乞丐双肘支着墙头，对刘凤春道：“大哥原来在这里，我们还以为在端王府里享清福呢!”

另一个乞丐嘻嘻笑道：“大哥背的是什么人，我们还以为是猪八戒背媳妇呢！”

刘凤春朝他们嚷道：“琉璃厂文化街的激战，你们为什么没有去？这回卖点力气吧！”说着将刘德宽托上墙头，交给两个乞丐。

“头儿，抬到哪儿？”

“认识义和木厂吗？”

“就是九爷府对面的那个木厂吗？”一个乞丐问道。

刘凤春点点头，补充一句：“出了事，我就剥你们的皮！”

“当然，我们的衣裳不值钱，皮倒值几个钱。”一个乞丐吐了吐舌头，不见了。

刘凤春见两个乞丐和刘德宽离去，松了一口气，转过身来找王书城。

此时，王书城的青萍剑不翼而飞，尹福和程廷华也收了兵器，他们紧紧盯住王书城，使他难于逃离。

刘凤春加入进去，更使王书城一筹莫展。王书城定定神，以“缩小软绵巧，令弹脆快硬”的通臂拳法保护住自身。尹福一招双撞掌，双掌朝王书城头顶击来。程廷华一招四立掌，身体左转回身，左崩拳变掌，四指并拢，去扣拿王书城的手腕。刘凤春一招磨身掌，左拳内旋，右掌疾快劈向对方左肋。

王书城已是气喘吁吁，道冠被尹福一掌劈落，右肩又着了程廷华一掌。他长叹一声瘫于地上。

刘凤春抢上一步，就要结束他的性命，被尹福拦住。

尹福说：“留他一条性命。”

程廷华冷笑道：“王老道，说两句软话吧。”

王书城是怕死贪生之人，见尹福和程廷华如此说，便低着头说：“饶……命……”

这时涌来几个侍从，个个端着洋枪，战战兢兢拥上来。

王书城一见，吓得面如土色，急忙叫道：“不要开枪，我们已签订和约，他们马上就退回去……”

那些侍从一听，都停下脚步，只有一个侍从气呼呼地说：“我们死了五个弟兄，伤了十几个弟兄呢！”

王书城骂道：“小子，你想造反呀！”

那侍从听了，不吱声了。

尹福拖着老道，与程廷华、刘凤春穿过邱祖殿等殿宇，从白云观大门口走了出去。在胡同口，尹福放开王书城，说：“委屈你了。”

王书城有气无力地说：“你们……走吧……”

尹福回到会友镖局，感到又困又乏，倒在床上便呼呼睡着了。

这天下午，慈禧太后破例从颐和园来到中南海。福华门外，车马拥塞，各府福晋、格格各率太监、仆妇、婢人等鱼贯进入中南海，来到仪鸾殿，向慈禧太后请安。慈禧太后身穿凤龙衫上套着一件深荷色貂爪红马褂，上边绣着金红灵芝草，脚穿金寿字木底鞋，披着一件玄黄色云纹缎天马斗篷，背后飘着两条紫平金寿字帽带。

隆裕皇后以下诸人所穿的衣履更为鲜艳，个个都披有斗篷。格格们大半梳着两把头；蒙古福晋们，衣着蟒袍，梳着蒙古式的发髻，嘴唇上也都点着胭脂。侍卫们穿蓝褂，俱佩绿鞘方头腰刀，胸前钉着一块补子。

慈禧太后在李莲英、隆裕皇后、瑾妃的陪同下上了龙船，龙船在湖面上缓缓而行。湖波粼粼，岸上的鼓乐声与格格们的莺声燕语，交织在一起。

慈禧太后所乘的龙船穿过白莲紫荷，在绿草萋萋的岸边停下。慈禧太后命李莲英取来大清龙元五千块，笑着对众人说："你们分成三排，第一排是皇后、妃子、格格、宫女；第二排是太监；第三排是各府的女人们。"

慈禧太后话音刚落，李莲英就明白了她的意思，他把银元分发给三排人。

慈禧太后说："我一说抛，你们就用力往湖中抛，看谁抛得最远。"

众人点点头。慈禧太后喊："听口令，抛！"

三排人接连把银元抛向湖中。有的人摔倒了，笑声、叫声、摔打声交织成一团，个个笑出了眼泪。刚一起来，又躺下了。有个年纪大的福晋，弄了一身泥。慈禧太后眼快，指着一个太监说："你抛得最好。""小李子！"

"喳！"李莲英应道。

"赏他五百两银子！"

慈禧太后游兴未尽，又率众来到瀛台前临时装扮的苏州街。街上的小贩都是太监装扮的，女人则是宫女所扮。那吆喝声或清脆幽雅，或凄凉惨淡。粘扇面的人臂挎小箱，以线绳扎着数串小铁铃，边走边晃动，发出"哗啦"的声响。

卖炭的手摇大货郎鼓，其声"嘣嘣"。

卖香油、酱油、醋的敲大木排子为号。

卖豌豆糕的手敲一面小铜锣。

磨剪刀的，以铜铁片连成五页，随走随振动。

打小鼓的，手持二寸许小鼓，声音清脆。

卖铁壶的以一个铁棍敲打壶底，其声如鼓。

剃头的不时拨动一只像大钢镊子的响器，其声嗡嗡，喊道："唤头！"

修脚的手持两小木板敲打，犹如快板。

卖酸梅汤、玻璃粉、桃脯、果子干、玫瑰枣的，专敲两只小铜碗……
慈禧太后听了、见了，喝彩道："真有味道！"
这时，有个拉胡琴卖唱的少女姗姗而来，来到慈禧太后面前，鞠了一躬。
慈禧太后刚要发话，但见一柄尖刀朝她小腹刺来。

第十九回 误泉州彩臣中黑枪 论黑道于鉴忧恶煞

李莲英见状不妙，大叫一声："有刺客!"猛力一推慈禧太后，那尖刀刺了个空，划下慈禧太后的一段袖子。

几个太监扑上来，紧紧护住慈禧太后。

少女见无法再接近慈禧太后，拼命冲出人群，朝湖边飞跑。

李莲英大叫："快抓住她!"

一群侍卫凶神恶煞地扑来，飞快地追赶那少女。

少女疾速跑到湖边，毫不犹豫地跃入水中，转眼不见。

侍卫们找来几只小船，划向湖中，四顾茫茫，哪里还有少女的踪影。

这少女正是银狐。原来那日银狐与妓女齐舒文分手后，她悄悄潜入肃王爷府寻找尹福，可是没有寻到尹福。之后，又悄悄地来到法源寺，但见尸横殿宇，一片厮杀后的情景。她焦急地在尸堆中寻找，没有发现尹福等人，便怀着忐忑不安的心情东躲西藏。

她来到什刹海，看到醇王府，猛想起有个"一撮毛"公子侮辱齐舒文，使她沦入歧途的悲剧。深夜，她孤身潜入醇王府，看到醇王爷载沣和他的妻子瓜尔佳氏，认为他就是那个作恶多端的公子，于是拼死去刺杀载沣。当她举刀欲杀载沣时，发现他脸上没有一撮毛。她不愿误杀事外之人，于是匆匆离去。

银狐没有走远，而是栖身醇王府戏楼之上，苟且生存。后来她从一个丫鬟嘴中得知"一撮毛"公子叫黄三泰，是老王爷的养子，目前不在府内，已收拾行装远行。

正当银狐准备离开醇王府之际，听到丫鬟们议论，第二日慈禧太后遨游中南海，要各王府的格格、福晋陪游；又要各王府出一些太监、丫鬟到中南海扮装小贩，布置成苏州街模样，供慈禧太后游玩。银狐听到这些情形，决定装扮丫鬟混入中南海刺杀慈禧太后。一是为天下百姓主持正义；二是为八卦掌兄弟们长志气；三是为变法维新运动做一件轰轰烈烈的好事，也去掉好友尹福的心中隐痛。主意打定后，银狐用银两买通醇王府几个丫鬟，扮成丫鬟混入中南海，没想到刺杀未遂。

尹福一觉醒来已是中午。太阳已升得老高，蝉声不绝，隔壁有人在高声朗读："品不在高，有爵则名。年不在深，有钱则灵。其是茶房，唯爷是敬。铺盖堆满炕，草色入帘青。顽笑不分垄，往来无书生。可以下围棋，吃烧饼。说官差以乱耳，收锁钥之劳形。南为茅草屋，后有茅厕坑……"

尹福知道这是会友镖局茶房孔三的声音，于是叫道："孔三，过来！"

孔三一瘸一拐地走进屋来："尹爷，太阳都晒着腚了，您昨个晚上到哪儿逛窑子去了，那么晚才回来？"

尹福嗔怪地说："你那里念叨什么呢？"

孔三眨眨小眼睛，笑成一条缝："闲在的时候，念念经，寻个快活！"

尹福笑道："你呀，四十好几了，还没正经的，怪不得娶不上媳妇呢！"

孔三张了张嘴，眼皮耷拉下来，头一撅，说："尹爷，您见多识广，交的娘儿们多，瞅机会给咱张罗一个。"

"攒了多少银子啦？"尹福穿好衣服，漫不经心地叠夹被。

孔三苦笑着说："我这银子没攒一兜子，虱子可攒了不少，您就给找一个不图名不图利的人家吧！"

尹福瞪了他一眼："你就少抽点大烟吧，那玩意儿顶饱吗？"

孔三"啪啪啪"连打了自己几个嘴巴，叫道："我戒了就是了，尹爷。佛听一句话，我他妈要是再沾那玩意儿，我就不是人养的！"

尹福一听，扑哧一声笑了："好，有你这句话，我就替你留点心眼儿。"

孔三一听，乐得合不拢嘴，凑到尹福身边说："尹爷，您要是办成了这件事，您可就积大德了，我就不至于断子绝孙了！我给您磕头！"说着就要下跪。

尹福连忙扶起他，说："别磕了，你给我弄一壶好茶来！"

孔三说："好，好。"他欢蹦乱跳地出去了。一会儿，提了一壶热茶，摆好茶杯，给尹福倒了一杯香茶。

"尹爷，您尝尝，上等的龙井茶，香到家了。"

尹福端起茶杯，呷了一口，称赞道："好茶，好茶。"

孔三正要走，尹福问："魏吉祥在哪里？"

孔三道："老魏在于爷那里，好像在商量什么大事。"

尹福问："什么大事？"

孔三说："好像是会友镖局的镖银被人劫了。"

尹福听了，连忙走出屋门，来到于鉴的房间；只见于鉴“吧嗒吧嗒”吸着旱烟袋，闷坐一边；“单刀”魏吉祥皱着眉头，冥思苦想，烟圈一串串在屋内盘旋。

尹福问：“于先生，出了什么事？”

魏吉祥叹了口气：“宋镖头的镖银被劫了，这可是几百万两啊！宋镖头身负重伤，成了人家的阶下囚；李尧臣生死不明；焦朋林拼死杀了一条血路，逃了回来。”

尹福道：“贼人如此大胆，是些什么人？”

魏吉祥道：“好像都是黑道上的人，武艺高强，来势凶猛。据焦朋林讲，南北口音都有，多是一流高手，来路不明。”

“镖银在什么地方被劫的？”尹福又问。

魏吉祥回答：“都已快到厦门，强盗们出手极快，镖银是在泉州被劫。”

“焦朋林伤了一条右臂，正在自己房内歇息，我去叫他。”魏吉祥说完出去了。

于鉴缓缓地说：“依我看，这是预谋已久的大劫案，此事已轰动朝野，连慈禧太后和光绪皇帝也大为震怒。太后已下旨，若不在一月内破案，追回镖银，就封了会友镖局，全部镖师一律充军边疆。”

尹福自言自语地说：“对手是谁呢？”

于鉴道：“我想一定是南北绿林中的头面人物，据焦朋林说，有几百人，他们个个蒙面，没有暴露面目……”

这时，魏吉祥领着焦朋林走了进来。焦朋林断了右臂，断伤处缠着绷带，殷殷鲜血染透。

于鉴将尹福介绍与这位老镖师见面。焦朋林断断续续地讲述了经过：“会友镖局的镖车队在总镖头宋彩臣大师的率领下，一路浩浩荡荡，一百多位镖师精神抖擞，李尧臣在最前面一路喊镖开道。江湖上的朋友一听是北京会友镖局的镖车，纷纷让道，有的前来寒暄。镖车到了天津，上了大船，顺京杭运河一路南下，遇到一些不识相的小股土匪，都被李尧臣等人杀散。船队到达杭州，杭州府尹率领下属盛情迎接，大摆宴席。在杭州住了两日，镖车又继续南下，到达宁波时，有官军前来接应。卸下一些银两后，镖车又向福建厦门开拔。镖车到了泉州，泉州府尹率领下属前来迎接。在泉州府内摆下宴席，款待会友镖局的弟兄们。谁知泉州府尹是贼人所扮，摆下的是鸿门宴，酒中有毒。李尧臣见府尹可疑，多了个心眼。他捅捅我，示意我不要喝酒吃饭，他说要查个明白，探一下虚实。于是推说解手，走了出去。我不敢喝酒，观看形势发展。宋大师刚端起酒碗，不知从哪里打来一颗飞蝗石，将他的酒碗击碎。他大为吃惊，忙问何故。此时，那些饮了酒的镖师们已东倒西歪，不省人事。宋大师怒问府尹：‘这是什么缘故？’说着拔出宝刀。这时不知从哪里打来的黑枪，将宋大师打翻在地，昏了过去。我见势不妙，立即抽刀去杀府尹。那府尹武艺高强，一脚踢翻桌子，朝我扑来。我一刀朝他头上砍去，他狂啸一声，一脚踢飞我手中的刀。我见自己不是他的对手，于是夺窗而逃。那些贼人岂肯放过我，个个持刀朝我追来。这时不知是何人在房上助我，接连飞出飞蝗石将贼人击退，我便逃了出来。镖银落入贼人手中，宋大师和李尧臣生死不明……”

尹福问：“那府尹是什么模样？”

焦朋林想了想，说：“样子很可怕，脸上有不少刀疤，李尧臣对我说，脸上有七条刀疤；生得虎背熊腰，一脸杀气，约有四十多岁。我们起初还议论，朝廷怎么选了这么一位凶神恶煞般的人做府尹。他下属的那些官人、侍卫和杂役也都贼眉鼠眼，衣冠不整。我发现追我的那些人个个蒙脸，手持兵器，肯定是埋伏之人。回京以后，才听说泉州府尹被贼人杀害了……”

“脸上有七条刀疤，会不会是吉林老爷岭的巨盗‘胡七刀’呢?!”尹福喃喃自语地说。

于鉴道：“如果是‘胡七刀’，那么‘钻山猴’侯灵、出狱的‘黑老宋’以及‘黄河老母’、长江龙尾帮、长白山‘熊瞎子’、珠江凤雉帮等黑道上的头领都会去的，他们都是结义弟兄姐妹，一向遥相呼应，串通一气。平时在江湖上作恶多端，狼狈为奸，都是黑道上响当当的人物，心黑手辣，个个是杀人狂。”

魏吉祥搓搓手：“看来这事有些棘手。”

焦朋林道：“我听说‘黄河老母’罗玉娘年已七十岁，尚未婚配，是个老姑娘。她性情孤僻，常年不洗澡。年轻时曾爱上一个举人，是个美男子，后来被那举人遗弃。她一怒之下将恋人碎尸，逃到黄河上游一带隐居。后来跟一个跛足道人学了惊人的轻功和暗器功夫，神出鬼没于黄河中上游，专杀美男子，以泄心中积郁多年的私愤。据说她杀人不见血，惯用暗器和翻船手段，五十年来杀害美男子上百人，人称‘黄河母夜叉’，她自诩为‘黄河老母’。”

于鉴说：“那珠江凤雉帮也十分厉害，全是年轻美貌的绝色女子，毒药功夫惊人。帮主温莹莹是云南傣族一个酋长的独生女儿，从小酷爱武艺，以炼毒药见长。她们一直活跃在珠江流域，老巢在云南西双版纳。她们有一种特殊的暗器，用凤雉汁制成的一种剧毒毒液，消融在针管内。她们一般把针头系于五个手指和脚趾上，十分厉害。”

魏吉祥说：“我听说长白山‘熊瞎子’熊厚山的踏弩也十分了得，时常安在人们意想不到的地方，杀人百无一失。他是个土匪头目，因为得罪了鄂伦春族人，有一次落入鄂伦春人的陷阱内，被铁刺戳瞎了双眼，从此练就绝好的耳功和轻功。他不要一个同伙，独往独来，成为长白山松花江一霸，是黑道上有名的人物。”

焦朋林喝了一口水，说道：“长江中下游的龙尾帮是黑社会最大的一个帮派，号称有万人之众，活动于湖北、湖南、江西、安徽、江苏一带。帮主洪天洞原是太湖上的大渔霸，由于作恶多端，欺压百姓，当地百姓造反，烧了他的宅院，杀了他的家人，他孤身一人逃到湖北收罗党羽，当上盗匪首领。之后，流窜于长江中下游，他曾率领数千盗匪杀回太湖，割了一千个当地百姓的人头，以祭家人，是个嗜血成性的杀人魔王。他水中功夫极好，人称‘浪里黑蛟’。”

正说着，门房来报，门口来了两人，要见于鉴。

于鉴听说有人来访，忙叫请进来。一会儿，那两个人大步跨进房来。尹福一见，正是端王府武术教头、著名太极拳高手杨班侯和“鼻子李”李瑞东。

“二位前来有何见教?”于鉴热情地迎了上去。

杨班侯道：“如今会友镖局有难，作为朋友，我们岂能袖手旁观?”

于鉴听了，眼圈一红：“你们都听说了?”

李瑞东点点头：“京城都传遍了，家喻户晓，人人皆知。我们愿意随于先生南下破案除害。”

于鉴感激地说：“有劳李老先生和杨教头，真不知如何感谢!”

李瑞东一摆手：“不要说两家话。”

杨班侯笑笑：“行囊都收拾好了。”

李瑞东问：“什么时候出发?”

于鉴想了想：“今天晚上。”

尹福道：“如今会友镖局有难，八卦掌门也不能坐山观虎斗，看着会友镖局任人宰割。”他转向魏吉祥，“你叫上程廷华、梁振圃、刘凤春，咱们跟于先生一同南下。”

于鉴热泪盈眶，激动地说：“有这么多朋友仗义相助，我代表会友镖局谢了。”说着跪下，就给尹福等人磕头。

尹福、杨班侯连忙扶起于鉴。尹福说：“不要这样，我们都是京城武术家，彼此都了解为人，一人有难，众人相助，一家有危，多家相解，这才对嘛。”

于鉴疲乏地说：“可是目前八卦掌门也有危难啊。”

尹福说：“宋大师目前生命垂危，若不赶快去救，恐怕凶多吉少。镖银若夺不回来，关系到会友镖局的存亡，关系到众多镖师的前途，我们先救近前之火。”他见魏吉祥还未走，有点发火道：“吉祥，你快去啊!”

魏吉祥匆匆而出。

李瑞东说：“源顺镖局的镖头‘大刀’王五也想去，只是惦念谭嗣同、康有为、梁启超几位先生的安全，脱不开身，他托我们告诉于先生，要你一路保重，事事以‘谨慎’二字作为座右铭。”

于鉴说：“王子斌的心意，我于鉴领了。”

历史文化名城泉州，位于福建东南沿海，地处晋江下游北岸。泉州建于唐代开元六年，五代时环城遍植刺桐，遂称“刺桐城”。明代以石砌城，其形似鲤，别称“鲁城”。又因其气候湿润温暖，又有“温陵”的雅称。泉州枕山面海，为天然良港。唐至五代，泉州与各国通商贸易，渐趋繁荣。宋元两代，泉州海外交通进入全盛时期。沿着“海上丝瓷之路”，从泉州把陶瓷器、丝绸、茶叶、铜铁器、中药材、酒、纸等特产源源不断送往世界各国，同时又从海外运回大宗番布、木棉、乳香、沉香、玳瑁、犀角、象牙等物品。频繁的海上交通，促进了各国人民的友好往来和经济交流。

这天下午，泉州城内来了一伙商人打扮的人。他们都是北方人，来到泉州西街一家客店投宿。店主笑容可掬地把他们迎进店内。店主问一个瘦巴老头：“一共几位?”

那老头淡淡地说：“七位……”

“里边请!”店主胳膊一伸，做了一个往里让的姿势。

七个人鱼贯而入，穿过一个院落，来到后院一排房前。店主推开门，一股霉味扑鼻而来。老头皱皱往上翻卷的鼻子，先走了进去。

“这里住两位。”店主招呼着。

老头回头，问后面一个英俊的中年男子：“你睡觉打雷吗?”

那男子笑道：“我还下雨呢!”

瘦巴老头一拍男子的肩膀：“好，咱俩一屋。”

男子走了进去。

店主又推开左边的一个房门：“这里可以住三位。”

一个斯斯文文的老先生走了进去。

“我跟老板一屋。”一个气概轩昂的中年汉子跨进门去，又有一个穿青布衫子的汉子跟了进去。

最后两个汉子住进了西房。

一会儿，店主唤几个伙计给几位旅客打来温水，让他们洗尘。可能是店主看出这几位北方来的旅客有钱的缘故，对他们的招待极为热情。过了一会儿，店主又请几位旅客来到前面的一间宽敞的客厅内，一张黑漆八仙桌上摆着几碟鲜灵灵的荔枝。

“请坐！荔枝是福建的特产，请诸位尝尝。”店主热情地招呼众人，众人依次坐下。其中一个年轻的旅客伸手去拿荔枝，那瘦巴老头干咳了几声，那年轻旅客赶紧把手缩了回去。

“这荔枝被人誉为果中牡丹，古人形容它：壳如红缯，膜如紫绡，瓤肉莹白如雪，浆液甘酸如醴酪。”店主说着拾起一颗荔枝，剥了皮，露出银白色的果肉，放入口中。

瘦巴老头也剥了一颗荔枝放入口中，说道：“北宋苏东坡先生赞颂荔枝‘日啖荔枝三百颗，不辞长作岭南人’。清代诗人曹学佺在《荔枝歌》中也道出‘海内如推百果王，鲜食荔枝终第一’的赞叹！”

那些旅客纷纷剥开荔枝，啧啧赞赏。

店主兴趣盎然，继续说道：“福建种植荔枝，始于唐代。到了宋代，植荔之风一时称盛。园池胜处，唯种荔枝。荔枝成熟之际，商人云集闽地，把鲜荔枝制成干果，北销塞外，南运暹罗、日本各国。”

那斯文旅客说：“我看过蔡襄撰写的《荔枝谱》，作者详细地记载了福建种植的三十余种荔枝。”

店主接过来道：“福建各地至今保存不少历尽沧桑的古荔枝，其中最为著名的有莆田城内宋氏宗祠庭院中的‘宋家香’，距今已有一千二百多年，依然年年结果，核小肉厚，蒂实皆香。福州西湖公园旁小巷内的‘亮功红’，是北宋余深罢相归家后所植，因余家御书阁名叫‘亮功’，故以‘亮功红’称之。据传‘亮功红’颇通人情，余深被贬建昌时，荔枝不再结果。此树已七百多年，依然新枝勃发，果大叶美。”

那英俊旅客问：“荔枝有哪些品种？”

店主回答：“有元红、桂林、乌叶、兰竹等，元红和桂林颗粒较小，味香且甜，还可以入药。乌叶颗粒较圆，皮薄，肉厚，核小，汁甜味香，品质优良，人们选购鲜荔枝都喜欢这一种。兰竹颗粒大，皮稍厚，汁较多，甜中稍酸，适宜晒制荔枝干。”

这时，有个伙计走了进来，对店主说：“又来猪肉了，您去看看货色。”

店主对旅客们说：“你们边吃边聊，我去去就来。”

店主走后，几个旅客愈发开怀畅吃，有一袋烟的工夫，便把桌上的荔枝都吃光了。

“好啊，真是美味！这就是当年贵妃娘娘千里相求的美味！”那个年轻旅客吃得兴起，一拳击在桌子上。

这时，只见八仙桌中间启动一块跳板。

瘦巴老头大叫：“有暗器！”

老头话音未落，桌中接连向四周发出如雨的弩箭。

幸亏众人躲闪得快，都已趴在地上，否则性命休矣！

弩箭发过，悄无声息。

瘦巴老头爬了起来，朝桌子中间瞧了瞧，渐渐站起身。

又一声轻微的响动，瘦巴老头赶紧趴下。

又是一阵疾如乱雨的弩箭，纷纷击在壁上。

大家不再动弹，又等了约有一袋烟的工夫，又是一阵疾如乱雨的弩箭射出来。

又过了若干时间，再也没有动静。

瘦巴老头站了起来，拍打拍打身上的尘土。

这时听见房上似乎有女子的笑声。

那个年轻旅客飞快奔出来，见房上人迹全无。

他又来到后院，店主和伙计都不知去向。

年轻旅客跑回客厅内，对那个斯文先生说："尹爷，这是一座黑店，店主和伙计都是黑道上的人。"

瘦巴老头道："我们险些中了他们的奸计，吃了大亏。"

原来这七个风尘仆仆的北方旅客，正是尹福、李瑞东、程廷华、杨班侯、梁振圃、于鉴和魏吉祥众位好汉。

瘦巴老头李瑞东来到八仙桌前仔细端详，尹福凑了上去。李瑞东说："'熊瞎子'来了，这就是熊厚山安的踏弩！这种踏弩安装在八仙桌下，紧贴桌面的下面，在桌面刻出一块天窗，将弩机伸出天窗，随即盖上封口，只要按动这块封口板，封口板便触动弩机，刚才'小辫梁'一挥拳头，触动了弩机。"

"唉哟，肚子疼。"魏吉祥捂着肚子，脸色惨白，大颗汗珠淌了下来。

"八成是荔枝有毒。"于鉴说着也去摸肚子。

他们这一说，人人身上出了冷汗。

"不对吧，我明明看见店主也吃了荔枝，足有十来个。"李瑞东小声嘀咕着。

"我得去茅房！"魏吉祥说完，提着裤子往后院跑，一头扎进茅厕；刚踏上茅阶，一支弩箭朝他当胸射来。他正好被一摊稀屎滑倒，吃了一嘴屎，稀屎救了他的命。

"咕嘟嘟"，一泡稀屎拉在他的裤裆里。

魏吉祥又羞又怒，顾不上提裤子，从茅厕里爬了出来。

程廷华正好来到后院，看到他这副模样，问道："老魏，怎么搞成这个模样?"

魏吉祥惊悸未定，叫道："茅厕里有踏弩，'熊瞎子'安的！"

程廷华扶起魏吉祥，来到屋里，用木桶里的水帮他洗身。

这时，李瑞东等人也闻讯赶来。听了魏吉祥的叙述，尹福说："这里不是久留之处，我们赶快离开这里。"

"到哪儿安身呢?"于鉴问。

李瑞东说："我们方才路过开元寺，寺庙多是慈善人家，我们到那里投宿去。"

几个人离开黑店，来到开元寺，小僧禀报清净住持。一会儿，清净住持引着众僧来到门前。

李瑞东说："我们是天津来的客商，因身带巨银，不便在一般客店投宿，想到开元寺是全国著名寺院，一向以宽大济世为怀，想到这里投宿，不知如何?"

清净法师捏着念珠，说："既是远方客商，又是困顿之人，那就住宿本寺吧。"他对身旁一个僧人道："你带他们到甘露戒坛后面住宿。"

那僧人带他们穿过紫云屏照墙，来到天王殿。殿内左右各有一尊天王坐像，殿后有座拜亭，是明清地方官吏逢岁时节朝拜皇帝牌位之所在。亭后石庭两旁有长廊回护，庭间排列石径幢、小石塔，正中有一个高丈余的石炉。庭间古榕垂髯，榕荫蔽日。

再往前走，就是大雄宝殿，殿重檐下横书"桑莲法界"四字。殿内有龙柱、方柱、圆柱等形式多样的石柱，佛龛内供着唐玄宗"御赐佛像"释迦牟尼。前殿石柱柱顶头拱间是二十四个飞天乐会浮雕。

这些体态轻盈的天女，有的持砚挥毫，有的曲臂吹笙，有的鼓唇吹箫，有的手抱琵琶或双手托物，俯身昂首，从天而降，似轻歌曼舞于屋梁之间。

大雄宝殿内这些栩栩如生的天女吸引了众人，那带路的僧人看着这些袒胸露背、如花似玉的天女也入了神。

杨班侯赞道："我游历大半中国，到过众多寺庙，也没有见过这么逼真动人的飞天，真如梦境一般。"

程廷华也如醉如痴地纵身一跃，去摸一个乐会的面部。就在这时，只见那二十四个飞天乐会伸腰展肢，一声唿哨，个个如空中飞天，伸开五指朝众人抓来……

"哎呀，不好，有刺客!"尹福一声大叫，一个"鹞子翻身"，翻到殿外。

那个带路的僧人呆若木鸡，瘫坐地上。一个妙龄"飞天"呼啸一声，到他身边，将赤足一蹬，在他脸上划了五个脚趾痕；那僧人连哼都未哼一声，通身逐渐变得紫黑，倒地身亡。

第二十回　探府衙尸惊英雄胆　攀清源石破壮士心

李瑞东抽出五星锥，左挡右躲，拼命截击两个“乐伎”的攻击，以防她们的手指和脚趾沾到他的身上。

于鉴大叫：“这就是珠江凤雉帮！大家防备她们的凤雉毒。”

一个“乐伎”从背后向他袭击，他用长杆烟袋轻轻一拔，拔开“乐伎”的手指。那“乐伎”一抬腿，用右脚来踢于鉴腰部，于鉴一挥烟袋，打折了她的右脚。

她“唉哟”大叫一声，跛足负痛而逃。

于鉴也不追赶，看见魏吉祥已被“乐伎”夹攻，累得气喘吁吁，于是上前助他。

魏吉祥已被两个“乐伎”划破衣襟，汗流浃背，见于鉴前来助战，来了精神，说：“这些狐狸精真厉害，险些遭了暗算。”正说间，又有一个“乐伎”旋风般卷到他们二人中间，在半空中来了一招“倒挂金钟”，两腿叉开，两足分头朝魏吉祥和于鉴踢来。

于鉴一闪身，将长杆烟袋一戳那个“乐伎”的后腰，“乐伎”一个倒栽葱，滚落在地。

魏吉祥持刀正要砍她，又有一个“乐伎”朝他扑来，他只得挥刀又战这个“乐伎”。

杨班侯被五名“乐伎”围在核心，他愈战愈勇，只是无法挨近“乐伎”。原来“乐伎”使的是连环阵，密不透风，使杨班侯难以发挥他的刀技。

尹福在殿外看得真切，发出“连珠镖”。这“连珠镖”共连发五枚飞镖，劲力十足。那五名“乐伎”见有人暗中发镖，纷纷躲镖。杨班侯乘机施展刀技，一刀砍中一个“乐伎”左肩，又一刀削落另一个“乐伎”的头发。

此时，程廷华越杀越险，对手是一个美丽绝伦的“乐伎”，程廷华生平从未见过如此丽质和神韵的少女。她冷若冰霜，两只大眼睛闪烁着逼人的清辉，睫毛长得能放几根小柴火，腰纤如蛇，婆娑多姿。这“乐伎”的功夫比一般“乐伎”更高几筹，一双玉手总在程廷华眼前晃，一双赤足不离程廷华左右。她在盘旋中隐隐发出诱人香气，程廷华闻了有些心惊肉跳，头晕目眩。

程廷华见其他“乐伎”喊她“公主”，知道她就是鼎鼎有名的凤雏帮帮主温莹莹，不敢怠慢，那八卦子午鸳鸯钺左右挥舞，以防温莹莹凤雏毒的攻击。

这时，清净法师率领众僧手持兵器赶到，他见二十四个乐伎浮雕不知去向，勃然大怒，大叫：“毁我文物，亵渎寺庙，该当何罪?!”

温莹莹嫣然一笑，柔声说道：“法师，借寺庙一块宝地，暂避一时，得罪了。”

程廷华喝道：“温娘子，你们凤雏帮不在西双版纳安营扎寨，千里迢迢跑到泉州与贼人同流合污，不觉得羞耻吗?”

温莹莹听了，眉毛一扬，咯咯笑道：“这位美男子说话见外了，我们众姐妹千里迢迢，不辞辛苦来到泉州，不稀罕什么金银珠宝，因为我们在云南就守着一座金矿，一条银泉，我们知道北京的武林高手泉州相会，我们也想会一会北京的高手呀！更想见一见你这位美男子呀!”

程廷华听了，脸上泛起红晕，骂道：“谁与你们这些狐狸精相会，免得腥了我的八卦子午鸳鸯钺!”

温莹莹听了，笑得更响了：“‘眼镜程’戴了眼镜就看扁人了，人家都说你是风流侠客，我们倒要领教你的风流!”

程廷华听了脸上红一阵，白一阵，心里不是滋味，说道：“你知道吗？我兄弟‘翠花刘’刘凤春是北京丐帮帮主，此次有事没有来。他那丐帮有一千多人，个个都是光棍，我们把你们这些狐狸精擒住，送往北京发给丐帮，不够分的，只能学西汉的面首制了。”

温莹莹听了，咬牙切齿地说：“你敢污辱凤雏帮，看我封了你的嘴。”说着，一双玉手朝程廷华抓来，带着一股刺鼻的毒气。

程廷华赶忙用八卦子午鸳鸯钺迎战，战了二三十个回合，不分胜负。

温莹莹见天色已晚，凤雏帮的二十四个女子已有几个受伤，武僧又上前帮助程廷华等人，知道占不了什么便宜，于是一声唿哨，自己先跳出圈外，一连袭击两个武僧，夺路而逃。

那些“乐伎”见帮主已撤，一一对对联手，也杀开一条生路，朝四面逃去。

尹福等人也不追赶，看到凤雏帮转眼逃得无影无踪，才来看望那个带路僧人。只见僧人浑身变得黑炭一般，毒性已蔓延全身。

清净法师叹口气："这毒性太大，从未见过这么重的毒性，凤雉帮如此毒辣，真应该斩草除根！她们的动作真快，不知是何时混进来的？可惜了这二十四个乐伎浮雕，那可是无价之宝啊！"

李瑞东深感内疚地说："都是我们给你们添了麻烦……"

清净法师一挥手："别说这种见外的话，有句话道，善有善报，恶有恶报，不是不报，时机未到。"

法师令僧人将殉难的僧人厚葬在后面僧墓，然后带众人来到甘露戒坊后的一排僧房，一人安排了一间僧房。众人见出师不利，闷闷不乐，吃过晚饭，自回房歇息。

尹福正在洗脚，"鼻子李"李瑞东推门进来。

"怎么？还没睡？"尹福问。

"我睡不着，我听说新府尹过些日子才能到泉州，现在朝廷发了紧急文书，全国各地都在追查盗匪。这么多银子，盗匪一时难以运出去，我想……"

李瑞东话未说完，尹福插嘴说："巨银一定埋在附近，盗匪也不会走远。从长白山'熊瞎子'安置暗弩和凤雉帮扮装乐伎的情形来看，他们没有离开此地。"

李瑞东沉吟了一刻，又说："我想到府衙走一遭。"

"现在去？"尹福问。

李瑞东点点头。

尹福说："不要惊动别人了，咱们俩去就行了。"

尹福穿上鞋，与李瑞东走出门，穿过一道道佛殿，出了寺门，来到街上。这时，尹福看见前面有个黑影一闪，立即追了上去。追到街心，人影不知去向。

李瑞东追了上来，问道："看到什么了？"

尹福警惕地望望四周："好像有个人，一晃儿就没影了。"

李瑞东身后的一间房门开了一道缝，一个人头伸出来又缩了回去。

尹福看见了，快步奔过去，推开门，见是个花白胡子的老头。

老头战战兢兢问："你是强盗？"

尹福和蔼地说："我们是商人，来此地做买卖的。"

"做什么买卖？我们这里前不久出了杀人案，府尹被人杀了，全家人都死了。后来来了一伙镖局的人，也死在府衙了，听说是北京会友镖局的，一百来位全死在里头了，唉，空前绝后的凶杀案啊！我活了八十多岁，从来没见过……"说着将门掩上了。

尹福急问："府衙在哪里呀？"

"在街西头，再过两条街就到了，门口有两个石狮子……你们真是活腻味了……”老人在门内断断续续地说。

尹福和李瑞东往西穿过两条街，看到一座高大的宅院，黑门紧闭，门口有两个大石狮子，龇牙咧嘴。房檐挑着一个朱红灯笼，上写两个金黄大字“府衙”。

两个人来到府衙门前，轻轻推开门，闻到一股浓烈的血腥味。二人走了进去，见地上血迹斑斑。来到大厅内，只见地上横七竖八躺着一百余具镖师的尸体，腐臭的气味扑鼻而来；酒器、食物狼藉一地，桌椅东倒西歪。

李瑞东叹道：“真是惨烈!”

尹福说：“咱们到后面去看看。”

二人穿过一个个垂花门，来到后花园，但见古榕蓊郁，假山重叠，小桥流水，竹影潇潇。

穿过一座玉带桥，来到一座二层小楼前。二人上了楼，只见楼梯上斜躺着一个丫鬟的尸体。

到了二楼上，楼道里躺着两侍卫的尸体。李瑞东不小心绊了一跤，摸到一手血。

二人进入一间卧室，借着皎皎月光，看到床上躺着两具尸体，一个是五十多岁的官人，另一个是娘子。

尹福道：“这大概就是府尹大人，那女子一定是他的夫人了。”

李瑞东仔细看了看尸身，感到有些奇怪，拉过尹福：“你过来看，这府尹胸前好像是用峨眉刺所刺。”

尹福过来仔细瞧了瞧，点点头说：“肯定是用峨眉刺刺死的。”

李瑞东看了看那娘子的脸，说：“这是用拐杖击死的。”

尹福看了看，肯定地说：“是拐杖。”

二人又来到隔壁一个房间。李瑞东又被绊了一跤，仔细一瞧，原来是一具女尸。

尹福蹲下来细瞧，是一个娇美少女，胸前插着一柄尖刀，血已凝固。

李瑞东惋惜地说：“这大概是府尹的女儿，多么好看的一朵花，过早地凋零了……”

程廷华又累又乏，洗了脚就倒在床上睡了。正睡间，忽听有人唤他：“醒一醒，醒一醒。”

程廷华猛地惊醒；见门敞开，凉风习习，有个老妇人站在门口。

程廷华伸手去取八卦子午鸳鸯钺，问道：“你是何人?”

老妇白发飘动，身段依然优美，细声细气地说：“‘眼镜程’，你敢跟我走一遭吗?”

程廷华朗声问道:“你到底是何人?为何半夜来此?”

老妇挥动长袖:“你到了那里就知道了。”

程廷华追了上去，那老妇走得疾快，悄无声息，朝北而去。

程廷华紧追在后，亦步亦趋。

老妇仿佛不是在行走，而是在飘动。像一团云，冉冉而飘；像一片雾，朦朦胧胧。

程廷华以为是在梦境，用手掐了一下大腿，大腿生疼。他不顾一切追去。

出了北城门，又走了数里，来到群山之中。那山峦迤逦，绵亘数十里，像一道青翠的屏障，拱卫着泉州古城。

山上风景优美，古迹甚多。程廷华蜿蜒而上，紧追那个老妇。追到一个老君石像前，那老妇不见了。程廷华心中疑惑，绕着老君石像转，就是寻不见老妇。

程廷华见这老君石像高十五尺许，厚二十余尺，宽亦二十余尺；石像左手依膝，右手凭几，两目平视，双耳垂肩，脸含笑容，苍髯飞动，显得慈祥、安乐。

这时，不知从何处传来一阵悠扬的笛声。那笛声悠扬、抒情，在群山翠谷中回响。

程廷华顺着笛声而去，又来到一个山岩。岩上寺宇简朴，内有石刻观音坐像。寺后有一高僧墓亭，亭旁崖石上刻着“悲欣交集”四个大字。

程廷华正在彷徨之际，山上又传来笛声，音调转为悲凉，似有万千凄苦情绪。

程廷华被这情绪所感染，又往上走，来到另一处山岩，上写“弥陀岩”三个大字。岩上有一座石室，上刻“洞天别观”四字，内供阿弥陀佛像一尊，造型肃穆端庄。

程廷华见石室内空无一人，走了出来；转到室后，发现有一座啸台，三面绝壁，底下是万丈悬崖。一株古松下，那老妇身穿白裙，正悠闲地吹笛。竹笛足有六尺之长，程廷华还是头一次看到这么长的竹笛。

程廷华问:“你是何人?为何引我到这里?”

老妇虽已年过古稀，满头银发，但神韵犹在，面目清润，皱纹全无。她缓缓地说:“你就是我要杀的第一百零一个美男子……”

程廷华听了，出了一身冷汗，心想：难道她就是将男人恨之入骨、杀人如麻的“黄河老母”罗玉娘?

程廷华挥动八卦子午鸳鸯钺正要追杀“黄河老母”，忽听背后有动静，回头一瞧，原来是一个猴头猴脑的家伙，也就四尺来高，动作极为敏捷，一双贼眼烁烁发光，像一双狼眼。

就在程廷华回头的那一刹那，“黄河老母”罗玉娘将竹笛一横，竹笛内射出三支针，有一支钉在程廷华的后背。程廷华“哎哟”一声，顿觉全身麻木，瘫在地上，浑身不能动弹。原来罗玉娘发出的这针是麻醉针，针头涂了浓烈的麻醉药。

“‘钻山猴’把他绑了，带到石室，我要剥了他的皮！”罗玉娘恶狠狠地说。

那个猴头猴脑的家伙是吉林老爷岭“钻山猴”侯灵，此人身材不高，但动作极为灵活，自小练就一身登山攀树的本领。

侯灵嘻嘻笑道：“‘黄河老母’真是名不虚传！”说着从腰里解下绳索，将程廷华绑个结实。

罗玉娘从背后抽出锦套索，扔给侯灵，说道：“你那绳索不行，他若在药劲儿过后施展气功，就可挣断绳索，如用我这锦套索，万无一失。”

侯灵接过锦套索，仔细端详。

罗玉娘道：“这是采用江南织锦精心编织成的，极为牢固，叫七彩锦套索。”

侯灵用七彩锦套索将程廷华绑好，背到石室内，只见那尊阿弥陀佛像活了，走了下来。

罗玉娘也走了进来。

“‘黄河老母’，真有你的！把‘眼镜程’先骗来了。”扮成阿弥陀佛的人哈哈笑道。

“还不是托你这阿弥陀佛的福气！洪帮主，快来帮忙吧！”罗玉娘一股旋风似地卷到程廷华面前。

那扮成阿弥陀佛的人正是长江龙尾帮的帮主洪天洞。

“你要干什么？”洪天洞问罗玉娘。

罗玉娘一脸杀气，恶狠狠地说：“我要剥下他的皮做鼓皮。”

洪天洞道：“何必那么性急。”

罗玉娘已从怀里抽出一柄银制小刀，伸手去撕程廷华的裤子。

侯灵也觉奇怪，问道：“老娘做什么？”

“我要先割掉他那个玩意儿！”罗玉娘满腹妒火，喷薄欲出。

“算了，算了！”洪天洞道：“先把他押到老公公那里，做个人质，等把北京那些高手全擒住，再杀他不迟。”

罗玉娘怒气未消，呼呼喘气。

侯灵也劝道：“先得跟老公公有个交代，这也算是您的一大头功，以后分银子您要拿重头。”

罗玉娘将小刀一掷，说：“好，今天听你们的，走！”

侯灵背着程廷华跟随洪天洞和罗玉娘往山上走去。来到赐恩岩，只见前面影影绰绰。

“什么人?”有人问道。

“黄河之水天上来。”罗玉娘朗声叫道。

“那几位呢?”又有一人问道。

“不尽长江滚滚来。”洪天洞粗声粗气地答道。

“原来是帮主回来了!”一人的声音里充满了阿谀味。

“两岸猿声啼不住。”“钻山猴”侯灵也顺口诌了一句。

“小猴精也回来了,有猎物吗?”又有一个人问道。

“抓来一个大的!”侯灵回答,快步走了过去,把程廷华扔到众人面前。

侯灵这一扔,使程廷华醒来。他看见眼前约有十几个持枪挎刀的汉子,全是黑衣黑裤。

“老公公在吗?”罗玉娘问。

“正在睡觉。”一个人回答。

“胡爷呢?”侯灵问。

“和‘黑老宋’下山去了。”又一个人回答。

“好,先把他押到纯阳洞去。”洪天洞命令那几个人。

“遵命!”一个小头领毕恭毕敬地回答,几个人抬着程廷华往高处走去。

“小心,如果跑了‘眼镜程’,我要你们的胆汁喝!”罗玉娘叫道。

“我们的胆汁可没鲤鱼汤好喝!”一个壮汉笑道。

“我们可不漂亮,羊不嚼,狗不啃,扔到猪圈里猪不理!”又有一个汉子嘻嘻笑道。

“走,咱们也回屋歇息去吧,总算没白闹一场。”洪天洞说。

罗玉娘、侯灵也跟着洪天洞向寺院走去。

程廷华被两个壮汉抬着穿过瑞像岩、天柱峰来到山顶,在翠木丛中有个很大的石洞,上书“纯阳洞”三个行书大字。洞口有四个手持兵器的壮汉站岗。

抬着程廷华的壮汉跟站岗的人说明了情况,然后走进山洞。

山洞里潮湿、阴冷,有一排排铁栅,程廷华闻到一股难闻的气味,还听见有人呻吟。

壮汉们将程廷华扔到一个草堆上,锁上铁栅门,走了出去。

程廷华浑身被锦套索绑着,不能动弹,心中暗暗叫苦。他用尽气力,想挣脱锦套索,谁知锦套索非常结实,没能如愿。他在黑暗中熟悉了一段时间,发现不远处躺着一个人,那个人时而翻身,时而呻吟。

程廷华问:“你是什么人?为什么也关到这里?”

那个人费力地爬到他的身边，吃力地说：“我……是北京会友……镖局的总镖头宋彩臣，中了他……们的黑枪……”

“你就是宋大哥?!”程廷华在绝望中猛听到这熟悉的名字，非常兴奋。

“你是……”宋彩臣问。

“我是‘眼镜程’程廷华啊!”程廷华想伸手，可是手被紧紧绑着。

“你……来这里……干什么?”宋彩臣断断续续地问。

“我来救你啊！一起来的还有于鉴、李瑞东、杨班侯、尹福、梁振圃、魏吉祥。”

宋彩臣一听，眼泪夺眶而出：“唉，会友镖局遭此大难，你们这些朋友舍命相助，我真不知说什么好啊!”

程廷华说：“你伤得不轻啊。”

宋彩臣道：“中了‘黑老宋’的黑枪，会友镖局一百多名镖师全丧了命，会友镖局跟他们的家眷怎么交代呀!”

“你一直关在这里吗?”

宋彩臣点点头，又若有所思地说：“李尧臣也不知生死如何，前几天有个人冲到洞口来救我，被他们退了，我想大概就是李尧臣。焦朋林不知下落如何?”

程廷华回答：“他断了一条臂膀，逃到北京，向朝廷报了信。”

“唉，这几百万镖银可怎么办？福建、广东的海防等着用银子呢……”

程廷华劝道：“宋大哥不必着急，我们一定是能杀尽贼人，夺回镖银。”

宋彩臣停顿了半天，又说道：“他们来势凶猛啊！为首的一直不露面，贼人都唤他做老公公，平时也总是蒙头裹脸的。长白山‘熊瞎子’也是神出鬼没，一直不住山上。此次来的有长江龙尾帮、珠江凤雉帮、吉林老爷岭‘三巨盗’‘黄河老母’罗玉娘，还有北京醇王府的‘一撮毛’黄三泰……”

程廷华问道：“这是什么地方?”

宋彩臣回答：“这是清源山，又名泉山，在泉州以北，又称闽海蓬莱第一山。这洞叫清源洞，又叫纯阳洞，是清源山绝顶，我也是听那里的几个人议论的。”

程廷华说：“看来匪首都聚集在这清源山上。”

宋彩臣摇摇头：“好像不全是。凤雉帮可能隐藏在泉州城内的一个寺庙内，长白山‘熊瞎子’熊厚山肯定也藏匿城中，山上多是龙尾帮的人马，吉林老爷岭‘三巨盗’也常在山上，只有‘钻山猴’侯灵上蹿下跳，专门负责通风报信、联络侦察，不常在山上。”

程廷华说：“朝廷若派来大批官军追捕，真如大海捞针。这些匪盗都是狡猾之徒，而且都武艺精绝，手段高超。官军在明处，他们在暗处，恐怕难以奏效。朝廷新任了一个泉州府尹，即日便率领大批官军赶来到任。以前泉州府尹是个肥缺，人人都争抢这块肥肉，如今闹出这么大的凶杀案，个个头摇得跟拨浪鼓一般，没有人肯上任这个地方。后来慈禧太后发了火，指名叫兵部一个官吏出任泉州府尹，此事才算了结。”

两人说着说着，又乏又困，就睡着了。

程廷华睡得正熟，被一阵“哐啷”的开锁声惊醒。

“走，老公公要见你。”一个壮汉进来说，也不容程廷华说话，几个壮汉抬起他就走。

宋彩臣早已醒来，高声叫道：“‘眼镜程’，多保重！”

第二十一回　风尘镖夜遇风尘客　痴情女难逢痴情男

程廷华被几个壮汉抬到赐恩岩上。他们穿过成排的寺院，来到一个宽敞的石室内。这是一个天然石室，由巨石垒成，上刻“高山仰止”四个大字，相传这是唐人欧阳詹的读书处。

程廷华睁眼一瞧，见正中虎皮椅上坐着一个黑袍人，黑布蒙面，只露出一对黑窟窿，两侧立着一些凶神恶煞的人物。“黄河老母”罗玉娘换了一身杏黄袍，白发盘成一个髻，一支横笛挂在腰际，“嘿嘿”冷笑。

罗玉娘的左边立着一个黑脸膛大汉，赤臂露胸，有着扇面形的宽肩，胸脯上那两块结实的肌肉，颜色就像枣木案板，紫油油地闪着亮光，胸大肌下面有一块细长的刀痕残疤。程廷华没有见过他，他就是“神枪黑老宋”，刚从狱中释放出来，他的腰际掖着两支土枪。

“黑老宋”宋云鹏旁边是“一撮毛”黄三泰，他是老醇王的养子，是无恶不作的花花太岁。程廷华曾经在地安门教训过他，那是因为黄三泰调戏一个卖花姑娘。黄三泰仪表堂堂，他的衫衣上部敞开着，露出一簇簇卷曲的黄胸毛。黄三泰的左太阳穴有一小撮浓密的黄毛，不仅粗而且硬，这显然影响了美观，他几次剪掉它，但是那毛却倔强地生长出来。

蒙面人的东侧第一个人是个彪形大汉，两眼通红，满脸纵横的核桃壳般的皱纹，上面藏着七条刀痕，他年龄四十岁，可是却像年过花甲的老人。他就是“胡七刀”，吉林老爷岭的匪首，他的名字早已被人遗忘，都直称他为“胡七刀”。他也以此为荣，故意苦练出连飞七刀的本领，从此，“胡七刀”的名字在江湖绿林中如雷贯耳。

“胡七刀”的旁边是一个多情妩媚、美丽动人的少女，她那冷杏一般的双眼正盯在程廷华的身上。当程廷华的目光与她的目光邂逅时，不禁打了一个寒噤。她是凤雉帮主温莹莹。

程廷华觉得她的目光深处有一种难以捉摸的怜悯……

温莹莹的旁边是长江龙尾帮主洪天洞。

那么那个高高在上，魔鬼一般的首领到底是谁呢？

程廷华觉得这简直是一个谜。

几个壮汉把程廷华扔在地上。

“你就是‘眼镜程’程廷华吗？”那个身穿黑袍的首领问道，他的声音沙哑、沉闷，有些像病了的乌鸦叫。

程廷华没有回答。

死一般的沉寂……

“你们一起来了多少人？”那魔鬼一般的人又说话了，声调提高了一倍。

程廷华依旧没有理睬他。

洪天洞在一旁吼道：“老公公问你话呢！装什么哑巴？”

称作老公公的人向洪天洞打了一个手势，示意他别发火，然后缓步走到程廷华面前，声调柔和地说：“我早就听说你是一条汉子，是董海川的高足，你英俊漂亮，正是鼎盛时期，死了岂不可惜，还是跟我们合伙干吧……”

程廷华瞪了他一眼，说道：“你们是黑道上的人物，专干偷鸡摸狗的勾当，我怎能与你们同流合污？”

“黄河老母”罗玉娘叫道：“老公公，少跟他啰唆，让我活剥了他的皮！”说着，就要动手。

黑袍人摆了摆手，阴冷地对程廷华说：“有句老话，人为财死，鸟为食亡。人生在世，转眼就是百年，你要三思啊！”

程廷华冷笑道：“你们使暗绊子，那叫什么本事？有本事咱们一对一地比试比试。”

“胡七刀”一挽袖子，气哼哼地说：“比试就比试，我‘胡七刀’淘大粪一辈子，还没见过你这花边屎壳郎！”

黑袍人朝“胡七刀”摇摇手，淡淡地对程廷华说：“我给你一天一夜的考虑时间，明日一早你若执迷不悟，可就别怪我不讲仁义。我是看在董老公的面上，才给你这么一个活命的机会，否则你可能早就暴尸荒野了。”说完一挥手，几个壮汉抬起程廷华走出石室。

昨晚尹福和李瑞东看到泉州府尹全家被杀的惨景，有些毛骨悚然。李瑞东说：“贼人手段如此毒辣，为了夺走镖银，惨杀府尹全家，扮成府尹，智取镖银……”正说着，忽听楼下有动静，似乎有瓦片弄响的声音。李瑞东一个“飞燕钻云”，从窗口跳了下去，尹福也随之跳下。

只见一个黑影闪进假山之中。

“追!”李瑞东小声说了一声，朝假山而来。两个人分东西两个方向扑向假山。

可是搜查半天也没有见到人迹。这时，尹福猛听到头顶有轻微的喘息声，这声音在夜里显得有些急促，如果在白天恐怕难以听见。

尹福一抬头，见有个人贴在头顶的石壁之上，一动不动。

尹福抽出判官笔往上一撩，大叫：“贼人何处逃?!”一跃三尺，直取那人。那人扬手，一把明晃晃的宝刀朝尹福头顶劈来。

尹福猛地缩头，伸手去抓他的右腿。那人脚十分灵活，一抬右脚，左脚朝尹福面部蹬来。尹福一闪脸，那人的左脚蹬在假山壁上，蹬掉一块一尺长的假石。

李瑞东闻声赶到，抽出阴阳五星椎猛地朝那人后心刺来。那人一招“白鹤冲天”，在假山顶上一跃五尺，飘然落地面。

“好俊俏的功夫!”李瑞东赞叹一声，随即叫道：“莫不是会友镖局的李尧臣?”

那人听了，不再往前跑，回过头来，吃惊地问：“你们是何人?”

李瑞东呵呵笑道：“怎么?连我‘鼻子李’的声音也听不出来了?”

“原来是李大叔!”那人又惊又喜，赶紧上前，纳头便拜。

此人正是李尧臣。原来李尧臣那日随宋彩臣押镖进了泉州府后，见府尹行踪可疑，留了个心眼。在宴会上，他滴酒未沾，然后借说出外解手，来到大厅之外探看动静。他来到后花园，见有三三两两的府丁在草坪上嬉戏，形态放浪。他又来到楼上，发现府尹一家被害死的惨景，这时他才知道中计，返身急忙往前厅跑，可是已然晚了。这时，枪声响了，正是宋彩臣遭到“黑老宋”宋云鹏从窗外枪击之时，也是一百余位镖师中毒身死之际。他刚跑到二道院，正遇扮成府尹的“胡七刀”、长江龙尾帮主洪天洞和“黄河老母”罗玉娘，李尧臣奋力与他们三个恶魔拼杀，终因寡不敌众，落荒而逃。

李尧臣凄然一人落泊泉州郊外，想到会友镖局的惨状，不胜感慨。他想：肯定会有大批官军来剿，于是一人浪迹泉州，打探镖银的下落。方才他又来到泉州府内搜寻，没想遇到李瑞东和尹福二人。

李尧臣见到李瑞东和尹福，潸然泪下，说道：“这次是会友镖局有史以来从未遇见的惨局，中了恶魔们的诡计。”

尹福劝道：“小兄弟也不必过于伤感，目前之计就是要迅速探听到匪巢和镖银的下落。”

李尧臣道：“我已查到匪巢，就在泉州之北的清源山上，我师傅宋彩臣身负重伤，被关押在山顶的纯阳洞内。有一次，我冲到洞口，也没能救出师傅，匪盗看守甚严。”

李瑞东问道：“匪首是什么人？”

李尧臣回答：“我看见的有吉林老爷岭的‘胡七刀’‘黑老宋’、侯灵，长江龙尾帮主洪天洞、珠江凤雏帮主温莹莹、‘一撮毛’黄三泰、‘黄河老母’罗玉娘……”

李瑞东疑惑地说：“可是真府尹是被峨眉刺刺死的，这使峨眉刺的凶犯是谁呢？”

李尧臣想了想，说：“好像还有一男一女，形影不离，像阴影一样在泉州城里游荡，他们好像不是‘胡七刀’一伙的。”

“哦……”尹福朝四外望望，说道：“回寺里再商议。”

三个人回到开元寺，李瑞东去叫醒众人，唯独不见程廷华。

尹福听说程廷华失踪，心内有点慌张，他说：“是不是到茅厕去了？”于鉴到茅厕转回来说：“没有‘眼镜程’。”

大家议论纷纷。

李瑞东说：“看来一人一屋不太妙，还是两个人一屋吧，好歹有个照应。”

尹福皱着眉头想了想说：“‘眼镜程’凶多吉少，咱们还是赶快研究一下攻打清源山的方案。”

梁振圃问：“要不要等大批官军？”

尹福道：“来不及了。”

下午，程廷华正在纯阳洞内与宋彩臣交谈，只见门口那几个守卫“扑通”“扑通”几声倒下了。一会儿钻进一个少女，疾快地来到程廷华面前。程廷华仔细一瞧，正是凤雏帮主温莹莹。

温莹莹有点害羞地对程廷华说：“你信不信一见钟情？”

程廷华听到她这没头没脑的话，有些莫名其妙。

温莹莹的脸上泛起一团红晕，红得像苹果。

“从我一见到你，就喜欢上你了……”她的声音愈来愈低，像蚊子叫。

程廷华明白了她的意思，厌恶中有一点点自豪。

“我以前还没有遇到过倾心的男人，我不喜欢南方男人……”温莹莹壮着胆子，用一双热辣辣的眼睛盯着程廷华。

程廷华感到她目光灼人，眸子亮得没有一丝隔膜。

“跟我一起回云南吧！那里的密林就是我们的家，我有的是金银财宝，我为你生儿育女，我们快快活活享乐终生……”

程廷华心想：你那些金银财宝还不是抢劫来的，我可不愿跟你这样充满毒气的女人生存。不如将计就计……

程廷华装作羞涩的样子点了点头，低声说道：“咱们是身无彩凤双飞翼，心有灵犀一点通，我生平还没见过你这样有神韵的绝色佳人……”

“事不宜迟，咱们快走！”温莹莹背起他就走。

“把我这位宋大哥也一起带走吧。”程廷华望了望宋彩臣。

此时，温莹莹背着程廷华已来到洞口，只见有四个凤雉帮女子抬着一个滑竿等在那里。

温莹莹把程廷华放到滑竿上，说道：“不能带他，他受伤太重，会连累我们。”

“那你给我松绑呀！”程廷华着急地叫道。

“我的小乖乖，我是怕你跑了，先委屈一下吧！”说着，温莹莹吻了一下程廷华。

程廷华觉得这个吻有说不出的一种滋味。

几个女子抬着滑竿，顺着后山一条小路往山下疾走。温莹莹跟在后面，警惕地注意着四周的动静。

走了约摸有二十多里地，已是傍晚时分，她们已翻过三道山梁。

温莹莹见后面无人追来，于是唤几个人坐下来歇息。

山风徐徐，卷来一阵歌声：

青山悠悠，绿水潺潺，
我像一片云，在山里盘旋。
日落西山，山寺悠闲，
我似一叶舟，在天地里流连……

一会儿，从山口转出两个人，一个山民打扮的人推着小车，小车上装满了椰子，一个农妇在后面紧紧追随。

两个人来到温莹莹歇息的地方，停住了，问道：“这里离泉城还有多少里地？”

温莹莹回答：“大概有三十多里，你们从哪儿来？”

山民用毛巾擦了擦汗，一扬眉毛：“远喽，从海南岛来，几千里呀！”

四个抬滑竿的少女看到这圆滚滚的椰子，直流口水。

“怎么，来几个尝尝，甘甜可口哟，海南的大椰子！”山民笑着上前来到温莹莹面前。要是在平时，温莹莹可能杀死这两个小贩，把椰子一抢而光。但是在程廷华面前，她不肯做出残忍的举动。她摸出一些银两，扔给那个山民：“好吧，来几个椰子解解渴!”

山民接过银两，揣到怀里；取过一个椰子，一刀劈开，自己咕嘟嘟先喝了一大口，口内不住啧啧赞道：“好甜，好甜!”接着又劈开一个椰子递给温莹莹。温莹莹喝了，也觉得清甜可口。那四个抬竿的少女也各自得到一个椰子，喝光了。

山民走到滑竿前，对程廷华说：“先生不来一个吗?”

温莹莹说：“给他挑一个大的。”

农妇挑了一个大椰子，用刀劈开，灌入程廷华嘴中。程廷华觉得这农妇有点面熟。

温莹莹等人喝完椰汁，顿时来了精神。温莹莹看看天色，说：“咱们赶快上路吧。”

一行人走了不到一里地，滑竿噗地倒地，把程廷华摔了下来。程廷华睁目一瞧，温莹莹和那四个随从都软绵绵地倒在地上不省人事。

程廷华正在疑惑之时，只听身后有人叫道：“‘眼镜程’，我们救你来了!”

程廷华回头望去，那山民和农妇飞快地跑来。山民用刀割断了绑在程廷华身上的锦套索。

程廷华终于认出这两个人，一个是磐石先生，另一个是文冠。

文冠揭下布盖头，露出一头油亮的秀发：“一言难尽!”

磐石挥刀拽起昏沉的温莹莹说：“你纵有千般毒辣手段，满身毒气，今日也死于我的刀下!”

程廷华急忙上前拦住，“留她一条性命吧，不管怎么说，是她救了我。”

磐石道：“留下她是个祸根。”

程廷华道：“若杀了她，恐为武林人耻笑。她以德待我，我怎能以仇待她?恶有恶报，善有善报嘛。况且她在昏迷之中，无缚鸡之力。这样一刀杀了她倒容易，可要是传出去，恐被天下人耻笑。”

磐石犹豫了一下，说：“那就听你的，放了她们。”

程廷华问：“她们和我一样喝了椰汁，怎么我没有昏迷，她们却昏倒了呢?”

文冠笑道：“我们这车椰子都是标记号的，磐石和你喝的椰子都是没放蒙汗药的，她们喝的那些椰子内都放了蒙汗药。”

“原来如此。”程廷华恍然大悟。

文冠说：“那咱们赶快回去吧，边走边谈。”

程廷华说：“尹大哥一定急死了，好，咱们赶紧上路。”

原来磐石和文冠上次离开京城后，便来到千山。文冠见了师傅“散花真人”又羞又愧，磕头谢罪，泪如雨下。“散花真人”宽慰她一番，带她来到文母墓前，文冠又大哭一场，心里无数的委屈顺着哭声倾泻而出。三天不吃不喝，磐石百般劝解和安慰，文冠才安定下来。文冠发誓要杀齐三太监，替母报仇。文冠想到妹妹文果已离开人世，想到只剩自己独身一人，悲从中来，又是不禁落泪。“散花真人”见儿子与文冠相互钟爱，便建议他们结成金兰之好。这个建议正中磐石和文冠下怀，于是热热闹闹地办了婚事。二人久别重逢，渴慕已久，如久旱禾苗，云情雨意，如胶似漆，自不必说。

婚后十天，文冠决意到京城寻找齐三太监报仇，磐石自然应允。夫妻二人辞别“散花真人”，来到京城。

二人到京城后，不便惊动尹福等人，因此没有到肃王爷府见尹福，而是借宿颐和园附近一个客店，日日监视齐三太监的动静。一连等了多日，也没见齐三出来。他们买通了颐和园内的一个小太监，终于探听到齐三近日要出远门，于是就在齐三离开京城后一直尾随在后。没想到齐三一人来到直隶深州时，又有吉林老爷岭匪首“胡七刀”、“神枪黑老宋”宋云鹏、“黄河老母”罗玉娘与他会合，他们人多势众，磐石和文冠一时难以下手。

在济南时，终于有了一个机会，“胡七刀”等人上街去了，只有齐三一个人留在客店内。他平时沉默寡言，深居简出。这客店有二层小楼，磐石和文冠悄悄来到二楼，瞥见齐三太监正躲在床上打瞌睡，他露着雪白的大肚皮，一起一伏地喘气。

文冠见时机已到，一扬手就要发“天女散花针”，可是此时只见磐石一推她，楼下飞来几支疾快的弩箭擦着她的耳际而过，钉在墙上。

齐三被惊醒，一个“鹞子翻身”从窗口飞出去。

文冠低头一瞧，只见有个又黑又胖的家伙倚在楼下一根柱子旁边，一闪就不见了。

文冠和磐石冲进齐三的房间，跑到窗口，只见下面空无一人。齐三已逃得无影无踪。

二人来到楼下那个柱子旁，只见留下一小撮熊毛。

磐石道：“这里乃是非之地，咱们赶快走。”他与文冠迅速离开了客店。

以后，磐石和文冠尾随齐三等人来到福建境内。当磐石和文冠看到会友镖局的镖车威武雄壮地在一条大道上通过时，他们才明白齐三等匪首集结的用意。会友镖局的镖车像一条龙连贯一里之遥，每辆车上都插着一面镖旗，杏黄缎面上绣着“会友”两个黑字。喊镖的是一个年轻英俊的小伙子，嗓音洪亮，口齿清楚。押镖的共有一百多名镖师，车夫足有几百人，总镖头坐在一台讲究的轿子里。磐石和文冠从来没有见过这么威武壮观的镖阵。

“咱们通报一下会友镖局，让他们警惕匪徒袭击。”磐石提议。

文冠摇摇头，说："会友镖局押的镖银还不知道有何用场，都是从老百姓身上搜刮来的，咱们不要理睬，别暴露了我们。"

齐三等人尾随在镖车后面，磐石和文冠尾随在齐三等人后面。

将到泉州境内，齐三等人留下罗玉娘跟踪镖车，便上了清源山。原来长江龙尾帮主洪天洞、凤雉帮主温莹莹等早已率众等待多时。之后，齐三等人进入泉州城，绕到府衙后面，攀墙冲了进去。齐三带着"胡七刀"等人首先冲进府尹住的小楼，府尹和夫人正在午睡，齐三用峨眉刺分别刺死他们。"胡七"杀死两个侍卫，冲进府尹女儿的房间，强行奸污了她。那女子拾起一根拐杖抵抗。"胡七刀"夺过拐杖击死了她。一伙恶徒杀死了全部府丁、杂役和奴婢。于是"胡七刀"扮作府尹，众匪扮作府丁、杂役，凤雉帮的女子扮作婢女。"胡七刀"率领众人大摇大摆地来到城北，把宋彩臣等人迎接进来，摆下鸿门宴。这一切全被磐石和文冠看在眼里，当宋彩臣在大厅内饮酒时，文冠在对面房上用飞蝗石击碎了他的酒碗。当焦朋林被恶徒们穷追时，磐石又连发暗器助他脱身。

听到这里，程廷华问："他们把劫来的镖银藏在哪儿了？"

文冠道："镖车都停在后院，等我们又回到后院时，发现镖车都没了，不知去向。"

"那你们是如何发现我被囚在清源山上的？"

文冠回答："我们几次上山探听虚实。那天发现齐三等人正在石室内审问你，才知道你来泉州并且被俘，因此设法救你，但是纯阳洞守卫森严，一时无法下手。后来，正好听到凤雉帮主温莹莹在房内与部下叙话，才知道她已爱慕你，并想救你回云南，所以便演出这么一场。"

程廷华说："原来那个始终蒙面的首领是齐三太监，怪不得人人都叫他老公公呢。这个人真是穷凶极恶，连皇上的银子也敢算计。"

文冠恨恨道："这个披着人皮的狼，他什么恶事都干得出来！"

三个人来到泉州城内开元寺时，夜幕已经降临。尹福等人已收拾停当，准备上清源山，猛见到程廷华等人来到，喜出望外。尹福介绍磐石、文冠与众人认识，各自道了经过。

清净法师听说尹福等人要夜闯清源山，来到屋内，再三叮嘱："山上凶多吉少，恐有不测风云，你们一定要小心从事。"

尹福道："法师放心，我们会小心提防的。"

魏吉祥说："我出去解个手就回来。"说罢匆匆而出。

李瑞东道："我和于鉴、杨班侯、李尧臣、魏吉祥从后山上，到达纯阳洞先救出宋彩臣。尹福、程廷华、梁振圃、磐石、文冠从前山上，我们在赐恩岩会合……”

正说着，忽听魏吉祥在门外“唉哟”一声叫唤。大家跑过去一瞧，只见魏吉祥倒在一株古桑之旁。

尹福等人跑到魏吉祥身边，见他脸色苍白，左胸呼呼冒血，中了一支弩箭。

“老魏，这是怎么搞的?”梁振圃扶起魏吉祥。

魏吉祥指指古桑，用微弱的声音说：“从这里射出来的……”

清净法师道：“这棵古桑是唐代曾开白莲之树，已有千年历史，要十几个人才能合抱过来。”

尹福沿着古桑走了一遭，见头上二尺处有一团树皮已糟，一跃而起，捅开树皮，露出一尺长的一个洞口。

“出来!”尹福大叫。

无人应声，过了一袋烟的工夫，里面发出“嚓嚓”的声音。

尹福让清净法师拿过一桶滚烫的开水。他蹬着程廷华的肩膀攀了上去，把开水倒了进去。这时，猛听一声震天动地的吼叫，一个黑乎乎的家伙从那洞口撞了出来，撞断了枝杈，树叶簌簌而落。

早已等候在下面的李瑞东、梁振圃、文冠、磐石等人对那黑家伙齐发暗器，由于离得太近，那些飞镖、天女散花针、飞蝗石、袖箭等全钉在那家伙身上。那黑家伙摇晃了几下，发出一声悲惨的哀叫，倒下了，血如泉涌，从身上各个伤处涌了出来。

大家跑到那黑家伙面前一瞧，是个双目失明的壮汉，身高有七尺，肥头大耳，身披一件棕熊皮。“是长白山‘熊瞎子’熊厚山!”文冠叫道，她在千山时见过“熊瞎子。”

“原来他一直躲在这里。”尹福说道。

这时，又有一个黑影一闪即逝。梁振圃追了几步，被尹福叫了回来。

尹福等人把魏吉祥抬到屋里，清净法师为他伤处敷了金疮药，说道：“他的伤口毒性未散，但不会有生命危险；你们放心上山吧，我来照顾他。”

魏吉祥摇摇头，说道：“不碍事，我和你们一起去。”

尹福和李瑞东分成两路摸上清源山。尹福一路刚到老君岩，见有个黑影一闪，“小辫梁”梁振圃将竹竿一挑，冲上前去，那黑影瞬间不见。梁振圃沿着老君石像往上寻，见十几尺高的石像上卧着一个人，那人手举一个火把，正要点燃。梁振圃一甩竹竿，把那个人挑了下来。

大家围上去，见是个精瘦的家伙，穿着青衣青裤。

“你是干什么的?”尹福问道。

“放哨的。”他显出一副害怕的模样。

“举火把干什么?”尹福又厉声问道。

“报警。我这里火把一亮，观音岩、弥陀岩、赐恩岩上的哨兵都能看见。”

“你是哪个帮派的?”

“胡爷的手下，吉林老爷岭的。”

“齐三、‘胡七刀’在山上吗?”

“正在山上开会，听说大批官军明早就到……”

磐石一巴掌把他扇下山去。

梁振圃急道：“还没问他劫去的镖银藏在哪里呢?”

磐石道：“他不一定知道，我想那几个头头一定知道。”

几个人又朝观音岩摸来。来到高僧墓亭前，正见“一撮毛”黄三泰手持程廷华的八卦子午鸳鸯钺耍弄，几个恶徒发出一片喝彩。

程廷华在暗处瞧见，怒火胸中升，就要出击，被尹福拉住。

尹福小声说：“我说声‘发’，大家一起发暗器。”尹福见黄三泰正转过身去，大叫一声：“发!”

五个人的暗器一起朝黄三泰等人发去。黄三泰和他带领的七八个恶徒一起倒地。程廷华兴奋地扑上前去，来夺黄三泰手中的八卦子午鸳鸯钺。

谁知，黄三泰并没有死，他一挥手中的八卦子午鸳鸯钺，险些划中程廷华的面门。原来黄三泰穿的是一身防铁甲。

第二十二回　赐恩岩识庐山面目　开元寺睹群凤羞容

程廷华见黄三泰没有死，吃了一惊，慌忙退了几步。

尹福赶上前，用判官笔朝黄三泰戳来。黄三泰见势不妙，虚晃一招就往山上跑。

磐石看得清楚，从背后囊中摸出一部书，朝黄三泰扔去，正中他的头部。

黄三泰“唉哟”一声倒在地上。程廷华赶到，一掌击在他的头顶上，黄三泰气绝身亡。

程廷华把八卦子午鸳鸯钺拿在手中，又脱下黄三泰穿的防铁甲，嘿嘿笑道：“这玩意儿真不错，全是银片制成。”说着脱下自己的衣服，把防铁甲穿在身上，又套上自己的衣服。“嘿，好热！”

梁振圃在一旁笑道：“你别得便宜卖乖，这防铁甲可是一件无价之宝，当年醇王爷最喜爱这宝物。”

程廷华咧开嘴乐了：“原来这是王爷的宝物，现在咱们爷儿们也当当王爷了。”

尹福催促道：“咱们快走，一会儿李爷他们该等急了。”

尹福、程廷华、梁振圃、磐石、文冠五人摸黑又朝弥陀岩走来。

来到弥陀岩上，静寂无声。大家小心翼翼地走进元代石室。石室内空无一人，正中供着一个文殊菩萨，骑着一个狮子。菩萨手持如意，笑吟吟的。

程廷华走上前，摸了摸菩萨的脸蛋，嘻嘻笑道：“菩萨也怪可怜的，不食人间烟火，大黑天挤在这座石屋里，也怪冷清的。”蓦然，他觉得有点不对劲，菩萨脸上怎么还有点热乎……

这时，那“菩萨”动了，一扬手用那如意直捅程廷华的胸脯。程廷华已躲闪不及，幸亏穿着防铁甲，否则呜呼哀哉。

那“狮子”也活了，一招“猛狮翻身”，扬刀朝程廷华旁边的文冠劈来。文冠已有防备，急忙闪到一边，一扬手，射出“天女散花针”。那“狮子”中了数针，痛得“嗷嗷”乱叫，在地上打着滚。

尹福抽出判官笔，将那“狮子”刺死。

“菩萨”一瞧这阵势，狂啸一声，似一股风卷向门口。

“大家小心！”尹福话音未落，“菩萨”发出的如意珠“叮叮当当”击在两旁壁上。

磐石抽出一部书朝“菩萨”掷去，正掷在“菩萨”后背，“菩萨”颤抖着负痛遁去。

大家追出石室，已不见“菩萨”的身影。

磐石道：“我观这菩萨，像是‘黄河老母’罗玉娘！”

尹福叹道：“她身手极快，可惜逃走了这个杀人魔王，她不知又要作孽到何时！”

梁振圃拖出那“狮子”尸首，磐石上前辨认道：“这就是吉林老爷岭的‘钻山猴’侯灵，此人的轻功极好，武功不属上乘，是负责通风报信的。”

文冠将侯灵的尸首踢下啸台。尹福道：“上面似有厮杀之声，我们快上去！”

一行人赶到赐恩岩，只见一片火光，尸横遍地，数百人手持兵器将李尧臣、杨班侯、李瑞东、于鉴四人围在核心，“黑老宋”宋云鹏躲在一棵古榕上偷偷放冷枪。

李瑞东正挥动阴阳子午锥与长江龙尾帮主洪天洞激战，一见尹福等人赶到，大叫：“‘瘦尹’，快来助我们！”

杨班侯、李尧臣正与黑袍老公公激战，看到尹福等人赶到，顿时来了精神。

于鉴手持长杆烟袋与吉林老爷岭匪首“胡七刀”决斗，见到尹福等，大声喊道：“树上有人放黑枪！”

磐石瞅准宋云鹏，一扬手，一部书飞了出去，打落了宋云鹏手中的枪。宋云鹏一招“燕子钻云”飘然落地，顺手抽出宝刀杀向尹福等人，他手下也吆喝着杀上来。

尹福挥动判官笔，程廷华挥动八卦子午鸳鸯钺，梁振圃手持竹竿，文冠手持鸳鸯剑，磐石抽出青萍剑，一齐杀了过来。

宋云鹏哪里是众人的对手，战了几个回合，便被程廷华一钺刺死。几个人又来战黑袍老公公、洪帮主和“胡七刀”。

尹福和程廷华闪到黑袍老公公身后。程廷华一钺掀开了老公公的头套。

“齐三太监！”尹福大叫一声。

原来这群盗匪的首领是清宫大内总管齐三太监。

齐三太监见原形毕露，凶相大出，舞动峨眉刺狠狠朝程廷华猛攻。尹福挥动判官笔猛攻齐三的下盘，怒道："原来是你勾通天下盗匪，劫了皇银，快随我去见皇上!"

齐三冷笑道："什么皇上，恐怕已是阶下囚了！太后垂帘听政，大权独握，朝不像朝，纲不像纲，国不像国，民不似民，难道我齐三老爷还不能赚点银两，享点清福。尹福，你若识相，这些巨银，咱们各分一半，然后守口如瓶，各奔东西。"

尹福道："齐三，你痴心妄想！我们是江湖志士，一向仗义疏财，虽身居皇宫，不曾贪污半分。这巨银是国防所用，你勾结匪盗劫持，犯下杀身之罪。"

齐三嘿嘿冷笑两声："有道是，人为财死，鸟为食亡。有利不图，痴也；有花不采，呆也。你三思后行，还是谨慎考虑!"

尹福道："弟兄们，杀了这孽种!"

这时只听山下一片喊杀声，四处现出火光，原来是大批官军赶来。

齐三见无处逃生，面目暴露，怒啸一声，纵身一跳，头撞一块巨石自尽。

"胡七刀"见齐三自杀，心中慌乱，一扬手连发七刀，趁于鉴躲闪之机，猛地冲出重围。梁振圃"噌噌"几步追了过去，一挑竹竿，将"胡七刀"挑起一丈多高。"胡七刀"惨叫一声，坠崖而死。

洪天洞见齐三、"胡七刀"接连死去，朝众匪盗大叫一声，"还不投降?!"说着，双膝跪地。

程廷华欲杀洪天洞，被尹福拦住。尹福问洪天洞："抢劫的镖银藏在何处?"

洪天洞抬起头，睁开惶恐的双眼，喃喃说道："在开……"话未说完，一支飞镖击来，击中他的咽喉，洪天洞气绝身亡。

尹福抬头一瞧，屋顶上腾起一个黑影，一扬手，一支飞镖飞了出去。屋顶上那人惨叫一声，"骨碌碌"滚了下来。

大家凑到那人跟前一瞧，是个娇容少女，身穿夜行衣，是珠江凤雏帮的人。

尹福问起宋彩臣的下落。于鉴告诉他，他们一行人从后山上山，先攻开纯阳洞，救出宋彩臣，由魏吉祥背着下山到开元寺去了。

尹福道："大家先到开元寺，然后再作商议。"

一行人从后山小径下来，到达山腰，正碰上大队官军，将领率兵将他们围住。尹福上前掏出皇宫令牌，道了原委，那将领放他们下山。

大家来到泉州城内开元寺，见寺门敞开，没有一丝动静。此时天已蒙蒙亮，尹福等人感到奇怪，便来到清源法师住房，只见空无一人。

程廷华来到里间，大叫一声："温莹莹在这里!"

大家争先拥到里屋，只见珠江凤雏帮主温莹莹一丝不挂，玉体横陈。

尹福大吃一惊，连忙去摸温莹莹的脉，只觉声息全无，身体冰凉，人已死去，死前已被人污辱。

李瑞东探视一番，连连叫道："怪哉！莫名其妙！"

这时，磐石在西房叫道："快来啊！"

大家奔出房屋，来到僧房；只见床上卧着两个少女的尸首，同样是赤身裸体，被人奸淫。这两个少女俱是凤雏帮的人。

他们一连查看了几十间僧房，都是如此情景。

凤雏帮的少女们已全部丧命九泉。

尹福等人目睹了这些情景，个个心惊。

开元寺内除了温莹莹等一班人的死尸，僧人们不知投向何方，也没有宋彩臣、魏吉祥的影子。

奇怪，世事真是奇怪！

李瑞东毕竟老辣，他仔细查看了温莹莹的尸身，闻到有一股奇香。他断定，少女们一定是中了断魂香。

大家问："何为断魂香？"

李瑞东缓缓回答："这是一种用南方的灵芝和仙人掌合制的香药，制成香杆后点燃，人闻到这种香气，就会慢慢中毒身亡，没有任何知觉。凤雏帮的人投宿开元寺，住在僧房，有人招待她们，为她们点燃这种香。少女们闻到这种香气，便会支持不住，昏昏然。歹人乘机行淫，在一定的时间内，少女们相继丧命。"

"温莹莹怎么会在法师的床上？"程廷华问道。

李瑞东回答："这开元寺是个魔窟，我想清净法师和盗贼一定是一伙的。凤雏帮回到泉州城，想独吞镖银，没想到被僧人们算计了。镖银一定落在僧人们的手里了。"

"这可怎么办？我们到哪里去追镖银？"梁振辅着急地问。

李瑞东道："北门通向清源山，僧人们不敢走这条路；东门通向大道，人多口杂，僧人们也不敢走；只有西门和南门通向小路，沿着这两条路追，最有把握。"

尹福带着程廷华、梁振圃、文冠、磐石出南门追寻；李瑞东、杨班侯、于鉴、李尧臣出西门追寻。大家商定傍晚在开元寺会合。

尹福等人出了南门，追了一程，远远看见有个人倒在小路旁的树丛里。赶到近前一看，正是身负重伤的宋彩臣。

宋彩臣挣扎着告诉他们，清净法师率领僧人押着镖银往南去了，魏吉祥一人正在追踪。

尹福让梁振圃背着宋彩臣先回开元寺，然后一行人往南追去。

正追着，忽见前面树上吊着一个人，鲜血淋漓，正是魏吉祥，已是气息奄奄。

程廷华急忙上前，尹福大叫：“小心有埋伏！”话音未落，程廷华已抢到跟前，踩响了一个土地雷，轰的一声，把程廷华掀起一丈多高，程廷华背部受了伤。

大家扶起程廷华。程廷华只觉背部一阵火辣辣的疼痛。

尹福为他包扎了伤口。程廷华骂道：“秃驴还有这些洋玩意儿！”

尹福笑道：“火药是咱中国发明的嘛。”

文冠小心翼翼地上了树，慢慢靠近魏吉祥，把他抱了下来。土地雷爆炸时，气浪撩了魏吉祥，他的脚部又受了伤。

“怎么办？让谁背着魏吉祥回泉州城？”尹福有点犯难了。

磐石看出了尹福的心思，说道：“廷华哥正在气头上，决意报仇，自然不肯回去；文冠是个妇人，背着他又不合适，只有我背着他回去了。”

尹福笑道：“只有劳驾你了。”磐石与文冠告别后，背着魏吉祥沿原路回去。

尹福、程廷华、文冠三人继续朝前追去。走了一程，前面有个土岗。翻过土岗，只见僧人们正赶着镖车疾行，约有数十辆镖车，数十个僧人。清净法师骑着一头毛驴，走在最后。

尹福想起清净法师的种种作为，凤雉帮隐匿大雄宝殿伪装二十四个飞天乐伎浮雕，“熊瞎子”栖身寺内古桑等，不禁怒从心中起，他大喝一声：“孽种休逃！”一镖发了出去，正中那毛驴屁股。

清净法师呵呵笑道：“尹老先生果然追来了，想不到吧？镖银就藏在开元寺镇国塔和仁寿塔内。今日我倒要会一会北京的高手！”

尹福朝前走了几步，说：“真是知人知面不知心，你目慈面善，满口仁义道德，想不到是满腹的男盗女娼。”

清净法师说：“世上多少事，尽在不言中。有道是画虎画皮难画骨嘛！老僧有一言相劝，让一分风平浪静，退一步海阔天空。我劝尹先生还是应该识一点相。”

尹福问道：“此话怎讲？”

清净法师回答：“你走你的阳关道，我过我的独木桥，互不干扰。换句话说，你住你北京的四合院，我宿我福建的开元寺，井水不犯河水。”

尹福厉声道：“你知道我们八卦掌的座右铭吗？”

清净法师问：“如何讲？”

尹福义正词严地说：“仗义疏财，除暴安良，杀尽不平，替天行道！”

尹福说完，抽出判官笔朝清净法师扑去。

清净法师不慌不忙，退后几步，在空中翻了几个跟头，退到一空地上。众僧围了上来，摆开阵势。

尹福瞧这阵势齐整，清净法师立在中央，以他为核心，伸展了八条长蛇般的队伍。尹福知道这是龙蛇阵。

程廷华早已按捺不住，挥动八卦子午鸳鸯钺，劈向僧众。可是那长蛇般的队伍越动越快，程廷华左突右冲，攻不进去，僧众未伤分毫。

尹福把程廷华喊了回来，说："这种龙蛇阵是故意耗费我们的力量，等我们精疲力竭，再发动猛攻。我倒有个主意，这龙蛇阵的要害是龙头，龙头是法师，咱们兵分三路，直扑法师，用暗器开路。"

文冠、程廷华应诺，三个人从东、南、西三个方向朝法师扑去。

僧众拼命旋转，想抵住三人的攻势。谁知三人的暗器厉害，尹福发暗镖，程廷华发飞蝗石，文冠发天女散花针，一连射倒十几个僧人，龙蛇阵开始溃乱。

法师一挥令旗，龙蛇阵又变为八卦阵。这八卦阵变幻多端，没有间隙可乘。尹福等三人攻了有两个时辰，也没有攻到核心。

这时，北面卷起一阵尘土，一位官人率领大批官军赶到，为首的是李瑞东、杨班侯、于鉴、李尧臣、磐石。

尹福一见援兵赶到，撇下八卦阵，迎了上去。李瑞东引尹福、文冠、程廷华三人与那官人相见。原来那官人就是朝廷任命的泉州知府蔡襄。蔡知府的旁边立着一个铁塔般的人，是将军魏其昌。

尹福对李瑞东等人道："法师摆的这个八卦阵十分厉害，咱们八个人从八个八卦口进攻，直取法师，或许能破此阵。"

尹福、李瑞东、杨班侯、于鉴、程廷华、文冠、磐石、李尧臣齐发一声喝，扑向八卦阵。八卦阵哪里禁得住这八员骁将的猛攻，不久阵法混乱，僧众争先逃窜。尹福等人左突右杀，有三十多个僧人死的死，伤的伤。清净法师见大势已去，夺路而逃。磐石眼快，早把一部书掷了出去，正打在法师的腿上。法师腿一软，栽倒在地。程廷华趁机扑上去，一钺刺中他的后心；法师扬了扬手，口喷鲜血如注。

官军趁机夺了镖银，大胜回府。

蔡知府、魏将军及尹福等人骑着高头大马耀武扬威进了城。泉州百姓争先夹道欢迎，送水递果，一片欢声笑语，大伙都为北京壮士除害而高兴。

蔡知府在泉州府内大摆宴席，美酒佳肴款待众位英雄，酩酊大醉。席间，蔡知府对尹福等人说："现已查明，那个清净法师是冒牌货，真正的清净法师和寺院里的僧人都被杀害。这个假的清净法师原来是武夷山的土匪头子，三年前他带领土匪洗劫了这座寺院。”

宋彩臣、魏吉祥因伤势较重，不便远行，只得留在泉州养伤。于鉴、李尧臣留下来负责照料二人。尹福、李瑞东、杨班侯、梁振圃、程廷华、文冠、磐石七人辞别众人北上。

一行人骑马来到杭州府，改乘木船沿运河北上。木船行到济南府，磐石、文冠欲到山西，与众人辞行。木船进入直隶境内，李瑞东因要到武清县老家探亲，也与众人道别。不久，杨班侯也离开尹福等人离去。

木船靠在天津码头，尹福猛然想起翡翠如意珠一事，便约程廷华、梁振圃到荣禄府探听虚实。

三个人打听了荣禄府地形，便投宿在一家客店。

夜幕低垂，三个人悄悄摸到荣禄府后墙攀上去。这是荣禄府的后花园，红亭翠榭，杏坞桃溪，横塘曲岸，偃月虹桥，石槛雕栏，叠云怪石，绿荷密锁，翠柳低笼，十分清幽。

尹福等人来到亮烛的一座绣楼前，听到里面有女人的嬉笑声。

尹福探头一看，只见荣禄的四个美妾正在玩麻将牌，四个标致的丫鬟分立一旁，持着团扇侍候。

程廷华也挤到窗口偷看，他认出一侍候的丫鬟便是白云榭。

原来为了探明翡翠如意珠的下落，尹福曾与程廷华定下计策，派遣白云榭来到天津混入荣禄府。

程廷华用舌头舔破窗纸，掷进一颗问路石，正击中白云榭额头。白云榭正要发作，猛抬头见到程廷华和尹福，又惊又喜，急忙走了出来。

程廷华高兴地迎了上去：“云榭!”

白云榭把三个人引到假山后面，悄悄地说：“我已探明翡翠如意珠在荣禄老婆那里，我带你们去她的房间。”

几个人走出后花园，来到内院一个亮烛的屋前，白云榭低声说：“这便是荣禄老婆的房间。”

尹福凑到窗前一看，见有个风韵犹存的妇人正手持一个观音菩萨像，念着咒语，双目微闭。

程廷华问：“尹兄，咱们进去吧。”

尹福点点头，梁振圃和白云榭在门外放风，尹福和程廷华冲了进去。

荣禄老婆猛见有两个陌生男人进来，慌了手脚，问道：“你们……是何人?竟敢闯进中堂的卧房?!”

尹福用拳头在她脸前一晃，厉声道：“老实点，不然一拳要了你的性命!”

那婆娘倚仗在荣禄府里，还想要威风，恨恨道：“这可是戒备森严的荣禄府……”

程廷华用手掌轻轻在她背上磕一下，疼得那婆娘嗷嗷乱叫，额上冷汗淌了下来。

“爷儿们，你们想要什么?”她软了下来。

“翡翠如意珠!”尹福回答。

“什么珠?”她假装糊涂。

白云榭闪了进来，说道：“大奶奶，好大的忘性，前几天不是还给山东巡抚观赏了吗?”

荣禄老婆惊道：“你这个丫鬟，怎么信口胡编?”

白云榭道：“快拿出来吧，如今要物归原主了。”

荣禄老婆道：“在我丈夫那里。”

程廷华扬手打了她一个耳光：“快说，珠宝在哪里?”

那婆娘哆嗦着指着墙上“十二钗”的轴画：“在那画儿的后面。”

程廷华刚要去取，被尹福拦住。尹福对那婆娘说：“你自己去取。”

那婆娘怔了一下，来到那幅画前，按动了画轴；只听吱的一声，她掀开轴画，露出一个小洞穴，里面放着一个玉函。

她取出玉函，从里面拿出一颗亮闪闪的宝珠。

尹福接过宝珠，在烛下仔细探看，剔透玲珑，分明是翡翠如意珠。

尹福把宝珠藏好，问那婆娘：“你丈夫呢?”

那婆娘回答：“刚才小站新军首领袁世凯从北京赶来，说有急事找他，正在大厅谈事情。”

尹福把那婆娘绑了，口中塞了毛巾，说：“先委屈你一下。”说完，带着众人走了出去。

白云榭见尹福朝前院走，说：“从后面走稳妥。”

尹福说：“我想知道袁世凯来找荣禄谈什么机密大事。”

白云榭说：“事到如今，你还管他说什么机密事。”

尹福让程廷华、梁振圃、白云榭三个人在荣禄府后墙外等候，自己一人来到大厅前，上了房顶。

大厅内，袁世凯和荣禄并排在炕沿上坐着。荣禄身穿九蟒五爪的蟒袍，上面绣着锦鸡补服；头戴着花珊瑚顶戴，双眼花翎；脖子上挂着用珍珠编串的朝珠。袁世凯身穿长袍马褂，保持一副军人的气派。

袁世凯正默默地从袖子里掏出光绪皇帝今日给他的密谕，荣禄接过那张纸，手显得有些颤抖，他哆哆嗦嗦地念着：“荣禄大逆不道，力谋废立弑君，着派候补侍郎袁世凯率本部兵赴津严拿，立即正法。直隶总督、北洋大臣事务，着由袁世凯暂行署理……”

荣禄的脸色由苍白变成铁青，眼露凶光，面带杀气。

袁世凯屈膝跪下，慷慨陈词：“制台大人以道事君，忠于慈圣，为卑职所深知。康有为煽惑构乱，离间两宫，卑职岂能不忠不孝，为其爪牙？皎皎此心，可鉴天日！卑职今日明告大人，意在诛锄误君误国之徒，护卫慈圣，乞求制台明鉴！”

听到这里，尹福惊得后退了一步，恰巧碰响了一片碎瓦。

荣禄大声喝问：“什么人?！……”

袁世凯临危叛变，光绪帝蒙在鼓里，康有为一班维新党领袖生命危在旦夕。尹福乘一匹快马火速驰往京城，想将袁世凯向荣禄告密一事速告光绪皇帝及康有为一班朋友。

可是尹福的坐马哪里有天津铁路督办特调的专车快……

当尹福火急火燎地奔到皇宫的东华门前时，险些与迎面跑来的马贵撞了个满怀。

马贵气喘吁吁道：“师傅，大事不好了!”

“怎么了?”尹福不敢相信自己的耳朵。

“袁世凯告密，老佛爷闯进皇宫，皇上被囚禁在中南海瀛台，珍妃也被廷杖四十，打入冷宫！康有为、梁启超等人也遭到通缉，变法失败了……”马贵的眼睛里涌出了晶莹的泪花。

尹福只觉得头脑一阵晕眩。

他仿佛看到，光绪帝面容憔悴，呆坐在冰冷的台基上，望着无情的湖水落泪。

恍惚中，他看到那瓜子脸、双眼皮儿、大眼睛的珍妃，穿着绣有暗花兰草的天青旗袍，玄青缎子坎肩，“把子”角上坠着一串大红丝线穗子，黯然失神地望着蓝天、白云……

宫禁森严，门墙千仞。

在这众多的宫禁中，他似乎看到了自己衰老的身影，他感到自己像一只被世人玩厌的小鸟，显得那么可怜凄惨。

尹福发出一声呻吟，踉跄着来到御河边。

他神经质地睁开双眼，眼睑下的肌肉像电击一样，引起一串轻轻地颤抖。

他望着那飘荡着落花残叶的河水，猛地从怀里摸出玉函，从里面取出那颗翡翠如意珠。

他把这颗寻觅多时的宝珠用力一掷，那宝珠高高抛起，闪了一个漂亮的弧线，“噗”的一声，落入河中。

尹福发出一阵狂笑，叫道：“变法尚且如此，皇上、贵妃尚且如此，我寻到这翡翠如意珠，还有何用?!”

尹福从未感到过如此沮丧、苦闷和百般无聊。

他沿着御河边默默行进着。忽然仿佛有一个亮点在他眼前一闪。他似乎看到一个飞天般的人物飘洒而来……

是的，生活里还有她。

她可能抓不到，摸不着。

但生活里毕竟有她。

她，或许是生命的一个支点。

尽管朦朦胧胧，缥缥缈缈。

但也许这就是人生的微妙之处。

想到这里，尹福的心踏实一点了。

他决心找到她……